영웅전설(英雄傳說) 1

영웅전설

이원호 장편소설

① 무림전쟁(武林戰爭)

한결미디어

저자의 말

《영웅전설》은 고려혼(전 3권), 냉혈자(전 2권)에서 이어지는 '무협소설'입니다.

현재 북큐브에서 3년이 넘도록 연재되는 중이며 다시 《영웅전설》로 이어서 출간합니다.

서기 13세기, 칭기즈칸부터 쿠빌라이가 5대 황제로 등극할 때까지의 40년 동안은 인류 역사상 가장 큰 제국이 탄생하기 직전의 격변기였습니다. 극적인 시기였죠.

나는 그 기간에 고려아(高麗兒) 김산을 넣어 그 일익을 담당하게 했습니다.

김산(金山)은 고려 개경 무관의 자식으로 부모 형제가 몽골군에 의해 처참하게 살해당하고 7살 때 몽골군의 포로가 되어 대륙으로 끌려옵니다.

그리고 온갖 난관을 이기고 초인의 경지에 도달합니다.

부모형제를 죽인 원수를 찾던 김산은 무술을 기반으로 몽골 관리가 됩니다.

원수가 오고데이가(家)의 대장군으로 승승장구할 때 김산은 톨루이가(家)의 무장(武將)으로 입신합니다. 그리고 수많은 역경을 거친 후에 4대 몽케황제의 측근으로 부상합니다.

김산은 몽골명(名) 쿠추로 대장군, 총독에 이르며 고려 원정군 사령관이 되어 최씨 정권을 압박하고 고려 백성을 구해내기도 합니다. 나는 김산을 내세워 몽골제국의 서역 정복을, 중원의 무림 평정을 이루게 합니다. 김산이 그 주역인 것입니다.

고려혼, 냉혈자, 영웅전설로 이어지는 소설이지만 따로 보셔도 전(前) 내용에 구애받지 않으실 것입니다.

항상 노력하고 있습니다.

2015. 2. 7. 이원호 드림

www.LEEWONHO.com

목차

1장
천하의 주인은 하나

카라코룸의 황성에서 몽골 대제국의 황제 몽케칸이 즉위했다. 각지에서 모여든 영주는 열흘 동안이나 황제가 베푼 향연에 참석했는데 칭기즈칸 이후 오고데이, 구유크에 이어 네 번째 황제였지만 가장 화려하고 풍성했다. 그것은 모두 킵차크 제국의 황제 바투의 영향 때문이었다. 7만여 기의 대군을 이끌고 온 바투는 몽케칸의 위신을 한껏 추켜세웠을 뿐만 아니라 정통성도 부여했다. 바투는 칭기즈칸의 장남 주치의 아들로서 명성이 높았다. 또한 먼 서역 땅이었지만 칭기즈칸의 네 아들 중 가장 먼저 제국의 기반을 굳힌 영웅인 것이다. 차가타이, 오고데이, 가문과는 비교가 되지 않는다. 거기에다 막내 톨루이 가문의 자식들인 몽케, 쿠빌라이, 훌라구 등은 중국 대륙에서 가장 용명을 떨치고 있는 왕족이다. 범은 범을 알아본다고 했다. 천하의 민중은 톨루이의 아들 몽케의 집권을 당연하게 받아들였다. 향연이 끝나고 각 영주가 카라코룸을 떠나기 시작한 지 이틀째가 되는 날 오전, 김산은 황궁의 청 안으로 불려 들어갔다. 황제의 부름을 받은 것이다. 황궁은 넓고 웅장했다. 대장군 신분이었으므로 대문 세 개까지는 칼을 차고 통과를 했지만, 황제의 집무청 앞에서는 칼을 풀었다.

"대장군, 황제 폐하께서 기다리고 계십니다."

청 앞에 서 있던 위사장 바시크가 웃음 띤 얼굴로 김산을 맞는다. 바시크는 이제 황제의 위사장이 되었다. 대장군보다도 격이 높다. 김산과 바시크는 나란히 청 안으로 들어선다. 아름드리 붉은색 기둥이 무수히 세워진 복도를 걸어 몇 구획을 더 지나서야 둘은 청 안으로 진입했다. 마룻바닥은 거울처럼 매끄럽고 거대한 청 안에서는 숨소리도 나지 않는다. 벽에 선 위사는 석상 같았으며 가끔 그들을 향해 허리를 굽히는 궁인들은 인형 같다. 청은 사방 2백 보쯤 되었는데 안쪽의 황금빛 계단 위에 용상이 놓여졌고 그 위에 몽케가 앉았다. 단 아래쪽에 10여 명의 왕족과 대신이 앉아있다가 일제히 이쪽을 보았다. 쿠빌라이, 훌라구, 그리고 나머지는 모두 대장군급 이상의 최고 지휘관이다. 킵차크국 황제 바투는 이미 사흘 전에 떠났으므로 지금은 수백 리 떨어져 있을 것이다.

"오, 쿠추 왔느냐?"

몽케가 소리치듯 말한 것은 기쁘다는 표시다. 이제 몽케 황제의 나이는 44세, 장년이 되었다. 김산이 계단 밑에서 무릎을 꿇고 엎드려 절하고는 머리를 들었다. 눈에서 맑고 뜨거운 시선이 쏟아져 나가는 것 같다.

"폐하, 신(臣) 쿠추가 부름을 받고 왔습니다."

김산은 몽케가 쿠추라고 이름을 부른 이유를 안다. 쿠추는 김산의 몽골 이름이다. 바투의 킵차크 칸 제국에서 그 이름을 썼다. 그러나 몽케는 이제 중국 땅에서도 쿠추라는 이름을 쓰라고 한다. 몽골인이 되라는 것이다.

청 안은 숨소리도 들리지 않았고 곧 몽케가 말했다.

"쿠추, 오굴 카이미쉬가 구타이의 북부군 일부와 함께 오고데이 영지로 돌아가 있다."

몽케가 얼굴을 일그러뜨리며 웃었다.

"구유크의 두 아들, 그리고 조카 시레뮌까지 데리고 말이다."

어깨를 편 몽케가 김산을 내려다보았다. 이제는 얼굴이 굳어져 있다.

"쿠추, 이제 그들은 반란세력이 되었다. 그렇지 않으냐?"

"예, 폐하."

머리를 든 김산이 심호흡을 했다. 몽케의 다음 말을 예상하고 있는 것이다. 그때 몽케가 한마디씩 내려찍듯이 말했다.

"쿠추, 네가 오고데이의 영지, 차가타이의 영지까지 평정하라. 반역 도당을 처단하도록 해라."

"예, 폐하."

"너에게 대업을 맡긴다."

그리고는 몽케가 아래에 늘어선 대신들을 둘러보았다.

"대장군 쿠추는 이제부터 북부군사령관 겸 반란진압군 사령관이다. 쿠추의 칼을 빼앗을 사람은 나, 황제 몽케 뿐이다."

몽케의 목소리가 청을 울렸고 쿠빌라이와 훌라구를 제외한 대신들이 일제히 머리를 숙였다. 몽케가 옆에 세워놓은 칼을 집어 김산에게 내밀었다.

"쿠추, 내 검을 받으라."

몸을 일으킨 김산이 계단 밑으로 다가가 섰을 때 위사장 바시크가 계단 두 개를 올라가 칼을 받아 전해주었다. 황제의 검이다. 두 손으로 칼을 받은 김산에게 몽케의 말이 이어졌다.

"역적을 베어 죽여라."

오고데이 영지는 오고데이 칸국으로도 불렸는데 도읍이 에밀이다. 카라코룸 서쪽으로 7천여 리쯤 떨어진 광대한 초원 지역으로 기마 전령이 밤낮으로 열흘을 달려야 닿는 거리다. 그 아래쪽이 차가타이 칸국이다.

"무엇이? 김산, 그 고려아가 진압군 사령관이 되었어?"

그렇게 되물은 사내는 전(前) 병부대신이며 북부군사령관 구타이, 말투는 거칠었지만, 얼굴에는 쓴웃음이 번져져 있다.

"예상하고 있었다. 고려귀 그놈만 한 인재가 드물지."

이곳은 에밀의 왕성 안이다. 정청의 상석에 앉은 구타이는 마치 왕궁의 주인 같다. 그럴 만도 한 것이 왕궁의 안주인이며 전(前) 황제 구유크의 미망인인 오굴 카이미쉬가 두문불출을 하고 있는데다 유력한 황제 후보였던 두 왕자, 그리고 조카 시레뷘까지 무력(武力)을 장악하지 못했기 때문이다. 지금 오고데이 칸국의 병력은 10만 정도, 그중 7만이 구타이가 북부군에서 끌고 온 병력이다. 나머지 3만 중 1만 정도가 오굴 카이미쉬의 직할군이다. 구타이가 앞쪽에 앉은 두 사내를 보았다. 조끼에 두건을 썼고 가죽 바지를 입어서 사냥꾼 차림이었지만 북부군 소속의 1백인장들이다. 둘은 카라코룸의 정보를 갖고 7일 만에 달려온 것이다. 그중 하나가 입을 열었다.

"대감, 김산은 황제로부터 황제의 검까지 하사받았습니다."

구타이는 쓴웃음만 지었으나 두 눈이 가늘어졌다. 황제의 검을 소지 한다는 것은 황제로부터 전권을 위임받았다는 표시다. 반란군진압사령관이 황제의 검을 가졌으니 생사여탈권을 쥐고 있는 것이다.

"차가타이 칸국과 동맹을 맺었으니 놈들은 대군을 동원할 수는 없다."

보료에 등을 붙인 구타이가 느긋한 표정으로 말을 잇는다.

"기껏해야 북부군의 잔류병 10만여 명, 거기에 동부군에서 5만여 명 정도는 쪼개 받을 수 있을 것이다. 그 병력으로는 이곳에 닿지도 못한다."

이곳이란 서역과의 중간지점에 위치한 오고데이, 차가타이 칸국을 말한다. 바투의 킵차크 칸국도 이 두 영지를 지나야 되는 것이다. 바투의 7만 기마군이 차가타이 칸국을 지나간 것은 닷새도 되지 않았다. 오고데이 칸국의 병력은 10만여 명 정도지만 차가타이 칸국은 20만의 대군을 보유하고 있는 것이다. 더구나 중국 대륙에서 7천여 리나 떨어진 서쪽 땅이다. 남송의 대군과 일진일퇴를 거듭하고 있는 상황이니 두 군데서 전쟁을 치를 여력도 없을 것이었다. 이것이 한 달 전까지만 해도 제국의 병부대신으로 군을 통치했던 구타이의 전략이다. 그리고 실제로 구타이만큼 몽골제국 군부(軍部)의 실상을 아는 인물이 없는 것이다.

카라코룸 서북방 50여 리 지점에 사방 10여 리 크기의 호수가 있고 주위는 초원이다. 그래서 전부터 야생마가 많았는데 지금은 기마군의 진지로 변해졌다. 바로 김산이 이끈 북부군이다. 반란진압군의 무력이 북부군이어서 사람들은 그냥 북부군이라고 부르는 것이다. 오전 진시(8시) 경, 김산이 말을 몰아 호숫가를 달린다. 호수를 끼고 달리면서 주위에 진을 친 각 부대를 점검하는 것이다.

그것이 김산의 요즘 며칠째 습관이 되었다.

"대감, 동부군에서 말이 오려면 보름은 걸릴 것 같습니다."

옆을 달리던 대장군 쿠일다르가 소리쳐 보고했다. 김산의 북부군에 대

13

장군 둘이 있었으니 쿠일다르와 우두타이다. 둘 다 칭기즈칸으로부터 직접 천호(千戶)장으로 임명된 가문으로 5만인장인 것이다. 쿠일다르가 말을 이었다.

"전력을 정비하려면 한 달이 필요하오."

쿠일다르의 부친은 칭기즈칸 측근으로 지내다가 죽었다. 용장이었고 40대 중반의 쿠일다르는 부친과 같은 이름이었는데 그 이상의 용장이라는 소문이 났다. 김산이 말의 속도를 늦추자 1백여 기의 기마대가 속보로 달려간다. 머리를 돌린 김산이 쿠일다르를 보았다.

"장군, 그대는 오고데이, 차가타이 칸국과 전면전이 낫다고 생각하는가?"

"아니오."

쿠일다르가 금방 대답하더니 번들거리는 눈으로 김산을 보았다. 쿠일다르는 몽케 휘하의 남부군에서 남송군과 수많은 접전을 치렀다.

"우리 진압군은 병력으로 열세입니다. 더구나 장거리 이동을 해야 되는데다 지형에 익숙지 못합니다. 당장에 승패를 보기가 어렵습니다."

진압군 겸 북부군의 병력은 15만, 말은 30여만 필이었으니 아직 이동할 수가 없다. 동부군에서 지원 올 말이 30여만 필이 되었지만, 보름이나 지나서야 닿는다. 그러나 그것도 15만 기마군이 장거리 이동을 하기에는 턱도 없이 부족하다. 그때 김산이 말했다.

"그것을 구타이도 알고 있겠지. 아마 제 손바닥을 보는 것처럼 알고 있을 거야."

"그렇습니다."

쿠일다르가 머리를 끄덕였다.

"그러니 더욱 만전을 기해야 되오."

"전면전을 치르면 몽골군 전력이 손상된다."

혼잣소리처럼 말했지만 쿠일다르는 들었다. 말고삐를 당겨 바짝 말 배를 붙인 쿠일다르가 김산에게 물었다.

"대감, 무슨 말씀이십니까?"

"오고데이, 차가타이군(軍)도 칭기즈칸께서 길러내신 몽골군이라는 뜻이지."

"그건 그렇습니다."

쿠일다르의 눈이 가늘어졌다. 넓은 얼굴, 낮은 코, 그러나 어깨는 완강했고 육중한 체격이다. 김산이 말을 이었다.

"전면전을 하면 양군의 태반은 사상자를 낼 거야. 수십만의 사상자."

"……."

"아군까지 포함해서 20여만이 죽겠지."

그때 김산이 말머리를 호수 쪽으로 돌리면서 쿠일다르에게 말했다.

"장군, 나는 3만기만 이끌고 사흘 후에 출정하겠네."

말을 멈춘 김산이 쿠일다르를 보았다. 긴장한 쿠일다르는 숨도 죽이고 있다. 그러나 예상하고 있었던 듯 입은 꾹 다물려 졌다.

"그대가 날 따르겠는가?"

"영광이오."

대번에 대답한 쿠일다르가 어깨를 펴더니 마상에서 머리를 숙여 절을 했다.

"목숨을 바쳐 대감을 모시리다."

해시(오후 10시) 무렵, 사령관의 진막에 10여 명의 사내가 둘러앉았다. 5천인장급 장수도 있고 도인 차림도 보인다. 관리 복색도 끼어 있었는데 모두 사령관 김산의 심복들이다. 지휘관 회의를 마친 김산이 심복들을 따로 부른 것이다. 좌우를 둘러본 김산의 얼굴에 쓴웃음이 번져졌다.

"내가 너희들을 이제서야 불렀으니 늦은 감이 있다."

진막 안은 조용했고 김산의 말이 이어졌다.

"내 측근에서 가장 공을 세운 그대들이니 서운했을 것이다."

"대감, 그것은 소인들을 무시하시는 말씀이 되십니다."

그렇게 나서서 대답한 사내는 바로 홍복이다. 김산의 위사장이었다가 이제 5천인장이 된 여진인, 그 옆에는 한족 무림인 삼관필, 비호수, 금강, 왕청이 앉았고 오른쪽 첫 번째로 잠자코 앉은 미모의 장군은 이번에 진압군의 중랑장이 되어 1만인장으로 임명된 채화진이다. 그때 김산이 다시 입을 열었다.

"이제 너희들이 다시 해야 할 일이 있으니 들어라."

모두 기다리고 있었다는 표정을 짓고 김산을 보았다. 초원의 밤이 깊어 가고 있다.

"무엇이? 선봉군이 3만?"

구타이의 목소리가 청을 울렸다. 대답이 없었기 때문에 여운이 남았고 그것이 공허하게 느껴졌다. 오고데이 칸국의 수도 에밀, 궁성의 청 안에서 구타이가 전령을 맞고 있다. 신시(오후 4시) 무렵, 청에 둘러선 10여 명의 장수, 고관(高官)의 표정은 어둡다. 구타이가 앞쪽에 엎드린 전령을 보았다. 1백인장 군복을 입었지만 이제 몽케 황제가 다스리는 몽골제국의 군복이다. 오고데이 칸국의 군복은 따로 없는 것이다.

"예, 말 떼는 10여만 마리였지만 병력은 3만이 맞습니다."

전령이 조리 있게 대답했다. 8일 동안을 밤낮으로 달려온 터라 온몸이 늘어져 있었으나 눈빛은 강하다. 몽골족의 정예다.

"선봉군 대장은 대장군 쿠일다르이며 쿠추는 본대를 이끌고 올 것입니다."

"으음, 쿠일다르."

신음처럼 말했던 구타이가 허리를 폈다.

"전군을 소집시켜라."

"예, 대감."

아래쪽에서 대장군 모로카가 소리쳐 대답했다. 모로카는 구타이를 따라온 유일한 몽골 대장군이다. 병부대신일때 10여 명의 대장군을 수족처럼 부렸지만 몽케가 황제로 추대되자 모두 썰물처럼 빠져나갔다. 일부는 몽케에게 투항했고 나머지는 도망을 친 것이다. 오고데이 칸국까지 따라온 대장군은 모로카가 유일하다. 구타이가 격해진 가슴을 심호흡으로 달래고는 다시 명령했다.

"차가타이 칸국에 전령을 보내 청태산에서 열흘 후에 만나자고 전해라."

"그렇게 전하지요."

이번에는 위사장이며 1만인장 도르찬이 대답했다. 전령의 보고대로라면 쿠추의 선봉군이 오고데이 칸국의 국경까지 도착하는 시간은 15일쯤 후다. 군사가 많을수록 진군 속도가 느린 것은 어쩔 수가 없다. 구타이는 어지럽게 청을 나가는 장수, 관리들의 뒷모습을 응시하며 소리 죽여 숨을 뱉었다. 그때 옆쪽에서 궁인(宮人) 하나가 서둘러 다가왔다. 낯이 익은 내궁, 전(煎)황후 오굴 카이미쉬의 시종이다. 궁인이 허리를 굽히더니 세 걸음 앞에서 멈춰 섰다.

"대감, 황후마마께서 전령이 왔다는 소식을 들으시고 궁금해하십니다."

사내는 환관이다. 거세를 한 터라 목소리도 여자 같다. 사내가 구타이를 올려다보았다. 거침없는 시선이다.

"대감, 저하고 같이 가시지요."

"이 부랄 없는 놈이."

숨을 들이켠 구타이가 눈을 가늘게 떴다. 갑자기 알 수 없는 울화가 치밀어 올랐기 때문이다.

"감히 누구를 오라 가라 하느냐?"

구타이의 목소리가 높아졌다. 그러자 사내가 눈을 둥그렇게 떴다.

"대감, 황후께서 뵙자고 하시는 겁니다."

그때였다. 구타이가 허리에 찬 단검을 빼내더니 겨누지도 않고 내던졌다.

"으악!"

사내의 비명이 청을 울렸고 청에 남아있던 관리들은 사색이 되었다. 목에 단검이 꽂힌 환관이 뒤로 넘어졌지만 금방 죽지는 않았다. 누워서 발버둥을 쳤는데 그 모습이 처절했다. 그러나 아무도 다가가지 않았다.

초원을 30여 필의 말 떼가 달려가고 있다. 깊은 밤이다. 달도 없는 밤이었지만 초원 위의 별 무리는 수만 개의 등이 떠 있는 것 같다. 그래서 초원 위를 흐르듯이 달려가는 검은 무리가 선명하게 드러났다. 말 떼는 30여 필이 되었지만 기마인은 넷, 나머지 말은 여분의 말이다. 어둠 속을 달리는 말 떼는 검은 그림자로 나타난다. 더 짙은 그림자, 구름 뭉치처럼 초원을 훑고 지나간다. 말굽 소리는 어둠의 심장, 땅속에서 솟아오르는 지옥의 진동 같다.

"내일 밤이면 에밀에 닿습니다."

앞쪽, 기마인의 옆으로 다가온 하나가 소리쳐 말했다. 삼관필이다. 삼관필이 김산에게 말한 것이다. 김산은 잠자코 박차만 넣었고 삼관필이 말을 이었다.

"에밀에 믿을만한 아우가 있습니다. 대감, 제가 먼저 가서 연락을 하지요."

삼관필이 오고데이 칸국에 가본 적이 있는 것이다. 일행 넷은 바로 김산과 삼관필, 비호수와 채화진이다. 3만 군사를 쿠일다르에게 맡긴 김산이 먼저 오고데이 칸국으로 잠입하려는 것이다. 그때 김산이 머리를 돌려 삼관필을 보았다.

"아마 구타이는 진압군 3만이 떠났다는 것을 지금쯤 알고 있을 것이다."

"전령의 속도면 그쯤 될 것이오."

"곧 군사를 정비해서 차가타이군과 합류하겠지. 아마 나흘이나 닷새쯤 걸릴 것이다."

그때 채화진이 말에 속력을 내어 김산의 오른쪽에 붙었다. 김산은 좌우에 삼관필과 채화진을 끼고 달리는 셈이다. 비호수는 후미에서 여분의 말을 이끌고 있다. 채화진이 소리쳐 말했다.

"대감, 전령의 보고를 들은 구타이가 국경에 방어선을 치는 데 사흘이 걸릴 것입니다."

전쟁은 언제나 시간 싸움이다. 쿠일다르가 이끈 3만 진압군이 오고데이 국경에 닿는 시간은 엿새쯤 후가 될 것이다. 머리를 끄덕인 김산이 둘을 번갈아 보았다. 이 속도로 가면 일행은 내일 밤 에밀에 도착할 수가 있다. 대신 하룻밤에 한시진(2시간)정도만 자야 될 것이다. 그러나 이보다 더 빨리 에밀에 들어가 준비를 하려면 삼관필은 잠을 잘 수가 없다. 채화진의 눈동자가 별빛을 받아 반짝이고 있다. 뭔가 말을 하려는 것 같다. 김산이 말했다.

"같이 가도록 하자. 넷은 흩어지지 않는 것이 낫다."

차가타이 칸국의 주장(主將)은 차가타이의 외조카 타이추다. 타이추는 차가타이의 부인 호레빈의 오빠 탕구트의 아들이다. 탕구트 부족은 차가타이 영지에서 20여 만이 거주했는데 그중 7만이 군사로 징집되었다. 차가타이 군(軍)은 12만이었으니 그중 6할이 탕구트족이다. 거기에다 나머지 5만은 7개 소(小)부족의 군사들이어서 탕구트족이 주도권을 잡는 것은 당연했다.

"곧 진압군이 올 거야."

타이추가 넓은 어깨를 움츠리고 방바닥에 펴놓은 지도를 보았다. 양가죽에 꽤 정밀하게 그려놓은 지도다. 지도에 빨간색이 쳐진 부분이 바로 타이추가 주둔하고 있는 초원이다. 주위에 둘러앉은 부족 원로들은 모두 입을 다물고 있다. 밤 술시(8시) 무렵, 겔 안에는 기둥에 달아놓은 기름 등 하나뿐이어서 그림자가 길다. 머리를 든 타이추가 원로들을 둘러보았다. 타이추는 올해 33세, 15살 때부터 전장에 따라다녔기 때문에 관록은 섰다. 그러나 둘러앉은 원로들은 모두 50대, 60대다. 3년 전에 죽은 아버지 탕구트의 신하들인 것이다.

"이게 도대체 무슨 꼴이냐 이 말이야. 우리가 왜 진압군을 맞아야 하지?"

마침내 타이추의 짜증이 폭발했다. 탕구트의 외아들로 자란 타이추는 성격이 난폭했고 차가웠다. 차가타이 가문의 자손이 끊겨 고모이자 차가타이의 부인이었던 호레빈이 타이추를 후계자로 임명한 후부터는 아예 왕 행세를 했다. 만일 오고데이 가문이 쿠릴타이에서 황제를 이어받았다면 타이추는 무난히 차가타이 칸국의 칸이 되었을 것이다.

"더구나 내가 왜 구타이의 지휘를 받아야만 하지?"

지금까지 타이추는 이런 상황에 부딪혀 본 적이 없다. 언제나 황제 측근으로 강자의 편에 서 있었기 때문이다. 그래서 모든 것에 화가 났고 짜증이 났다. 새 황제 몽케가 추대된 것부터 진압군이 편성되었다는 소식이 전달될 때마다 화가 났다. 이제는 오고데이 칸국에 있는 구타이가 이래라저래라 하는 것도 짜증이 났다. 그때 원로 바이샤가 입을 열었다. 70대 초반의 바이샤는 원로 중 가장 노인이다. 젊었을 때는 칭기즈칸의 시종 위사를 지냈던 바이샤는 세 번 살인을 해도 사면이 된다는 은혜를 받았다. 물론 칭기즈칸이 위사에게 준 은혜다.

"주장, 우리는 이번에 오고데이 측에 붙었다가 멸망 당하게 되었소"

바이샤가 불쑥 말하자 타이추는 숨을 들이켰다. 다른 원로들은 몸을 굳히고 있다.

"무슨 말이야? 영감."

겨우 타이추가 물었을 때 바이샤는 긴 숨부터 뱉었다.

"우리는 전쟁에서 집니다. 주장."

"영감, 북부군, 아니, 진압군은 10만 정도라고 했어. 그것은 구타이가……."

"몽골제국군은 1백만, 아니, 2백만까지 모을 수가 있소."

바이샤가 주름진 눈을 치켜떴다.

"구타이는 반역자요. 그놈이 우리를 끌어들여 같이 죽자고 하는 겁니다."

"……."

"설령 이번에 진압군을 물리친다고 해도 새 황제가 된 몽케가 가만있을 것 같습니까? 남송 전선에서 남부군까지 끌어들이고, 동, 서부군을 합하면 당장 1백만이 넘습니다.

"……."

"거기에다 서쪽의 킵차크 칸국에서 바투 황제가 움직일 겁니다. 바투 군은 당장에 50만을 동원시킬 수 있소."

"……."

"우리는 12만, 구타이는 10만이요. 아마 지금쯤 구타이 군은 탈영병이 늘어나고 있을 것입니다."

"……."

"승산이 없소."

"그럼 어떻게 하란 말인가?"

마침내 타이추가 물었을 때 겔 안 이곳저곳에서 숨 뱉는 소리가 들렸다.

네 필의 말이 에밀성 안을 걷고 있다. 오전 인시(4시)무렵, 부연 안개로 덮인 거리는 다섯 보 앞도 보이지 않았고 인기척도 없다. 이곳은 호숫가 도시여서 새벽 안개가 심하다.

"이쪽으로."

앞장선 삼관필이 오른쪽 골목으로 말을 몰면서 낮게 말했다. 밤낮으로 달려온 터라 지친 말은 모두 초원에, 골짜기에, 황야에 풀어 준 것이다. 그래서 이제 말 네 필에 기마인 넷이 남았다. 모두 지쳐있었지만 눈빛은 강하고 자세에 빈틈이 없다. 모두 무공을 익힌 몸이어서 그렇다. 기마에 익숙한 몽골 병사들이라고 해도 이렇게 말을 달렸으면 원기가 다 빠져서 죽었을 것이다. 골목 안으로 2백 보쯤 들어간 삼관필이 다시 더 좁은 골목으로 꺾어졌는데 이젠 안개가 짙어져서 바짝 붙어야 말꼬리가 겨우 보였다. 이윽고 1백 보를 더 전진한 삼관필이 멈춰 섰다. 그러더니 말에서 뛰어 내리고는 뒤에 선 김산을 올려다보았다.

"대감, 잠시만 기다리시지요."

김산이 머리를 끄덕이자 삼관필이 안갯속으로 사라졌다. 그때 뒤에 서 있던 채화진이 다가와 옆에 섰다.

"대감, 안에서 피 냄새가 납니다."

그 순간 김산의 얼굴에 웃음이 떠올랐다.

"양을 잡았으니 당연하지. 삼관필의 지인은 양고기를 날것으로 먹는 자로구나."

눈을 가늘게 뜬 김산이 말을 이었다.

"안갯속에서 피 냄새를 맡으니 모처럼 옛 생각이 난다."

이제는 뒤에 서 있던 비호수도 바짝 붙었고 김산의 말이 이어졌다.

"내 육감도 예전으로 돌아간 것 같다. 안에 생물이 모두 여덟이 있다."

숨을 죽인 채화진과 비호수는 잠자코 김산의 말을 듣는다.

"그중 양이 세 마리, 여자가 셋, 사내 둘은 삼관필과 집 주인 같다."

그러더니 김산의 얼굴이 굳어졌다.

"사내의 무공이 높다. 삼관필의 말을 듣더니 목소리에 살기가 띠어져 가는구나."

그때 채화진은 김산이 말에서 내리는 것을 보았다. 다음 순간 김산의 몸이 안갯속으로 사라졌다.

마루방 안으로 들어선 김산은 쓴웃음을 지었다. 삼관필은 의자에 앉아 있었는데 눈동자가 확대되어 있었다. 독을 마신 것이다. 온몸이 굳어져서 겨우 숨만 쉬고 있는 상태다.

"웬 놈이냐?"

김산을 본 사내가 훌쩍 뛰어오르면서 소리쳤다. 비대한 몸이 연기처럼 솟아올랐고 손바닥이 김산을 향해 펼쳐진 상태다. 전광석화와 같은 몸놀림이다. 김산은 손바닥에서 뿌려진 흰 가루를 오히려 힘껏 들이마셨다. 흰 가루가 김산의 벌려진 입과 콧구멍으로 휩쓸려 들어가는 것이 선명하게 드러났다. 그때 청 바닥에 착지한 사내가 둥근 배를 들썩이며 웃었다. 살찐 얼굴의 턱살도 덜렁거렸다.

"그래, 다 빨아들였느냐?"

사내가 어깨를 펴더니 김산을 지그시 보았다. 두 눈의 흰창이 붉다.

"네가 마신 독은 서역의 극독이다. 킵차크에서는 이 독을 지옥의 저주라고 부른다."

김산의 시선을 받은 사내가 이를 드러내고 웃었다.

"너는 숨을 참고 있지만 오래 버티지는 못할 것이다. 네가 숨을 들이켜는 순간 들여 마신 공기가 발화제가 되어서 네 몸 안의 독을 폭발시키는 거다. 그때 네 오장이 다 녹으면서 지독한 고통을 겪게 되지. 그래서 지옥의 저주라고 부르는 거다."

말을 멈춘 사내가 물끄러미 김산을 보았다. 눈동자가 흔들렸고 이맛살이 찌푸려졌다.

"숨을 꽤 오래 참는군."

그때 김산이 사내를 향해 길게 숨을 뿜으면서 말했다.

"아니, 나는 지금 숨을 쉬고 있는 거야. 그리고 너는 내가 뱉은 숨을 세 번이나 마셨고."

그 순간 사내가 손으로 배를 움켜쥐더니 입을 딱 벌렸다. 김산이 다시 사내에게 숨을 뱉으면서 석상처럼 앉아있는 삼관필에게 다가갔다.

"그대는 양의 뇌에서 빼낸 정독을 마셨구나."

삼관필의 옆에 선 김산이 손바닥으로 등을 가볍게 쳤다. 그 순간이다.

"으윽!"

삼관필이 몸을 숙이더니 한 무더기나 되는 토사물을 청 바닥에 뱉어내었다. 토사물은 놀랍게도 시커먼 먹물을 뒤집어씌운 것 같다. 허리를 편 삼관필이 가쁜 숨을 뱉으면서 자리에서 일어섰다.

"대감, 또 살려주셨습니다."

"저놈이 독을 잘 쓰는구나."

김산이 턱으로 앞쪽을 가리켰는데 그때 사내는 두 손으로 배를 움켜쥔 채 사지를 비틀며 서 있다. 얼굴은 고통으로 일그러졌지만 쩍 벌린 입에서는 숨소리도 뱉어지지 않는다. 김산이 의자를 끌어당겨 앉으면서 삼관필에게 말했다.

"밖에서 기다리겠다. 데리고 오도록."

"예, 대감."

손등으로 입을 씻은 삼관필이 허겁지겁 밖으로 나간다. 채화진과 비호수를 데려오려는 것이다.

구타이는 보료에 등을 붙인 채 한동안 입을 열지 않았다. 겔 안은 이제 숨소리도 들리지 않는다. 오고데이 칸국의 수도 에밀에서 남쪽으로 1백리(40㎞) 정도 떨어진 칠라온 강가의 숙영지다. 겔 안이 조용해진 대신 사방에서 들리는 소음이 먼 곳 파도처럼 밀려 들어왔다. 강가에는 구타이의 정예군 7만기가 숙영하고 있는 것이다. 이윽고 구타이가 머리를 들고 앞에 앉은 에르게이를 보았다.

"이제 오고데이, 차가타이 가문은 끝났다. 남은 것은 톨루이, 주치 가문이야."

에르게이가 구타이의 시선을 받은 채 눈만 껌벅였다. 50대 초반의 에르게이는 구타이의 친족이다. 구타이의 사촌인 것이다. 어깨를 부풀렸다가 내린 구타이가 말을 이었다.

"1만을 이끌고 에밀로 돌아가라."

"예, 대감."

"오굴 카이미쉬와 두 왕자, 그리고 시레뷘은 죽이지 말고 감금하도록."

"알겠습니다."

"하지만 반항하는 친족, 위사들은 모두 처형해서 화근을 남기지 말라."

"염려하지 마십시오."

구타이가 머리를 끄덕이자 에르게이는 자리에서 일어나 겔을 나갔다. 이것으로 오고데이 가문 정리는 끝났다. 곧 오고데이 영지는 구타이가 장악하게 된 것이다. 이미 오고데이 칸국의 장군, 원로는 모두 구타이가 포섭해 놓았으니 무능한 왕족만 제거하면 된다. 그때 대장군 모로카가 말했다.

"대감, 차가타이 영지를 강탈하려면 원로부터 없애야 되겠어요."

"이미 손을 써 놓았어."

쓴웃음을 지은 구타이가 다시 보료에 등을 붙였다.

"차가타이 가문은 오고데이 보다 더 일찍 끝난 셈이야. 원로들은 차가타이의 직계도 아닌 타이추에게 심복하지 않아."

"원로가 12명입니다. 대감."

"그중 여섯이 우리 편이야."

구타이가 웃음 띤 얼굴로 모로카를 보았다.

"여섯만 처리하면 돼."

"타이추가 청태산에 오면 그것으로 차가타이 칸국이 멸망하겠군요."

"그렇다."

눈을 가늘게 뜬 구타이가 모로카를 보았다.

"모로카, 그대에게 영지를 떼어주마. 그대가 이제 칸국의 영주가 될 때도 되었다. 모로카 칸국이 되는 거다."

"그러나 진압군이 문제올시다."

여전히 정색한 모로카가 말하자 구타이는 다시 입술 끝을 비틀고 웃었다.

"모로카, 그대는 내가 10여 년간 몽골제국의 병권을 쥐고 있었던 것을 잊었느냐? 나는 제국의 허점을 내 손바닥을 보듯이 알고 있다."

장수들의 시선을 받은 구타이가 어깨를 폈다.

"곧 남송의 대군이 남부군의 요지를 기습하고 북진해 올 것이다. 여진의 반란군이 금(金)의 잔당들을 모아 동쪽을 뒤흔들 것이며 서남쪽의 사천(四川)과 대리국(大理國)에서 남송과 연합한 대군이 북진해온다."

구타이의 얼굴에 웃음이 떠올랐다.

"그런 상황에 몽케가 중국에서 7천 리나 떨어진 이곳에 어찌 대군을 보내겠는가? 고려아 놈이 이끄는 선봉군 3만만 쳐내면 두 번 다시 이 땅을 밟을 생각은 나지 않을 것이다."

"과연."

모로카가 커다랗게 머리를 끄덕였고 장수들의 얼굴에도 웃음이 떠올랐다.

"구타이 칸국의 번성을 위하여 건배하십시다."

술잔을 든 모로카가 말하자 겔 안이 떠들썩해졌다. 오랜만에 찾아온 활기다. 이것도 모두 구타이의 재능이다. 술잔을 든 구타이가 한 모금에 술을 삼키고는 소리 죽여 숨을 뱉었다. 겔 안에 모인 20여 명의 장군 중 믿을 수 있는 자는 절반 정도다. 그것도 살아남은 두 아들, 조카 등 일족 다섯을 포함해서 그렇다. 그러나 이번 공작에 성공하면 모두가 충성하게 될 것이다. 힘이 있는 자가 충성을 받는 것이다. 그것은 만고 불변의 진리이며 구타이 자신도 수없이 겪어온 터였다. 위기가 기회다. 진압군이 쳐들어오는 것을 기회로 삼아 오고데이, 차가타이 칸국을 구타이 칸국으로 만드는 것이다.

지붕 위에 엎드린 김산은 눈을 감고 알맹이를 세었다. 알맹이란 곧 인간이다. 냄새로 인간을 세는 것이다. 인간은 각각 독특한 냄새가 있다. 같은 물, 같은 향을 발랐더라도 바탕의 냄새가 다르다. 내장이 다르니 숨 냄새가 다르고 일에 따라 배인 냄새도 다르다. 안쪽 내궁의 별청에 한때 몽골제국의 황후였던 오굴 카이미쉬가 있다. 그 별궁에서 일백 보쯤 떨어진 내청에 두 왕자가 묵고 있고 그 옆쪽 객사에는 조카 시레뷘이 있다. 위사의 숫자는 50여 명, 궁인은 여관(女官)이 30여 명, 거세한 환관은 20명 정도다. 위사는 별궁 담장 밖에서 근무하는 터라 담장 안에는 궁인과 왕족 넷뿐이다. 그러나 이미 자신과 채화진은 이미 담장을 뛰어넘어 별궁 옆 창고의 지붕 위에 엎드려있는 것이다. 그때 옆에 있던 채화진이 입술도 달싹이지 않고 물었다.

"대감, 들으셨습니까?"

"들었다."

눈을 감은 채 김산이 대답했다.

"외궁을 포위하는 것 같다."

외궁은 이곳에서 5백여 보 떨어진 곳이다. 객사 3동을 위사 5백여 명이 지키고 있는 곳으로 전란을 맞아 오고데이 칸국으로 피신해온 일족이 묵고 있다.

"왜 그럴까요?"

채화진이 물었지만 김산은 대답하지 않았다. 인시(새벽 4시)무렵이다. 아직 동녘에는 칠흑 같은 장막이 펼쳐져 있을 뿐이다. 하루 동안 삼관필의 옛친구 추면수의 집에서 머물고 자시 무렵이 되었을 때 왕궁으로 침투한 김산이다. 추면수는 에밀 성의 감찰관이 되어 있었는데 삼관필의 방문 목적을 듣자 곧장 독을 마시게 한 것이다. 젊었을 때 절친했던 결의형제 사이였지만 헤어진 지 10년이 되었다고 했다. 10년이면 강산이 변하는 법이다. 삼관필이 그만큼 세상을 몰랐다는 증거일 것이었다.

"대감."

다시 채화진이 불렀을 때는 일각(15분)쯤이 지났을 때다. 그때서야 눈을 뜬 김산이 머리를 돌려 채화진을 보았다. 굳어진 표정이다.

"반란이야."

"네?"

놀란 채화진이 숨을 들이켰다.

"대감, 반란이라시면……."

"오고데이의 일족을 살해하고 있다. 그것이 누구 짓이겠는가?"

"아니, 그렇다면……."

채화진의 표정을 본 김산이 천천히 머리를 끄덕였다.

"그렇다. 저놈들은 구타이가 보낸 놈들이야. 구타이가 오고데이 칸국을 제 수중에 넣으려는 것이다."

"……."

"기회가 좋지. 그것이 몽케 황제의 소행으로 모두가 믿게 될 테니까."

그때 비명과 절규가 이곳까지 전해져 왔다. 칼 부딪는 소리도 난다. 그러나 외궁을 포위한 병력은 수천이다. 외궁을 수비하는 위사들은 적극적으로 대항하지도 않고 도망치는 것 같다. 그때 김산이 말했다.

"곧 이곳으로도 오겠군."

채화진의 시선을 받은 김산의 얼굴에 쓴웃음이 번져졌다.

"전혀 예상치도 않은 일이지만 일이 묘하게 되었군."

"대감, 구타이가 우리 일을 대신 해주는 셈이 되지 않겠습니까?"

"나는 오고데이 가문을 절멸시키려는 의도가 아니었다."

어느덧 김산의 얼굴이 굳어져 있다. 몸을 일으킨 김산이 주위를 둘러보았다.

"더구나 구타이의 손으로 몽케 황제의 이름이 더럽혀지는 것이 싫다."

"대감, 어쩌시렵니까?"

"뒷마무리는 내가 하겠다."

그 순간 김산이 어둠 속으로 뛰어올랐으므로 채화진이 따라 뛰었다. 두 덩어리의 그림자가 별궁 지붕 위로 뛰어내리더니 곧 옆쪽 객사로, 다시 담장을 건너 외궁으로 흘러갔다. 이제 비명 소리가 줄어들었고 대신 군사들을 부르는 장교의 외침이 늘어났다.

"자, 별궁이다!"

말에 탄 에르게이가 호기 있게 소리쳤다.

"개미 새끼 한 마리 빠져나갈 수 없도록 포위해라!"

이미 별궁의 옆쪽으로 군사들이 달려들었고 뒤쪽은 깎은 것 같은 낭떠러지다. 도망칠 곳이 없는 것이다. 에르게이의 얼굴에 웃음이 떠올랐다.

"내일부터 별궁의 주인이 바뀐다."

이것은 혼잣말이다.

"도대체 어떤 놈들이냐!"

이미 밖의 소음이 가까워지고 있는 터라 오굴 카이미쉬가 날카로운 목소리로 소리쳤다. 한때 황제 구유크의 황후로서 천하를 호령했던 오굴이다. 표정과 외침에 권위가 되살아났다. 황궁의 밀실 안이다. 넓은 밀실 안에는 소동을 듣고 달려온 두 왕자와 조카 시레뮌까지 황족이 다 모였다. 그때 천장에서 사내 하나가 떨어져 내렸으므로 모두 실색을 했다. 벽에 붙어 서 있던 위사 둘이 발을 떼었다가 사내가 팔을 한번 휘둘렀더니 10보

밖이었는데도 그 자리에서 쓰러졌다. 놀란 오굴이 이제는 손으로 괴한을 가리키며 소리쳤다.

"이놈! 너는 누구냐!"

밖의 소음이 더 높아졌지만 방안의 모든 시선은 이제 밀실 복판에 서 있는 괴한에게로 모여졌다. 그때 괴한이 말했다.

"나는 몽케 황제의 대장군이며 집행관, 또한 진압군 사령관인 쿠추올시다."

낭랑한 목소리가 밀실 안에 울렸을 때 모두 경악했다. 대장군이 천장에서 더욱이 혼자 떨어져 내리다니, 더구나 진압군 사령관이다. 두 왕자는 20대였지만 기상이 평범했다. 입만 떡 벌렸고 조카 시레뷘은 눈을 부릅떴지만 아직 말은 내놓지 못했다. 배후가 있을 것 같았기 때문이다. 그러나 오굴은 과연 황후의 관록이 되살아났다. 쩅쩅한 목소리로 물었다.

"대장군? 진압군 사령관? 가소롭다. 네놈이 쿠추라는 증거가 있는가?"

"보시오."

쿠추는 바로 김산이다. 품속에서 단검을 꺼낸 김산이 오굴의 발밑으로 던졌다. 치마 밑에 떨어진 단검의 보석이 휘황하게 반짝였다. 황실에서 지낸 황후 오굴이 이 단검을 모르겠는가? 구유크가 같은 단검을 부친 오고데이한테서 받은 적도 있다. 이 단검의 주인은 대장군은 물론이고 황족도 처단할 수가 있다. 황제의 대신으로 전권을 행사하기 때문이다. 오굴이 머리를 들었다.

"그대가 군사를 끌고 왔는가?"

밖의 소음도 더 심해졌고 바깥 복도를 뛰는 발자국 소리도 들렸다. 평상시 같으면 죽임을 당하는 중죄다. 그러나 안으로는 들어오지 못하고 밖에

서만 맴돌고 있다. 그만큼 급했기 때문일 것이다. 그때 김산이 대답했다.

"밖의 군사는 구타이가 보낸 반역도들입니다. 구타이는 오고데이 일족을 멸문시켜 영지를 장악할 작정인 것 같소."

"무엇이? 구타이가?"

"그럼 저 병사들은 누구겠습니까? 내 휘하의 진압군은 아직 도착하지도 않았소."

"아니, 그러면……."

오굴의 눈동자가 흔들렸다.

"그대가 왜 나를 돕는가?"

"오고데이 가문은 몽케 가문과 함께 칭기즈칸의 자손이기 때문이오."

오굴이 입을 다물었고 김산의 말이 이어졌다.

"몽케 황제께서는 나한테 전권을 맡기셨으나 오고데이 가문의 씨를 말리라고는 하지 않으셨소. 그런데 구타이는 이미 바깥 성의 일족을 전멸시킨 것 같소."

"그, 그러면……."

오굴이 목소리가 떨려 나왔다. 밖의 소음은 더 커졌고 이제는 비명과 칼날 부딪는 소리까지 들렸다.

"이제 어찌하면 좋겠는가?"

"불이야!"

앞쪽에서 고함 소리가 울렸지만 이미 에르게이는 불길을 보았다. 불길은 내궁 안쪽에서부터 솟아올라 무서운 기세로 번지고 있다.

"방화올시다!"

옆으로 다가온 장수 하나가 소리쳤다.

"안에서 불을 질렀습니다!"

"자결인가?"

머리를 기울이며 혼잣소리를 하던 에르게이는 함성이 뚝 그친 것을 알아차렸다. 공격군이 불길에 넋을 잃고 물러서는 중이다.

"장군, 어찌할까요?"

장수가 묻자 에르게이는 이맛살을 찌푸렸다.

"기다려라."

불길이 솟는 내궁 안으로 들어갈 필요는 없는 것이다.

1천인장 보로굴은 후위를 맡고 있었기 때문에 외성 공격에 가담하지 않았다. 그리고 이번 공격에 흥미도 없었기도 했다. 마치 우리 안에 갇힌 양 떼를 도살하는 것 같았던 것이다. 더구나 그들이 누구인가? 며칠 전만 해도 같은 동지였던 오고데이 가문의 동족이다. 겔 안에서 마유주를 마시던 보로굴은 휘장이 젖혀지는 기척에 머리를 들었다. 위사인 줄 알았더니 낯선 사내가 들어서고 있다. 가죽 바지에 조끼를 입었고 머리에는 여우 가죽 모자를 썼다. 그러나 허리에는 장검을 찬데다 눈빛이 범상치 않다. 보로굴이 앉은 채로 사내를 올려다보았다. 장신이다. 그리고 위압감이 느껴진다.

"누구냐?"

보로굴이 물었을 때 사내의 얼굴에 웃음기가 번져졌다.

"네가 날 따라가겠느냐?"

오전 진시(8시) 무렵, 석반산은 에밀 왕궁에서 50여 리 떨어진 험준한 산이다. 석반산 골짜기의 평지에 20여 기의 기마인이 말에서 내려 쉬고 있었는데 바로 오굴 카이미쉬 일행이다. 오굴이 차분해진 얼굴로 주위를 둘러보면서 말했다.

"자, 다시 떠나자."

"어머님."

왕자 바다이가 불렀지만 오굴이 시종의 부축도 받지 않고 말에 오른다.

"권력은 힘이 있는 자가 쥐는 법이다."

말에 오른 오굴이 외면한 채 말했다.

"구타이의 배신도 당연한 것, 네 증조부 칭기즈칸도 젊었을 때는 증조모 뵈르테까지 빼앗기고 숨어 살았다."

"어머니."

"닥쳐라! 이 못난 놈아!"

버럭 소리친 오굴의 눈에서 눈물이 흘러내렸다. 모두 숙연해졌고 오굴의 목소리가 골짜기를 울렸다.

"이것이 현실이다. 보라!"

오굴이 손을 들어 주위를 가리켰다. 일행은 모두 12명, 오굴과 두 왕자, 조카 시레뷘, 그리고 시녀 둘과 위사 여섯 명이다. 마구간에서 끌어온 여분의 말이 10여 필, 이것이 오고데이 가문의 현실인 것이다. 오굴이 말을 이었다.

"대장군 쿠추의 자비로 이렇게라도 남은 것이다. 자, 가자!"

오굴이 앞장을 서자 일행은 잠자코 뒤를 따른다. 목적지는 북방의 평원이다. 서쪽은 킵차크 칸국에 막혔고 아래쪽은 차카타이 칸국이지만 이미 그쪽도 위험해졌다. 남은 곳은 북쪽의 동토다. 골짜기를 벗어난 말 떼가 시야에서 사라질 때까지는 얼마 걸리지 않았다.

저녁을 먹고 있던 에르게이가 겔 안으로 들어서는 보로굴을 보더니 앞에 놓인 양고기 그릇을 가리키며 말했다.

"보로굴, 같이 먹자."

양고기 주위에는 에르게이와 휘하의 1천인장 여섯 명이 둘러앉아 있었는데 두어 명이 거들었다.

"오늘 양고기는 맛이 있어. 잘 삶았어."

"먹고 온 거야?"

그때 보로굴이 허리에 찬 칼을 쓰윽 빼 들더니 한걸음에 에르게이 앞으로 다가섰다.

"진압군 사령관의 명이다!"

외침과 함께 보로굴의 칼이 에르게이의 목을 쳤고 미처 피하지 못한 에르게이가 목이 반쯤이나 갈라진 채 쓰러졌다. 그때다. 보로굴의 외침을 신호로 겔 안으로 10여 명의 군사가 몰려 들어왔다. 이미 칼을 빼 든 군사들이다.

"으악!"

"반역이다!"

제각기 외치며 비명을 질렀지만 1천인장 여섯 명은 순식간에 도륙이 되었다. 그때 피에 젖은 칼을 치켜들고 겔 밖으로 나간 보로굴이 몰려드는 군사를 향해 소리쳤다.

"잘 들어라! 나는 진압군 사령관이며 대장군이신 쿠추 대감의 명으로 반역도 에르게이와 휘하 부하들을 쳐 죽였다!"

모두 숨을 죽였고 보로굴의 목소리가 초원 위에 울렸다.

"나를 따르는 자는 몽골제국의 군사가 되는 것이고 반항하는 자는 반역자가 되어 에르게이처럼 처단될 것이다!"

이미 승부는 끝이 났다. 지휘관 에르게이가 죽었을 뿐만 아니라 군사 대부분은 몽골제국의 정통성을 알고 있었기 때문이다. 변방인 이곳까지 따라와 반역도당이 되어있는 자신에 대해 회의를 느끼고 있는 자가 많았던 것이다.

차가타이 칸국의 후계자 타이추가 청태산에 도착한 것은 구타이가 기다린 지 나흘 후였다. 타이추는 5만 기마군을 이끌고 왔는데 원로 바이샤는 뒤에 남겨졌다. 바이샤가 7만 대군을 장악하고 있는 것이다.

"바이샤는 우리에게 적대적입니다."

구타이에게 대장군 모로카가 말했다.

"이번에 그놈까지 한꺼번에 없애 버리는 건데 두 번 일을 하게 되었습니다."

"속전속결이다."

구타이가 정색하고 말했다.

"오늘 밤 타이추를 없애고 곧장 바이샤에게 암살대를 보내는 것이다."

"과연."

머리를 끄덕인 모로카가 누런 이를 드러내고 웃었다.

"두 마리 뱀이라도 각각 머리만 자르면 몸통은 쓸모없는 법이지요."

"지금쯤 에르게이가 오고데이 가문을 멸족시켰을 테니 한꺼번에 끝내는 셈이다."

구타이가 결연한 표정으로 말했다.

"준비시켜라."

그 시간에 바이샤는 타이추와 이마를 맞대고 있었는데 겔 안에는 그들 둘뿐이다. 바이샤가 목소리를 낮추고 말했다.

"주장, 원로 중 몇 명은 이미 구타이한테 붙었으니 아군부터 속여야 되오."

"영감, 그게 누구누구란 말인가?"

"넷까지는 알겠는데 열두 명 중 몇 명인지 아직 모르오."

"이놈들, 넷부터 죽이도록 하지."

타이추가 이사이로 말했을 때 바이샤는 머리를 저었다.

"오늘 밤 구타이가 행동을 일으키면 모두 드러나게 될 것이오."

이곳은 청태산에서 30여 리 떨어진 초원이다. 5만 군사를 거느리고 청태산에 가있는 타이추는 대역인 것이다. 바이샤가 말을 이었다.

"주장, 오늘 밤이 지나면 또 해야 할 일이 있습니다. 그러니 정신을 바짝 차려야 될 것이오."

풀숲 위에 엎드려 있었지만 김산은 다 들었다. 머리를 든 김산이 옆에 엎드린 채화진를 보았는데 시선 끝이 멀다. 김산의 시선을 멀리 받은 채 채화진이 물었다.

"무슨 일입니까?"

채화진은 듣지 못했지만 이젠 부끄러운 일도 아니다. 김산이 바이샤와

타이추와의 대화를 말해주고 나서 결심한 듯 몸을 일으켰다. 이곳은 타이추의 진막에서 1백 보쯤 떨어진 풀숲 위다. 바로 앞쪽에 위사 셋이 엎드려서 경비를 하고 있는 것이다.

"이놈들이 서로 싸우도록 놔두는 것이 낫겠군."

혼잣소리처럼 말한 김산이 손을 뻗어 채화진의 손을 쥐었다. 그것은 도약하자는 뜻이었다. 손이 잡힌 채화진의 얼굴이 붉어졌지만 다행히 깊은 밤이다. 다음 순간 김산이 도약했고 채화진이 함께 뛰었지만 손이 끌리는 힘이 강하게 느껴졌다. 그만큼 공력이 부족하다는 의미일 것이다.

"누구냐?"

바로 아래쪽에서 경비병의 외침 소리가 들렸다가 곧 멀어졌다. 경비병들은 그저 검은 물체가 위로 흘러가는 느낌만 받았을 것이었다.

함성이 올랐을 때 타이추의 위사부장 코리는 마악 잠이 든 참이었다. 그러나 신발도 벗지 않은 상태였으므로 벌떡 일어섰다. 바이샤로부터 조목조목 지침을 받은 터라 진막 밖으로 뛰쳐나왔을 때는 이미 손에 칼을 뽑아 쥐었다. 함성은 더 커졌고 가깝다. 2백 보 앞이다.

"부장! 기습이오!"

장교 하나가 악을 쓰며 달려왔다.

"오고데이군이! 아니! 구타이군이!"

"불화살!"

버럭 소리친 코리가 칼을 허공에 휘둘렀다.

"구타이의 배신이다! 맞받아쳐라!"

코리의 외침이 울렸고 금방 밤하늘로 불화살이 솟아오르면서 이쪽에서도 함성이 터졌다. 다가선 장교가 헐떡이며 말했다.

"놈들이 아군 북쪽에서 치고 들어왔습니다! 목표가 주장의 진막입니다!"

"서쪽으로 밀고 나간다! 전령을!"

코리의 명령은 일사불란하게 터졌다.

"부장! 주장의 진막을 보호해야⋯⋯."

"주장은 대역이야!"

한마디로 말을 자른 코리가 어둠 속에서 이를 드러내고 웃었다.

"주장 진막은 미끼로 내줘! 우리가 역습이다! 전령!"

전령들이 달려와 서자 코리가 쏟아 붓듯 명령을 했다.

"2진, 3진은 서쪽으로 치고 나가라!"

"예엣!"

"4진, 5진은 뒤를 받치고!"

전령이 내달려가자 코리가 번들거리는 눈으로 앞쪽을 보았다.

"이놈, 구타이, 바이샤 영감의 말이 맞았다."

함성이 더 높아졌는데 이쪽의 함성도 섞여 있었기 때문이다. 불화살이 계속해서 하늘로 솟아오르고 있다.

"가자!"

불화살이 다섯 대째 올랐을 때 타이추의 7만 군사가 움직였다. 청태산의 구타이군(軍)을 치려는 것이다. 기마군 2만기가 질풍처럼 앞장을 섰고 뒤를 타이추의 본군 5만기가 따른다. 이제 청태산은 전장이 되었다.

"이놈 구타이."

눈을 치켜뜬 타이추가 이를 갈았다. 바이샤로부터 계속 언질을 받았지만 설마 했던 타이추다. 그러나 막상 구타이가 대역을 보낸 자신의 진을 기습했다는 불화살 신호를 보자 미친 듯이 날뛰었다. 이제 차가타이군과 구타이군의 대회전이 벌어지는 것이다.

말에서 뛰어내린 전령 장교가 구타이 앞에 한쪽 무릎을 꿇었다. 횃불에 비친 얼굴에 긴장감이 덮여 있다.

"대감, 차가타이군이 대비를 하고 있었습니다. 북쪽 방어진은 뚫었지만 아군의 서쪽 진이 밀립니다!"

전령의 목소리가 어둠 속에 울린 것은 주위가 조용해졌기 때문이다.

"북쪽 방어진을 뚫었다면, 타이추는?"

구타이가 물었다. 타이추의 진막은 북쪽에 있기 때문이다. 목표가 타이추부터 처치하는 것이니 북쪽 방어선을 뚫었다면 가능성이 있다. 그때 전령이 말했다.

"차가타이군은 북쪽은 버려두고 서쪽을 돌파하고 있습니다."

"으음."

구타이의 입에서 신음이 터졌다. 북쪽 타이추의 진막은 미끼였던 것이다. 그때 다시 말굽 소리가 울리더니 전령이 달려왔다.

"대감!"

말에서 뛰어내린 전령이 무릎을 꿇기도 전에 소리쳤다.

"차가타이군이 아군 진지로 쇄도하고 있습니다. 미리 계획을 세운 것 같다고 마추 님이 말하셨소!"

마추는 구타이 본군의 서쪽을 맡고있는 1만인장이다.

"맞아 싸워라!"

구타이가 소리쳐 명령했다. 어쩔 수 없다. 이제는 맞아 싸운다.

오전 축시(2시) 무렵, 청태산 동쪽의 능선 위에 2기의 기마인이 마상에 앉아 앞을 바라보고 있다. 말들은 달려왔기 때문에 코로 거칠게 숨을 뿜었지만 마상의 둘은 차분한 표정이다.

"대감, 타이추의 7만 대군이 구타이군의 서북쪽을 공격하고 있습니다."

그렇게 말한 것은 채화진이다. 김산이 잠자코 머리를 끄덕였다. 그리고 구타이는 타이추의 대역을 모시고 온 5만 군사와 밀리고 미는 접전을 치르는 중이다. 이제 타이추의 7만 군사가 쇄도하면 구타이는 치명상을 입게 될 것이었다. 항상 기습 전법으로 상대의 의도를 찔렀던 구타이는 오고데이와 차가타이 가문을 기습하려다가 계속해서 역습을 맞았다. 그러나 오고데이 가문은 오굴 카이미쉬가 사라짐으로써 멸망했다. 또한 구타이의 장수 에르게이도 부하 보로굴에 의해 참살된 것이다. 또한 지금 구타이의 본군과 차가타이의 전군이 전력을 모아 대회전을 치르고 있다. 그야말로 이이제이다. 오랑캐끼리 싸움을 붙여 오랑캐 무리를 절멸시키는 전략이 바로 이것이다. 그때 채화진이 말을 이었다.

"대감, 이곳에서 기다리시겠습니까?"

"오늘 아침이면 구타이가 패하고 북쪽으로 도주할 것이다."

채화진의 시선을 받은 김산의 얼굴에 웃음기가 떠올랐다.

"구타이는 7만 대군을 보유하고 있지만 차가타이군에게 수적으로 밀리는데다 첫째 명분이 없다."

"……"

"차가타이는 영토를 지키려는 의지가 있는 반면에 구타이는 비열한 수단으로 기습을 하려다가 발각이 되었다. 그것을 아는 구타이군의 사기는 추락할 것이다."

"구타이는 어디로 패퇴하겠습니까?"

"그놈은 죽지 않으면 끝까지 포기하지 않을 거야."

김산의 시선이 동쪽으로 향해졌다.

"추종하는 무리가 있으니 어딘가에서 기반을 굳히려고 하겠지."

김산이 예상했던 대로 구타이군과 차가타이 칸국 소속 타이추군의 대회전(大會戰)은 오전 진시(8시) 무렵에 끝이 났다. 결과는 참담했다. 구타이군의 대패였다. 잠깐동안 모로카 칸국을 꿈꾸었던 3만인장 모로카가 일족과 함께 장렬하게 전사했으며 구타이의 7만 대군은 5만여 명의 전상자를 내고 패퇴했다. 아니, 패퇴가 아니다. 사분오열이 되어서 흔적도 없이 사라졌다고 해야 맞다. 구타이는 일족과 추종자, 5천여 기를 이끌고 서남방의 혼둔 산맥 쪽으로 도주했다는 소문이 났지만 확인이 안 되었다. 그러나 차가타이군도 완승을 거둔 것이 아니었다. 타이추의 대역을 내세워 청태산에 진입했던 5만군은 거의 전멸했고 본군 7만도 막대한 손실을 입었다. 더구나 차가타이 칸국의 12원로 중 6명이 전투 중에 사망한데다 구타이 측에 가담했다는 의심을 받은 원로 셋이 타이추에게 참살되었으니 남은 원로는 셋뿐이었다. 그런데 미처 전장도 정리하지 못한 대회전 이튿날에 황제 몽케의 진압군 3만이 차가타이 칸국의 수도 아르마르크에 진입한 것이다. 청태산에서 회군 중이던 타이추는 대경실색을 했지만 이미 차가타이 칸국의 운명은 결정되었다.

"주장, 피하시지요."

원로 바이샤가 그렇게 말했을 때는 깊은 밤, 자시(12시) 무렵이다. 회군 중의 진막 안이었는데 안에는 원로, 장수급이 거의 전부인 10여 명이 둘러 앉아 있다. 타이추는 눈만 부릅떴고 바이샤의 말이 이어졌다.

"오고데이 칸국의 오굴 카이미쉬 황비와 두 아들, 그리고 조카 시레뮌은 진압군 사령관의 자비를 받아 북방으로 피신했다고 들었습니다. 주장께서도 일족을 이끄시고 서북방으로 피하시면 진압군이 쫓지 않도록 소인이 손을 쓰지요."

"내가 피해? 그리고 자비를 받아?"

타이추가 버럭 소리쳤으므로 모두 몸을 굳혔다. 손바닥으로 팔걸이를 내려친 타이추의 목소리가 더 높아졌다.

"지금 내 휘하에 4만 군사가 남았고 각 부족, 성에 흩어진 군사를 모으면 20만이 된다. 그런데 3만 진압군에게 자비를 애걸한단 말이냐!"

타이추가 손끝으로 바이샤의 코를 가리켰다.

"겁쟁이 영감 같으니라구! 차가타이 칸국은 몽케의 형님뻘이야! 물러가라!"

다음 날 아침 진시(8시) 무렵이었다. 진중에 데려온 애첩 무슬라와 폭음을 한 후에 방사까지 치른 타이추가 밖의 소음에 눈을 떴다.

"무슨 일이냐!"

누운 채로 버럭 소리친 타이추에게 밖에서 위사의 목소리가 울렸다.

"주장 전하, 위사 부장이 없어서 보고를 못 합니다."

진막 밖의 경비병 같다. 당황해서 보인 대로 말한 것이다.

"아무도 보고할 장교가 없습니다."

"다 어디 갔단 말이냐!"

상반신을 일으킨 타이추가 고함을 쳤다. 밖의 소음은 더 커졌다. 말굽소리, 부르는 소리, 부대가 이동하는 소음이다. 그때 진막 안으로 위사 하나가 들어섰다. 장교도 아니고 경비병이다. 사내가 일그러진 얼굴로 말했다.

"주장 전하, 다 도망치고 있소!"

타이추는 입만 딱 벌린 채 시선만 주었다. 말문이 막힌 것이다.

바이샤가 김산 앞에 엎드린 것은 사흘 후의 오전 오시(12시)가 되어갈 무렵이다. 백발을 늘어뜨린 바이샤가 주름진 얼굴로 김산을 보았는데 눈에 눈물이 가득 고였다.

"대감, 차가타이 칸국을 드리려고 왔소."

대장군 겸 진압군 사령관 쿠추의 진막 안이다. 둘러선 장수들의 시선을 받은 바이샤가 마침내 눈물을 떨구었다.

"차가타이군 4만기를 이끌고 왔으니 받아주시기를."

"타이추는 어디 있는가?"

김산이 묻자 바이샤는 머리를 떨구었다.

"청태산 남쪽 20여 리 지점에서 전사하여 묻었습니다."

"……."

"이로써 차가타이가(家)는 명맥이 끊겼으니 칭기즈칸 대칸의 후계자가 되신 몽케 황제께로 귀속되는 것이 당연한 것 같습니다."

"영감의 공로가 많다."

마침내 김산이 외면한 채 말했다.

"영감의 노력으로 차가타이 칸국의 백성, 군사들이 다 살았다."

"나이가 많은 죄로 차가타이 가문이 없어지는 것을 보게 됩니다."

김산이 숨을 들이켰다. 이미 첩자로부터 들어서 다 알고 있는 것이다. 타이추의 아집에 진절머리를 낸 휘하 장수들은 그날 밤에 타이추를 버렸다. 그리고 바이샤의 인솔하에 진압군에 투항한 것이다. 타이추는 1백여 기의 위사들과 함께 남겨졌는데 그날 밤에 구타이군의 기습을 받아 전멸했다. 단 한 사람도 살아남지 않았으므로 그 소문을 들은 바이샤가 군사들을 보내 시신을 수습해 주었다는 것이다. 의자에 등을 붙인 김산이 바이샤를 보았다.

"영감, 이곳은 서역 땅을 잇는 요충지이며 광대한 땅이다. 백성들을 위해 영감의 조력이 필요하다."

"예, 대감."

방바닥에 엎드린 바이샤가 눈물범벅이 된 얼굴로 김산을 보았다.

"여생이 얼마 남지 않았지만 그것이 차가타이 님의 혼령을 위로해 드리는 것이 되겠지요."

"영감은 순리대로 한 것이야."

김산이 부드러운 시선으로 바이샤를 보았다. 밤에 타이추를 기습하여 몰사시킨 것은 바이샤다. 바이샤가 차가타이 칸국을 위해 후환을 없앤 것이다. 밀정을 통해 그 정보를 들은 김산은 바이샤를 대리 영주로 삼을 작정을 하고 있었다. 어깨를 편 김산이 주위를 둘러보았다.

"이제 천하의 주인은 하나가 되었다."

2장
원수

그로부터 보름 후에 이제 카라코룸의 황궁에서 군림하고 있는 몽케 황제로부터 구 차가타이 칸국의 수도 아르마르크에 주둔하고 있는 대장군 김산에게 사신이 왔다. 전령이 아니라 정2품 대신이며 병부대신으로 임명된 카우란이 사신이 되어 온 것이다. 이것은 황제를 대신한 의식을 치른다는 의미다. 사신 도착 일정을 통보받은 진압군 사령관이며 5만인장 대장군 겸 집행관인 정2품 대신 쿠추가 아르마르크 궁성에 식단을 만들었다. 그리고 카우란을 엎드린 채 맞는다. 쿠추의 뒤에는 2백여 명의 장군, 원로들이 엎드려 있었으며 그 뒤쪽에는 차가타이 칸국과 오고데이 칸국에서 소집시킨 5백여 명의 족장, 원로들이 부복하고 있었으니 거대한 청은 부복한 신하들로 가득 찼다. 실로 장엄한 장면이다. 카우란 또한 50대 후반으로 칭기즈칸을 따라 서역까지 다녀온 대장군이다. 그동안 무수한 정벌지와 정벌국의 복속장면을 보았지만 이번은 카우란의 가슴을 쳤다. 특히 아래쪽 5백여 명의 족장 원로가 두 무리로 갈려졌는데 왼쪽은 차가타이 가문의 흰색 깃발을 들었고 오른쪽은 오고데이 가문의 검정색 깃발이다. 두 가문이 바야흐로 톨루이 가문에 복속한다는 의미인 것이다. 카우란가(家)는 칭기즈칸가(家)에 수레를 만들어 공급했던 유서 깊은 가문이다. 따라서 자손 간의 알력을 누구보다도 잘 아는 터라 금방 눈에 눈물이 고였다.

"대감, 일어나시지요."

다가선 카우란이 말했으므로 김산이 몸을 일으켰다. 사신 카우란은 지금 황제 몽케를 대신하여 말하고 있다. 다른 사람은 일어날 수가 없다. 아르마르크 궁의 청은 꽤 넓었지만 사방을 터 놓아서 엎드린 신하는 1천여 명이 넘었다. 그때 카우란의 목소리가 청 안팎을 울렸다.

"황제 폐하의 명을 전한다."

"예에."

1천여 명의 신하가 일제히 부복한 채 대답했으므로 청이 들썩였다. 그때 카우란이 금박을 입힌 붉은색 비단을 펼쳐 들고 읽는다.

"나, 몽골황제 몽케는 5만인장, 대장군, 집행관이며 전(前) 홀란드 총독 쿠추를 서부군 총사령관 겸 서부령(領) 총독으로 임명한다."

이제는 모두 숨을 죽여서 숨소리도 들리지 않는다. 숨을 돌린 카우란의 말이 이어졌다.

"서부령(領)은 구(舊) 오고데이, 차가타이 영지를 말한다."

그리고는 카우란이 정중하게 비단 명령서를 접어 김산에게 두 손으로 바쳤다. 이제 쿠추는 정1품 대신으로 총독 겸 서부지역 총사령관이 된 것이다. 명령서를 받은 김산이 황제 대역인 카우란에게 절을 하고는 몸을 일으켰다. 그때 단하에서 부사의 선창으로 만세 소리가 일어났다.

"황제 폐하 만세! 천세!"

이어서 총독 쿠추의 만세다.

"총독 쿠추 만세! 천세!"

"서부령은 광대한 영지입니다."

저녁때 궁에서 차려진 주연 석상에서 카우란이 말했다. 술기운이 번진 카우란이 웃음 띤 얼굴로 김산을 보았다.

"서역의 통로를 장악하고 있는데다 아래쪽은 압바스 왕조올시다. 앞으로 몽골 제국이 뻗어 나가야 할 땅이지요."

김산이 웃음 띤 얼굴로 머리만 끄덕였다. 1년 전 자신은 콘스탄티노플을 거쳐 예루살렘 근처까지 내려간 적이 있는 것이다. 몽골제국의 장수들 중 가장 서쪽으로 진출한 경우가 되리라. 그러나 그것을 자랑삼아 말하고 싶지는 않다. 아래쪽에도 미개척지가 많은 것이다.

"총독각하."

옆에 앉은 카우란이 몸을 가깝게 붙이더니 은근한 표정으로 물었다.

"구타이는 어디로 도망친 것 같습니까?"

"서남방 혼둔 산맥 안으로 도주했다는 소문이 났지요."

쓴웃음을 지은 김산이 말을 이었다.

"바로 압바스 왕조의 영토에 들어간 것 같소."

압바스 왕조의 수도는 바그다드다. 그리고 왕조의 북쪽이 킵차크 칸국인 것이다. 한 모금 술을 삼킨 김산이 지그시 앞쪽을 보았다. 연회장은 떠들썩했다. 장수와 관리들은 술에 취해 환성까지 질렀고 여자들의 웃음소리도 들렸다. 오늘은 서부지역 총독이 탄생한 날이자 오고데이, 차가타이 칸국이 공식적으로 멸망한 날인 것이다. 김산의 오랜 심복인 홍복과 한족 무림인(武林人) 출신인 삼관필, 비호수, 금강, 왕청 등은 이제 관복을 입고 있었지만 흥을 참지 못하고 있다. 김산의 시선이 오른쪽으로 옮겨졌다. 그러자 이쪽을 응시하고 있던 채화진과 시선이 마주쳤다. 이제 채화진은 서부령의 관리가 되었다. 그때 카우란이 다시 목소리를 낮춰 말했다.

"총독각하."

시선을 받은 카우란이 주름진 얼굴을 펴고 웃었다.

"이제 내실을 들이시고 자손을 봐야 되지 않겠습니까? 내가 듣기로는 총독각하를 노리는 공주들이 많다고 합니다."

김산이 심호흡을 했다. 그러나 얼굴에는 쓴웃음이 띠어 있다.

"아직 할 일이 많이 남았습니다."

어깨를 편 김산이 이제는 정색하고 말을 이었다.

"처자식에 매어 살 입장이 아니오, 대감."

그로부터 사흘 후, 사신 카우란이 떠난 다음 날 오전, 총독 쿠추가 정청에 나와 백관을 둘러보았다. 서부령은 이제 서부 방면군을 보유한 왕국이나 같다. 그래서 백관도 서열에 따라 질서 있게 늘어섰는데 그 숫자가 3백여 명에 이른다. 오늘은 서부령 총독 쿠추가 서부령 신하들의 논공행상을 하는 날이다. 이윽고 조용한 청 안에서 북소리가 들리더니 시위장교가 소리쳤다.

"총독 전하께서 고하신다!"

그때 두루마리를 펼친 서부령의 재상 바이샤가 말했다. 차가타이 칸국의 원로 바이샤가 재상이 되어있는 것이다. 바아샤의 목소리가 높아졌다.

"위사장 홍복은 1만인장이 되어 왕궁경호대장을 겸한다."

여진인 홍복이 이제 꿈에도 그리던 장군이 되었다.

"1천인장 아리그타, 정봉, 삼관필, 비호수, 금강, 왕청은 5천인장으로 승진한다."

이제 그들도 준(準)장군이다. 다시 바이샤가 소리쳤다.

"전(前) 감찰대 태위 채화진은 1만인장으로 서부령의 감찰대 태감으로 임명한다."

마침내 채화진이 김산 휘하의 감찰대 태감이 되었으니 운명이다. 청의 총독 자리에 앉은 김산의 시선이 아래쪽 채화진에게로 옮겨졌다. 그러나 채화진은 머리를 숙여 보이며 영(令)을 받겠다는 표시를 했지만 김산과 시선을 마주치지는 않았다.

서부령에 대장군이 넷 있었으니 쿠레겐, 토브사카, 옹기란, 부겐이다. 모두 칭기즈칸 황제로부터 천호장을 임명받은 유서 깊은 가문으로 몽케황제가 보낸 인물들이다. 칭기즈칸은 몽골을 평정한 후에 96개 가문에게 천호장을 주었는데 이 넷도 그중에 든다. 그 중 쿠레겐이 가장 연상인 57세에 좌장 노릇을 했다. 대장군이면 5만 군사를 지휘하며 대감이다. 서부군은 25만 군사를 보유하고 있었으므로 대장군 넷은 많은 편이 아니다. 논공행상이 끝난 다음 날 오전, 서부군 사령부의 청 안에서 대장군 넷이 모여 사령관 겸 서부령 총독 김산을 기다리고 있다.

"총독 각하가 늦는군."

그중 상석에 앉은 쿠레겐이 혼잣소리를 했지만 셋은 다 들었다.

"총독 각하의 나이가 몇이라고 했지? 스물일곱?"

쿠레겐이 묻자 셋은 제각기 외면했지만 그중 가장 젊은 부겐이 늦어서 시선이 잡혔다. 시선이 마주친 것이다.

"어때? 부겐?"

"글쎄, 모르겠소."

"스물여섯이란 말도 있어. 들었나?"

"모르겠소."

쿠레겐의 속셈을 아는 터라 부겐의 말이 짧다. 쓴웃음을 지은 쿠레겐이 의자에 등을 붙였다.

"몽골제국에 벼락출세한 관리들이 많아. 칭기즈칸께서 살아 계셨다면 결코 이런 일이 없었을 거네."

"……."

"40년 가깝게 칭기즈칸 가문에 충성해 온 나야. 토브사카는 30년이 되었나? 그렇지, 옹기란도 비슷하겠군."

다시 쿠레겐의 시선이 부겐에게로 옮겨졌다.

"부겐, 그대는 15년쯤 되었나? 그래도 총독보다는 두 배쯤 경륜이 많은 셈이군."

마침내 쿠레겐의 의도가 나왔다. 쿠레겐이 이사이로 말한다.

"황제 폐하께서는 눈앞에서 얼쩡대는 무리만 아끼시는 것 같단 말씀이야. 우리 쿠레겐 가문은……."

그때 토브사카가 말을 잘랐다.

"쿠레겐, 나는 그 말을 지금 열세 번째 듣고 있소. 도대체 어쩌려고 불평만 늘어놓는 거요?"

"이봐, 닥쳐!"

쿠레겐이 눈을 부라렸지만 말문이 막혔다. 본래 쿠레겐은 칭기즈칸 직속군 휘하의 병참장을 지내다가 동부군 사령부 휘하의 여진부 감독관으로 옮겨가 20년을 보낸 것이 경력이다. 몽골 초원에서 대장장이 집안으로 칭기즈칸가(家)에 무기를 댄 인연이 있었으니 명문(名門)이다.

"내가 고려인의 부하가 되다니."

이윽고 쿠레겐이 이사이로 그것도 낮게 말했는데 그것은 바로 옆에 앉은 부겐만 들었다. 그것이 쿠레겐의 불만 원인이었던 것이다. 몇 마디 더 한다면 자식뻘인 고려인, 몽골 제국에 기여한 경력도 몇 년밖에 안 되는 이방인의 부하가 되어있는 자신에 분통이 터진다는 것이다.

청에서 50여 보쯤 떨어진 사령부의 밀실에서 김산이 삼관필과 마주앉아 있다. 삼관필은 5천인장 제복을 입은 터라 김산과 멀찍이 떨어져 있다.

"들었느냐?"

불쑥 김산이 묻자 삼관필이 목을 움츠렸다.

"각하 소장은 공력이 부족하여……."

"대장군 쿠레겐의 불평이다."

쓴웃음을 지은 김산이 말을 이었다.

"황제 폐하의 자문관 하란시크님께서 나에게 밀서를 보내셨다. 황제 폐하께서 쿠레겐을 나에게 보낸 것은 변방에서 가문의 명예를 지키도록 하라는 의도라는 것이다. 그것이 무엇이겠느냐?"

"명예롭게 전사하거나 대공을 세우는 것이겠지요."

"쿠레겐은 명문(名門)이야. 그래서 오고데이, 구유크까지 어쩔 수 없이 여진족의 감독관으로 20년을 보내게 했지만 재물을 밝히는데다 포악하고, 도무지 정무를 보지를 못해 민심이 드높았다는 것이다.”

삼관필은 듣기만 했고 김산의 말이 이어졌다.

“쿠레겐의 부친 올라르 쿠레겐이 칭기즈칸 황제의 목숨을 구해준 인연이 있어서 칭기즈칸께서는 쿠레겐은 3대에 걸쳐 대장군 직위를 받고 황제가 아니면 죽일 수 없다는 특전을 받았다는 것이다.”

놀란 삼관필이 숨을 멈췄을 때 김산의 말이 이어졌다.

“그래서 오고데이, 구유크도 쿠레겐을 어쩌지 못하고 이제 몽케 황제 치하까지 내려온 것이야.”

“애물단지가 서역령에 왔습니다.”

삼관필이 어깨를 늘어뜨리며 말했다.

“각하께서도 놔두시지요.”

“나는 그렇게 못한다.”

머리를 저은 김산이 지그시 삼관필을 보았다.

“쿠레겐은 조금 전에도 내 휘하에 있는 것이 못마땅하고 있어. 그렇다면 하란시크님의 말씀대로 가문의 명예를 지키도록 하는 수밖에 없다.”

청에 앉은 김산이 아래쪽에 선 대장군 네 명을 보았다. 오전 신시(10시) 무렵, 총독 쿠추가 대장군 넷을 부른 것이다. 김산의 시선이 대장군 쿠레겐에게로 옮겨졌다.

“쿠레겐, 그대가 대장군 중 선임 아닌가?”

“그렇게 되옵니다.”

쿠레겐이 똑바로 김산을 보았다. 눈동자도 흔들리지 않는다. 머리를 끄덕인 김산이 말했다.

"그렇다면 대임(大任)을 맡기겠다. 역적 구타이가 1만여 병력을 이끌고 혼둔 산맥 안쪽의 라타에 머물고 있다는 정보가 있다. 그대에게 3만 기마군을 떼어줄 테니 가문을 빛내도록 하라."

쿠레겐의 두 눈이 번들거리더니 이윽고 갈라진 목소리로 묻는다.

"혼둔 산맥 안 라타라면 압바스 왕조의 영지 아닙니까?"

"그렇다."

"압바스군과 마주치지 않겠습니까?"

"이슬람군과 싸우려는 것이 아니다."

"3만이면 부족합니다. 5만을 주시지오."

그러자 둘러선 대장군들이 술렁거렸고 좌우에 시립한 장군, 관리들도 서로의 얼굴을 보았다. 위사장 홍복과 5천인장 삼관필, 비호수 등은 눈을 부릅뜨고 있다. 그때 김산의 얼굴에 쓴웃음이 번져지더니 나머지 세 명의 대장군을 보았다.

"5만은 안된다. 3만을 이끌고 누가 가겠는가?"

그 순간 대장군 셋이 서로의 얼굴을 둘러보았다. 모두 당혹한 표정이다. 쿠레겐의 위신이 걸려 선뜻 나서지를 못하고 있는 것이다. 대답이 없자 김산이 천천히 머리를 끄덕였다.

"없다는 말이구나."

"……."

"그렇다면 구타이의 잔병을 소탕하고 구타이의 목을 들고올 장군이 있는가?"

그때 재상 바이샤가 나섰다.

"각하. 이번에 항장(降將)으로 5천인장에 임명된 사르딘이 압바스 영지를 잘 압니다. 특히 혼둔 산맥의 지리에 밝은데다 용장입니다. 사르딘을 추천하오."

"그런가?"

김산의 표정이 밝아졌다. 사르딘은 차가타이 칸국의 장군이었지만 타이추의 미움을 받아 변방에 묻혀있었던 것이다. 그러다 바이샤가 불러들여 김산의 휘하에 들게 했는데 40대 후반으로 과묵한 성품이다. 차가타이가 살아있을 때 부장(副將) 중의 하나였으니 그 또한 칭기즈칸 가문과 가까운 명문(名門)이다.

"사르딘."

김산이 부르자, 아래쪽 장군 반열에서 거구의 장군이 한 걸음 나섰다. 사르딘이다. 모두의 시선을 받은 사르딘에게 김산이 물었다.

"사르딘, 그대가 3만 군사로 구타이를 잡고 잔당을 소탕하겠느냐?"

"1만만 주십시오."

사르딘의 목소리가 청을 울렸다.

"1만이면 충분합니다. 압바스 영지로 들어가는데 군사가 많을수록 불리하오."

"무엇이?"

그때 대장군 쿠레겐이 소리쳤다. 눈을 부릅뜬 쿠레겐이 청 바닥에 발을 굴렀다.

"이놈. 항장 주제에 나를 능멸하는구나! 많을수록 불리하다고? 네 이놈!"

"닥쳐라!"

그때 버럭 소리를 친 것은 재상 바이샤다. 눈을 부릅뜬 바이샤가 쿠레겐을 노려보았다. 바이샤가 말을 이었다.

"이놈, 쿠레겐. 어느 앞이라고 고함을 치고 발을 구르느냐! 칭기즈칸 대황제의 3대 대장군 유지로 겨우 연명하는 무능한 놈 같으니, 네가 대장군으로 제대로 공을 세운 적이 있기나 한가?"

그 순간 청 안은 무거운 정적이 덮였다.

바이샤 또한 칭기즈칸 측근에서 종사한 명가(名家)인 것이다. 그때 누렇게 얼굴이 굳어진 쿠레겐이 바이샤를 노려보았다.

"영감. 나에게 이런 모욕을 주고 어디 견디나 봅시다."

"네놈은 상전인 나뿐만 아니라 총독각하도 모욕했다. 다른 놈 같았으면 벌써 목이 잘렸다."

그때 김산의 목소리가 청을 울렸다.

"사르딘."

불린 사르딘이 머리를 들었고 청 안의 모든 관리, 장수들이 김산을 보았다. 김산이 웃음 띤 얼굴로 말했다.

"그대에게 1만 기마군을 주마. 구타이를 잡고 잔병을 소탕하도록 하라."

"예옛!"

무릎을 꿇은 사르딘이 상기된 얼굴로 김산을 보았다.

"명을 받들고 충성을 바치겠습니다."

머리를 끄덕인 김산의 시선이 쿠레겐에게 옮겨졌다.

"앞으로 대장군 중 선임은 토브사카이다. 쿠레겐, 그대는 내 앞에서 무례한 죄로 근신을 명한다."

쿠레겐이 눈을 치켜떴다.

"나를 어떻게 할 수 없을 것이오!"

그때 5천인장 비호수가 쿠레겐 앞으로 다가가더니 채찍으로 얼굴을 후려쳤다.

"으악!"

고통으로 비명을 지르는 쿠레겐이 얼굴을 감싸 쥐었을 때 다시 한 번 얼굴을 후려친 비호수가 소리쳤다.

"네가 총독 전하께 불손하게 대들었으니 내가 너를 벌해도 될 것이다."

"으악!"

세 번째 채찍을 얼굴에 맞은 쿠레겐이 이제는 땅바닥에 뒹굴었지만 아무도 말리지 않았다.

"이 기회에 구악(舊惡)을 일소하자는 상소를 올리도록 합시다."

내궁으로 돌아온 김산이 재상 바이샤에게 말했다.

"구타이까지도 전(前) 오고데이 황제로부터 밤에 황제의 침전에 출입할 수 있는 권한을 받았소, 이런 쓸데없는 특전을 받은 자가 수백 명이오."

"그렇습니다."

쓴웃음을 지은 바이샤가 김산을 보았다.

"부끄럽지만 저도 칭기즈칸 대황제로부터 제겔 초원에서 잡은 여우의 절반은 제 소유라는 특전을 받았지요. 지금 제겔 초원은 황제 직속령이 되어있지만 말씀이오."

"대장군 옹기란은 부친이 오고데이 황제로부터 3대에 걸쳐 황제 앞에서 말에서 내리지 않아도 된다는 특전을 받았다는 것이오."

"그것은 오고데이가 옹기란의 부친 고투한테 술 심부름을 시켰는데 술병을 가져온 고투가 말에서 내려 바치느라 꾸물거렸기 때문이지요."

"구(舊) 악법(惡法)을 철폐해야 한다는 상소문을 적어 황제께 보내야 겠소."

김산이 다시 말하자 바이샤가 머리를 숙였다.

"즉시 급전령을 보내도록 하겠습니다."

카라코롬의 몽케 황제에게 가는 전령이다.

구타이는 라타성(城)에 머물고 있는 것이 아니었다. 용의주도한 구타이는 추격군을 의식한 터라 일부 병력만 라타성에 넣고 그곳에서 50여 리 떨어진 혼둔 산맥의 지류 안 골짜기를 근거지로 삼았다. 라타성은 압바스 영지지만 수비군도 없는 빈약한 성(城)이다. 구타이는 라타를 미끼로 내놓고 정세를 엿보고 있는 셈이다. 술시(오후 8시) 무렵, 구타이가 위사장이 되어 있는 게르치에게 물었다. 게르치는 처가 쪽 친척이어서 어차피 공생공사할 입장이다.

"게르치, 쟈이드한테서는 아직 연락이 없느냐?"

"예, 아직……."

40대 후반의 게르치가 말꼬리를 흐렸다. 게르치는 석 달 전만 해도 북부군소속 감찰부장으로 1만인장이었다. 감찰부는 곧 군(軍)의 기강을 단속하는 부대였으니 태자당과 비견될만한 권부다. 그 게르치가 이제는 패잔병을 수습하여 구타이를 돕고 있다. 구타이가 쓴웃음을 짓고 말했다.

"쟈이드한테 뇌물이 부족했나 보다. 다시 금화 1만 냥쯤을 더 보내야 겠다."

쟈이드는 압바스 왕조의 재상으로 구타이와 여러 번 거래를 해왔다. 킵차크칸인 바투를 견제하기 위해서였다. 그래서 킵차크국의 정보도 주었고 선물도 몇 번 보낸 적이 있다. 이번에는 쟈이드에게 지원군을 부탁할 사자를 보낸 것이다. 사자는 금 1만 냥을 쟈이드에게 바쳤을 텐데 아직 연락이 없다. 왕복 20일이 걸리는 거리지만 이제 15일째였으니 전령은 올 때가 되었다.

"대감."

머리를 든 게르치가 구타이를 보았다.

"병사들 분위기가 좋지 않습니다. 요즘은 하루에도 20여 명씩 탈영병이 생기고 있습니다."

"……."

"오늘 오후에는 1백인장 한 놈이 순찰을 나간다며 골짜기로 나가 돌아오지 않았습니다."

"……."

"추격대를 보냈지만 군심(軍心)이 동요하고 있습니다."

"지금 병력은 얼마나 남았느냐?"

"라타성에 2천, 이곳에 6천입니다."

"……."

"압바스군이 온다고 해도 우리 군(軍)의 실상을 보면 지원을 주저하게 될지 걱정이 됩니다."

"압바스 왕조를 먹으면 돼."

이사이로 말한 구타이가 번들거리는 눈으로 게르치를 보았다.

"알겠느냐? 난 압바스의 지원군이 오면 바그다드를 지킨다는 명분으로 이곳을 떠나 바그다드로 갈 것이다."

"……."

"바그다드에 도착하면 쟈이드를 끼고 술탄 모하메드를 죽여 없애는 것이지."

놀란 게르치가 숨을 삼켰을 때 구타이가 이를 드러내고 소리 없이 웃었다.

"알겠느냐? 내가 이런 변경에서 쿠추가 보낸 한 줌밖에 안 되는 군사들하고 싸우면서 세월을 보낼 줄 알았느냐?"

어깨를 부풀린 구타이가 어느덧 정색하고 말을 잇는다.

"압바스 왕조는 영주들이 제각기 사분오열이 되어있어서 바그다드만 차지하면 정권을 장악하게 될 것이다."

어느덧 구타이의 눈동자가 초점이 멀어졌다. 먼 곳을 보는 시선이다.

벽에 걸린 지도를 보던 김산의 시선이 혼둔 산맥에서 멈춰졌다. 라타는 작은 점으로 찍혀져 있었는데 위쪽으로 산맥이 병풍처럼 둘러서 있다. 깊은 밤이다. 침상에서 죽은 타이추의 첩 한 명이 알몸으로 누워있었는데 김산은 아직 손도 잡지 않았다. 김산은 타이추의 후궁을 송두리째 물려받은 것이다. 첩 6명, 후궁 23명, 시녀가 1백여 명이다. 왕성으로 진입한 선봉군이 타이추의 정실부인과 자식들은 모두 죽여서 후손은 없앴다. 김산이 소리죽여 숨을 뱉었다. 고려를 떠난 지 어언 20년, 부모형제를 잃은 지도 20년이다. 그동안 원수 구타이는 몽골제국의 오고데이, 구유크칸 시절에 북부군사령관 겸 병부대신으로 절대권력을 휘두르다가 마침내 쫓기는 신세가 되었다. 이제 모든 것을 잃고 제 한목숨을 건지려고 압바스 왕조에서 몸부림을 치는 상황이다.

"이놈, 구타이."

김산이 참으로 오랜만에 고려어로 혼잣말을 했다.

"네놈은 내가 살아가는 목표 노릇을 했다. 네놈은 내 과녁이었고 내 몸은 날아가는 살이었다."

물론 구타이는 대답이 없고 김산의 말이 이어졌다.

"내 살이 네 몸에 꽂히는 순간 살이 되어있던 내 삶은 끝나는 것이 아니다."

벽에 박혀있던 김산이 시선이 더 멀어졌다.

"네놈은 이제 내 원수의 일부분이다. 내 목표는 더 커졌다."

몸을 일으킨 김산이 침상으로 다가가자 기다리고 있던 후궁이 상반신을 일으켜 김산을 맞았다. 젖가슴이 풍만한 서역 미인이다. 그러나 이름도 모른다.

몽케 황제의 특사가 왔을 때는 사르딘이 1만 기마군을 이끌고 압바스 영지로 진입한 열흘 후였다. 특사는 병부대신 발라, 그 역시 칭기즈칸으로부터 초기에 1천호장을 맡았던 명문의 후손이다. 발라가 서부령의 수도 아르마르크성 정청에서 소리높여 황제의 칙서를 읽는다.

"칭기즈칸 대황제의 후손으로 몽골제국 황제가 된 몽케가 선언한다."

숨을 돌린 발라의 목소리가 청을 울렸다.

"지금 이 순간부터 전부터 내려왔던 모든 특전이 무효가 된다. 그것은 칭기즈칸 대황제의 특전도 포함된다."

청 안의 모든 관리는 숨을 죽였다. 그것이 무엇을 의미하고 있는지를 알기 때문이다. 칙서를 읽고 난 발라가 총독 김산을 보았다.

"황제께서 이 검을 주셨습니다."

발라는 부사(副使)가 건네준 검을 김산에게 내밀었다. 금장식이 붙여진 황제의 검이다. 검을 받은 김산에게 40대의 발라가 말을 이었다.

"왕(王)의 검입니다."

그것을 들은 바이샤가 커다랗게 머리를 끄덕였고 김산은 감동했다. 몽케는 자신에게 왕처럼 행동하라는 지시를 한 것이다. 왕은 왕국의 주인이다. 왕의 권위를 손상하는 자는 죽여야만 한다. 그래야 왕과 왕국의 권위가 선다. 어깨를 부풀렸다 내린 김산이 말했다.

"폐하의 뜻에 어긋나지 않겠습니다."

이것이 김산의 대답이다.

바로 그날 저녁, 술시(8시)가 되었을 때 아직도 얼굴의 채찍 자욱이 가시지 않은 쿠레겐이 김산 앞으로 불려 왔다. 20여 일 동안 근신하고 있었던 쿠레겐의 얼굴은 창백했다. 김산은 발라를 위한 주연을 베푼 참이어서 주연장에는 1백여 명의 관리, 장군들이 가득 차 있다. 김산이 입을 열었을 때 주위는 조용해져서 숨소리도 들리지 않았다.

"쿠레겐, 근신했느냐?"

쿠레겐은 뻣뻣이 선 채로 대답하지 않았다. 아직 칙사가 가져온 칙서 내용을 듣지 못했기 때문이다. 근신이란 제집에서 외부와 단절된 채 지내는 것을 말한다. 밖에 감시가 있어서 나갈 수도 없다. 주연장 안이 조용해졌다. 그때 김산이 말을 이었다.

"쿠레겐, 너에게 사마르칸트 경비를 맡긴다. 병력 3만을 줄 테니 그곳을 지키도록 하라."

그 순간 놀란 발라가 머리를 들었고 청 안이 술렁거렸다. 쿠레겐에게 기회를 준 것이다. 대부분의 관리는 이 자리에서 총독이 쿠레겐의 목을 칠 줄 알았던 것이다. 쿠레겐이 눈을 껌벅이며 김산을 보았다.

"총독, 사마르칸트 성주가 되라는 것이오?"

"그렇다. 사마르칸트는 압바스 영토와 밀접해 있으니 국경경비를 맡아라."

사마르칸트 성주는 타이추 심복이어서 정권이 전복되자 일가를 이끌고 압바스 영지로 도피했다. 그래서 현재 무주공산이 되어있다. 그때 쿠레겐이 머리를 저었다.

"3만으로는 부족하오. 5만을 주시오."

김산은 시선만 주었고 청 안이 술렁대기 시작했다. 재상 바이샤는 길게 숨을 뱉었지만 입을 열지는 않았다. 쿠레겐이 말을 이었다.

"나는 대장군이니 5만 군사는 이끌어야 하오. 3만으로 사마르칸트를 지키라니, 당치 않소."

그때 김산이 머리를 끄덕이더니 발라를 보았다.

"저런 자가 바로 칭기즈칸 가문을 욕되게 하는 자요."

"과연 그렇습니다."

발라가 머리를 끄덕였을 때 김산이 옆에 놓인 왕의 검을 들고 일어섰다.

"쿠레겐, 너에게 마지막 영예를 주마."

청 안은 숨소리도 나지 않았고 쿠레겐은 눈만 부릅떴다. 다시 김산의 목소리가 울렸다.

"총독인 내가 직접 네 목을 베는 것이다. 그것이 너에게 영예가 될 것이다."

다음 순간 쿠레겐이 입을 열었지만 100여 쌍의 눈은 총독 쿠추가 10보나 떨어진 쿠레겐을 향해 날아가는 것을 보았다. 뛰어내린 것이지만 모두의 눈에는 날아가는 것처럼 보인 것이다. 한걸음에 날아간 김산이 손을 휘둘렀는데 동작이 섬광 같아서 옷자락이 펄럭이는 장면만 보였다. 총독 쿠추가 청 바닥에 발을 디뎠을 때 서 있던 쿠레겐의 목에서 피가 10자(3m)나 솟아올랐다. 다음 순간 바닥에 떨어진 쿠레겐의 머리통이 굴러가 청 복판에서 멈춰 섰다. 몸을 돌린 쿠추가 다시 자리를 향해 세 걸음 떼었을 때야 쿠레겐의 머리 없는 몸이 청 바닥에 쓰러졌다. 그러나 사지는 살아서 버둥거리는 바람에 움직이는 물체는 그것 하나뿐이었다.

"잔당은 내일까지 소탕하겠습니다."

자시(0시) 무렵, 침전으로 들어선 감찰대 태감 채화진이 말했다. 침전 안에는 둘뿐이었지만 채화진은 관복 차림에 허리에는 칼까지 찼다. 김산은 침대 끝에 앉아 잠자코 시선만 준다.

"5백인장 이상으로 20여 명이 쿠레겐의 심복입니다."

"……."

"가족은 어떻게 할까요?"

"고향으로 돌려보내라."

김산이 말하고는 쓴웃음을 지었다.

"특전이 없어졌으니 몽골의 양치기 가문으로 돌아가겠지."

"본국에서도 대대적으로 특전을 입은 명문가(名門家) 소탕이 일어나고 있습니다."

채화진이 말을 이었다.

"각하의 특전 폐지 청원이 계기가 된 것입니다. 황제 폐하와 특히 쿠빌라이 왕자께서 적극적이라고 합니다."

김산이 다시 머리만 끄덕였다. 특전을 입은 명문가는 거의 대부분이 반(反)몽케 세력이었던 것이다. 그들은 오고데이, 구유크와 밀착하여 툴루이가(家)인 몽케를 압박했고 방해해왔다. 칭기즈칸이 내린 특전을 방패 삼아 안하무인이었던 것이다. 보고를 마친 채화진이 일어섰을 때 김산이 시선을 들었다.

"침상에 들라."

"각하."

정색한 채화진이 반짝이는 눈으로 김산을 보았다.

"소인은 공무로 들른 것입니다."

"난 공무로 그대를 부르지 않았어."

김산의 얼굴에 웃음이 떠올랐다.

"침실을 비워놓고 있었다. 눈치채지 못했단 말이냐?"

"그러시려면 감찰대 태감 직책을 떼시고 저에게 후궁이 되라고 하시지요."

"네 능력을 썩힐 수는 없다."

그리고는 김산이 손을 내밀자 채화진이 먼저 허리에 찬 검을 풀었다. 그리고는 허리띠를 풀고 다시 가죽신을 벗는다. 김산이 홀린듯한 시선으로 채화진을 보았고 이윽고 저고리가 벗겨졌다. 그때 채화진이 말했다.

"불을 끄겠습니다."

거친 숨소리가 가라앉고 있다. 침전 안은 눅눅한 습기와 열기가 섞여서 뜨거운 비가 쏟아진 후 같다. 채화진의 알몸이 땀에 젖어 번들거리고 있는 것이 그 증거다. 김산은 가쁜 숨을 고르는 채화진의 어깨를 당겨 안았다. 채화진이 선선히 안겨 와 얼굴을 김산의 가슴에 붙인다. 이제는 서로의 몸에 익숙해진 터라 호흡이 맞는다. 몸놀림이 어긋나지 않고 빈틈없이 채워주는 것이다. 이윽고 숨을 고른 채화진이 김산의 가슴에 볼을 붙인 채로 말했다.

"고려는 최항이 환도를 막고 있습니다. 왕은 나오고 싶은 것 같습니다."

김산이 잠자코 채화진의 엉덩이를 어루만졌다. 채화진에게 고려의 상황을 알아보라고 지시한 것이다. 그 이유를 아는 채화진은 두말하지 않고 시킨 일을 한다. 채화진이 말을 이었다.

"고려는 아직도 최씨가 정권을 쥐고 있습니다. 왕은 옷만 입혀놓은 허수아비일 뿐입니다."

"……."

"최씨 정권은 최충헌에 이어서 그의 맏아들 최이, 이제 최항의 시대가 되었는데 무신 정권은 기반이 굳어져 있습니다."

그러나 강화도 안에서 기반이 굳어져 있는 것이다. 무신정권은 최이의 시대인 1232년, 고종 20년에 강화도로 천도한 후로 1252년이 된 현재 20년간 나오지 않았다. 그동안 내륙의 백성들은 몽골군에게 가차 없이 유린당해온 것이다. 채화진이 말을 이었다.

"몽케 황제께서는 환도하지 않으면 다시 대군을 보낸다고 합니다. 이미 동부군에게 준비를 시켰다고 들었습니다."

"수고했다."

김산이 채화진의 알몸을 다시 안으며 말했다. 김산이 7살 때 몽골군에게 부모 형제가 피살되고 포로로 끌려온 때가 바로 몽골군이 1차 침략을 했을 때다. 고려 고종 19년이었으며, 최충헌의 아들 최이가 정권을 잡았을 때다. 그때 최이가 왕실을 강화도로 옮겼는데 몽골은 오고데이 황제 시절이다. 김산의 머릿속에 지난 일들이 주마등처럼 스치고 지나갔다. 이윽고 김산이 혼잣말을 했다.

"최씨, 손바닥만 한 섬에 웅크려서 무엇을 하고 있단 말인가?"

서부령의 면적은 고려땅 전체보다 15배나 큰 것이다.

"쿠추가 쿠레겐을 베어 죽였습니다."

홀라구가 몽케에게 말했다. 카라코룸의 별청 안이다. 황제 몽케가 특별한 경우에만 사용하는 이 별청은 궁인들이 금방(金方)이라고 부른다. 사방의 벽이 금으로 장식되었기 때문이다. 30평 규모의 금방에는 기둥도 금이다. 이곳은 황제가 특별한 일이 있을 때만 사용한다. 오늘 같은 경우다. 방안에는 황제와 두 아우, 쿠빌라이, 홀라구가 모였고 자문관 하란시크, 황군 사령관 바시크까지 다섯이 모여 앉았다. 홀라구가 말을 잇는다.

"수백 신하들 앞에서 단칼에 목을 베어 떨어뜨렸다는 것입니다."

"쿠추의 무공은 대단하지."

44세의 황제 몽케가 웃음 띤 얼굴로 말을 잇는다.

"쿠추가 베어 죽인 구유크 적도들의 숫자는 1백 명도 넘을 것이다."

"쿠레겐 일당 30여 명도 모두 도륙을 당했습니다."

"당연하지."

"쿠레겐의 처와 아들 세명은 살려서 고향으로 보냈다고 합니다."

"그건 잘한 짓이다."

"황제 폐하께서는 만족하신 것 같군요."

"그렇다."

몽케가 훌라구를 보았다. 이곳에서는 황제 권위를 버리고 형과 아우 사이로 허심탄회하게 주고받는 자리다. 몽케가 이제는 정색하고 말했다.

"쿠추가 종기 덩어리를 터뜨려준 셈이다. 지금까지 30년이 넘도록 쌓여왔던 종기, 명문(名門)이라면서 칭기즈칸, 오고데이, 구유크까지 팔아먹고 살던 놈들이 바로 종기였다."

"저는 반발이 걱정됩니다."

"이제 명문은 없다."

몽케가 자르듯 말했을 때 쿠빌라이가 머리를 끄덕였다.

"그렇습니다. 쿠추가 터뜨려준 기회를 이용해서 제국을 청소해야 됩니다."

평소 온건했던 쿠빌라이가 말했으므로 몽케의 얼굴에 다시 웃음이 띠어졌다.

"아우, 너도 그렇게 생각하는가?"

"폐하의 결단이 시기적절했습니다. 이 기회에 허명만 갖고 부패했던 기회주의자들을 숙청해야 됩니다."

"과연 그렇습니다."

자문관 하란시크까지 나섰으므로 훌라구가 어깨를 부풀렸다가 내렸다.

"그럼 저에게 그 임무를 맡겨 주시지요, 제가 처단하겠습니다."

그러자 몽케가 소리 내어 웃었고 쿠빌라이가, 나중에는 훌라구까지 따라 웃었다. 웃음이 그쳤을 때 몽케가 말했다.

"쿠추가 구타이를 잡고 나서 보자."

"아니, 여기까지 오시다니."

압바스 왕조의 지원군을 이끈 차르기가 놀란 표정으로 말했다.

"라타에 계신 줄 알았소."

"장군, 라타에서 기다리다가 술탄께 보고를 드리려고 가는 길이오."

구타이가 말하자 차르기의 두 눈이 가늘어졌다. 차르기는 지금 이슬람군 1만기를 이끌고 오는 길이다. 때는 해시(오후 10시) 무렵, 구타이는 레논강가에 머물고 있는 차르기의 진막에 찾아온 것이다.

"무슨 일입니까? 보고를 하시다니?"

차르기가 다시 물었다. 50대쯤의 차르기는 비대한 체격이었지만 산전수전을 다 겪은 노장(老將)이다. 몽골군에 대한 적개심까지 품고 있었으므로 몸이 굳어져 있다. 압바스 왕조의 실력자 쟈이드가 보내지 않았다면 구타이는 만나지도 않았을 것이다. 구타이가 지그시 차르기를 보았다.

"장군, 몽골의 서부군이 곧 서진(西進)해 올 것이오. 내가 그 정보를 드리려고 북상한 것이오."

"……."

"내 정보에 의하면 기마군 6만, 지휘관은 서부령 총독 쿠추요."

"……."

"쿠추는 킵차크 칸국의 홀란드 총독까지 지낸 놈이오. 아마 소문을 들으셨겠지요."

"들었소."

마침내 차르기가 갈라진 목소리로 말했다.

"쿠추가 당신을 쫓는다는 소문을 들었소. 그래서 나는 당신이 몽골군을 끌어들이고 있다는 생각이 들어."

"몽골제국은 이 기회에 압바스 왕조를 무너뜨리려는 계획이오."

정색한 구타이가 차르기를 보았다.

"위쪽의 킵차크 칸국과 연합해서 말요. 내가 그 정보를 갖고 있어."

이제 구타이의 표정과 말투가 거칠어졌다.

"만일 이 정보를 놓치면 당신은 압바스 왕조를 무너뜨리려는 자들을 방조했다는 책임을 피할 수가 없어. 자, 이제 나를 술탄 전하께 안내하시오."

구타이가 다그치듯 말하자 차르기는 어깨를 부풀렸지만 말을 뱉지는 않았다.

"북상했어?"

사르딘이 묻자 농민 복색의 밀정이 지친 얼굴로 대답했다.

"예, 4천 기 정도를 이끌고 북상한 지 오늘로 닷새째가 됩니다."

사르딘은 지금 라타와 혼둔 산맥 지류의 중간지점에 와있다. 5만여 필의 말을 끌고 온 터라 황무지는 말떼로 뒤덮여 있다. 아르마르크에서 강행군을 해온 서부령의 정예 기마군 1만기는 지친 상태다. 밀정이 말을 이었다.

"라타는 텅 비었습니다. 나리."

"비다니?"

"본래 라타에는 구타이군 2,500기 정도가 주둔하고 있었습니다."

"그런데?"

"나머지 7천 기 정도는 혼둔 산맥 지류 끝의 골짜기에 매복하고 있었지요. 라타로 군사를 유인해서 본대로 뒤를 치겠다는 전술인 것 같았습니다."

"누가 넘어가나?"

사르딘이 비웃었다. 진막 안에는 7, 8명의 장수들이 모여 있었는데 해시(오후 10시) 무렵이다. 기둥에 걸린 기름 등 불꽃이 흔들리고 있다. 밀정이 지친 얼굴을 들고 말을 이었다.

"탈영병이 많아져서 열흘쯤 전에는 라타에 2천 기, 주력은 5천 기 정도밖에 남아 있지 않았습니다."

"옳지."

"그런데 갑자기 닷새 전에 구타이가 전 병력에서 4천 기 정도만 추려 북상을 한 것입니다. 그러자 나머지 병력은 모래밭에 물이 부어진 것처럼 흔적도 없이 사라졌습니다."

"정예만 추렸군."

"그렇습니다. 그런데……."

밀정이 번들거리는 눈으로 사르딘을 보았다.

"술탄이 보낸 군사가 구타이군(軍)을 향해 남진하고 있었습니다. 그 소문이 라타에도 퍼져 있었지요."

"……."

"구타이군을 몰아내려고 한다는 소문이 있었는데 구타이가 오히려 북상한 것입니다."

그때 사르딘이 머리를 돌려 수하 장수들을 둘러보았다. 그리고는 묻는다.

"구타이가 왜 그랬을까?"

아무도 대답하지 않았으므로 사르딘이 밀정에게 다시 묻는다.

"그래서 어떻게 되었느냐?"

"구타이가 북상한 후의 정보는 없습니다. 장군."

닷새 전인 것이다. 지금쯤 두 군(軍)은 만나고도 남았다.

위사부장(副將) 중 한 명인 통구르가 다가서자 게르치는 시선만 주었다. 해시 끝(오후 11시) 무렵, 압바스군과 합세한 구타이군은 레논 강가에서 야영을 하고 있다. 이제 경계를 푼 압바스군의 지휘관 차르기와 구타이는 진막 안에서 술을 마시고 있다. 구타이는 말 5백 필에 카라코룸에서부터 가져온 온갖 보물을 싣고 있었기 때문에 조금 전에 차르기에게 말 두 필에 실렸던 보물 4상자를 건네주었던 것이다. 입이 귀밑까지 찢어진 차르기가 먼저 주연을 열고 구타이를 접대하고 있다.

"게르치, 할 말이 있어."

통구르가 말했다. 둘은 차르기의 진막이 내려다보이는 언덕 위에 서 있었는데 앞쪽 들판은 양군(兩軍)이 밝힌 화톳불로 불바다를 이루었다.

"뭐야?"

게르치와 통구르는 어렸을 때부터 친구다. 초원에서 말을 타고 같이 뛰놀았으며 통구르의 부친과 게르치의 부친끼리도 친구였다. 통구르는 북부군 소속의 5천인장이었다가 이곳까지 구타이를 따라왔는데 친구 게르치와 행동을 같이하려고 작정했기 때문이었다. 게르치가 묻자 통구르는 힐끗 주위를 둘러보았다. 20보 뒤쪽에 양군(兩軍) 위사가 둘씩 서 있었지만 주변에는 아무도 없다. 그때 통구르가 낮게 말했다.

"게르치, 대감은 압바스 왕조를 무너뜨리고 이 영지를 점령한다고 하시지만 그게 가능할 것 같으냐?"

"불가능하다면 어쩔 건데?"

되물은 게르치가 곧 쓴웃음을 지었다.

"우린 이미 떨어지기 시작한 수리야. 내리 꽂혀서 여우를 잡든가 바위에 머리가 깨져 죽든가 둘 중 하나다."

"다른 방법이 있다."

통구르의 시선이 필사적이었으므로 게르치가 긴장했다. 적진을 향해 돌격할 때 이런 표정이 된다. 통구르가 눈을 치켜뜨고 말했다.

"접혔던 날개를 쫙 펴고 바람을 맞는 거다. 그럼 다른 방향으로 날아간다."

"……"

"너도 알지만 봉도 영감의 수리가 그랬다. 여우하고 각도가 맞지 않으면 날개를 펴고 다른 곳으로 날았다. 그러나 각도를 맞추면 틀림없었지."

"……"

"지금 우리는 바위 위로 내려 꽂히는 수리 같다. 여우는 이미 보이지 않아."

"……"

"4천 군사로 압바스 왕조를 무너뜨릴 수 없어. 아무리 계략을 쓴다고 해도."

"……"

"게르치, 나하고 같이 떠나자."

"……"

"난 보장은 받았다. 5천인장을 그대로 유지시켜 준다는, 그리고 너도."

머리를 든 게르치의 시선을 통구르가 기를 쓰고 잡는다.

"내가 너하고 같이 간다고 했다. 쿠추 총독의 감찰대 태감이 되어있는 채화진이 약속을 했어."

이곳은 여진 땅에 주둔한 동부군 사령부의 사령관 진막 안이다. 아무르 강 상류에 위치한 초원 위에 건설된 동부군 진영은 7만 군사가 거주 하는 터라 거대한 주거지가 되었다. 민간인 인부가 가족을 데려왔고 식품 자재를 대는 상인이 또 식솔을 불러들였으며 자연스럽게 여관이 세워졌고 유곽이 번성하게 되었다. 그러니 자연히 현의 관리가 출입하였으며 세금이 꽤 걷히게 되면서는 카라코룸에 '동부현'이라고 지명을 주더니 현청과 현령, 현 경비장과 병력을 할당했다. 이것이 15년 만의 일이었으니 도시가 생성되는 과정을 보는 것 같다. 이제 동부현은 동부군(東部軍)과 군속 11만을 제외하고도 주민 18만을 헤아리는 대읍(大邑)이 되었는데 현 경비병이 2천이나 되었다. 따라서 현령 위곽성과 경비장 타르섹은 각각 1급지의 현령과 경비장인 셈이다.

"말 떼는 3만 필 정도가 됩니다."

경비장 타르섹이 현령 위곽성에게 건성으로 말했는데 둘은 지금 언덕 위에서 초원에 덮인 구름 떼 같은 말 떼를 내려다보는 중이다. 위곽성이 머리를 끄덕이며 혼잣말을 했다.

"그럼 열흘 전에 3만 필에다 오늘 3만 필이니 6만여 필인가?"

"군사가 5천여 명 늘어났소."

타르섹이 말하자 위곽성이 시선을 주었다. 위곽성은 한인으로 55세, 타르섹은 몽골의 주치 집안과 가까운 부족 출신으로 47세였으니 세상 물정에는 익숙한 연륜이다. 위곽성이 타르섹에게 말했다.

"경비장, 군사들의 현 출입을 제한시켜 주시오. 술시 이후에는 통금을 시켜도 좋소."

"그것이 소장 마음대로 됩니까?"

타르섹은 3천인장으로 카라코룸의 병부대신 직할군 소속이다. 그러나 동부군 사령부에는 대장군이 둘이나 있는데다 1만인장급도 10여 명이나 된다. 현의 경비장이 병부대신 직할이라지만 동부군의 장수들에게는 영(令)이 서지 않는 것이다. 위곽성이 이맛살을 찌푸렸다.

"꼭 병력이 증파되거나 이동이 일어나면 고을에서 살인이 발생하고 소동이 번진단 말이오. 새 황제께서 오셨으니 동부군과 격리시켜 달라고 상소라도 해야겠소."

타르섹은 대꾸하지 않았는데 하지도 않은 짓임을 아는 것 같다.

위곽성과 타르섹은 현의 소동이나 치안을 걱정했지만 동부군 사령관 제테이에게는 말 3만 필과 병력 1만이 덜 온 것에 울화가 치밀어 오르는 중이었다. 동부군의 현 병력은 5만 2천이다. 7만이 아닌 것이다. 그것도 5만 2천 중 3만여 명은 전장(戰場)에서 쓸모가 없는 노약자, 치중병, 부역병, 인부들이다. 그러니 전투 기마병 3만 5천을 채우려면 아직 1만여 명이 더 충원되어야만 하는 것이다. 그리고 전투마가 10만 필 뿐이다. 3만 필이 더 필요하다.

"병부대신에게 다시 서찰을 보내야겠다."

말 떼를 둘러보고 온 제테이가 소리쳐 말했다.

"전투병과 말을 각각 1만, 3만 필씩 더 보내지 않으면 출정 못 한다."

"그러지요."

부장이며 3만인장 실루가이가 대답했다. 제테이나 실루가이는 고려 원정군의 사령관과 부장으로 임명된 것이다. 제테이는 동부군을 이끌고 고려 원정을 떠나야만 한다. 이것은 공식 원정으로 제4차 고려원정이 된다.

4년 전인 1247년에 3차 원정군이 고려로 출정했다가 구유크가 죽는 바람에 급히 회군을 했다. 그때도 출륙환도, 즉 고려왕이 강화도에서 나와 개성으로 환도하라는 요구조건을 걸고 침공했었던 것이다. 이제는 새 황제 몽케의 기반이 굳어졌으니 고려를 완전히 복속시켜야만 한다. 고려왕을 강화도에서 끌어내어 무릎을 꿇려야만 하는 것이다. 그때 겔 안으로 5천인장 하나가 들어오더니 군례를 했다.

"대감, 동부현령이 군사들의 현 출입을 금지시켰습니다. 아마 군사가 충원될 때마다 사고가 일어났기 때문인 것 같습니다."

5천인장이 보고하자 제테이가 쓴웃음을 지었다.

"현령이 하나는 알고 둘은 모르는군. 동부군이 있어야 동부현이 존속한다는 것을 모르는가?"

그러더니 정색했다.

"고덕, 네가 가서 내 명령이라고 하고 출입 금지를 해제시켜라."

"예, 대감."

고덕이라 불린 5천인장이 몸을 돌렸다. 30대 후반쯤의 건장한 체격이다. 5천인장의 뒷모습을 보던 제테이가 혼잣말을 했다.

"저놈이 고려인이면서 이번에 선봉을 자원했어. 쓸모가 많은 놈이야."

북상 5일째가 되는 날 아침, 겔 안에서 말젖과 육포로 아침을 먹던 구타이가 머리를 들었다. 위사 장교 하나가 서둘러 들어섰기 때문이다. 장교의 안색이 심상치 않았으므로 구타이가 긴장했다. 그러나 시선만 준다. 그때 여섯 걸음 앞에 선 장교가 말했다.

"대감, 어젯밤 위사장과 위사부장이 심복 3백여 기를 데리고 탈주를 했습니다."

"무엇이?"

놀란 구타이의 입에서 외침이 터졌다. 육포를 내던진 구타이가 자리에서 일어섰다. 두 눈이 치켜 떠져 있다. 차가타이군의 역습을 받았을 때도 이렇게 놀라지 않았다.

"위, 위사장이라니? 게르치가?"

"예, 대감."

장교가 외면하고 말을 이었다.

"위사부장 통구르하고 같이…….”

"추격대를!"

소리쳤던 구타이가 손을 저었다.

"아니, 그럴 필요 없다."

"…….”

"군사들은 알고 있느냐?"

"예, 술렁대고 있습니다. 대감."

이제는 장교가 똑바로 구타이를 보았다.

"어젯밤부터 알고 있었던 것 같습니다. 3백여 명을 데리고 나갔으니까요."

"이, 이놈 게르치."

구타이가 이사이로 말했다. 눈을 부릅뜨고 있었지만 초점이 멀다. 이윽고 구타이가 소리쳐 지시했다.

"지휘관들을 소집시켜라!"

김산이 머리를 들고 동쪽을 보았다. 초원이 펼쳐진 끝은 지평선이다. 이곳은 서부령의 수도 아르마르크, 지금 김산은 성 밖 초원에 말을 타고 나와있다. 저 지평선의 끝, 어느 한쪽에 고려땅이 있다. 그러나 이제 서부령의 총독 쿠추, 고려명 김산에게 고려 땅은 자신이 태어난 땅, 부친과 두 동생의 시신이 묻힌 땅일 뿐이다. 어머니는 여진 땅까지 끌려왔다가 살해되었고 그 마지막 혈육인 자신은 수만 리 떨어진 이곳, 산 설고 낯설은 서역 땅의 총독이 되어 서 있다. 가슴이 무거워졌을 뿐 감개는 일어나지 않는다. 이곳에서 서남쪽은 무슬림의 압바스 왕조, 남쪽은 인도다. 서쪽은 킵차크 칸국이었으니 이곳 서부령이 동서양의 중심(中心)이요 세상의 중심이 아니겠는가? 그때 홍복이 다가왔다. 홍복은 이제 장군티가 난다. 어깨를 젖히고 배를 내밀고 있다가 김산의 시선을 받더니 몸을 웅크렸다.

"각하, 카라코룸의 병부대신이 연락관을 보냈습니다. 동부군으로 군마(軍馬) 2만 필을 지원하라는 것입니다."

김산이 잠자코 있었으므로 홍복의 말이 이어졌다.

"물론 황제 폐하의 직인이 찍힌 병부의 서장을 가져왔습니다. 각하."

"무슨 용도라더냐?"

"예, 고려 원정군에 필요한 군마입니다."

"……"

"동부군 사령관 제테이가 원정군 사령관이 되어 3만 기마군으로 출발한다는 것입니다."

"……"

"동부군 사령부에서도 곧 연락관을 보낼 것이라고 합니다."

김산이 잠자코 말고삐를 채었으므로 홍복이 한 마신(馬身)쯤 뒤에서 따른다. 둘은 지금 동쪽을 향해 나아간다. 뒤를 경호기마대 1백여 기가 따르고 있다. 한낮이다. 오시(12시)쯤 되었다. 하늘은 구름 한 점 보이지 않고 파란 바닷속 같다. 그러나 총독 쿠추의 표정이 무거웠으므로 홍복은 물론 기마군도 말 울음소리도 내지 못하게 한다. 이윽고 말을 1백 보쯤 걸리고 난 김산이 머리를 돌려 홍복을 보았다.

"재상에게 말을 준비하라고 해라."

"예, 각하."

홍복이 서둘러 대답하자 김산이 덧붙였다.

"허나 동부령에서 사자가 올 때까지 기다리라고 전하라."

그날 저녁 술시(8시) 무렵에 아르마르크 성의 접견실에서 총독 김산이 손님을 맞는다. 그 손님이란 구타이 진영을 탈주한 게르치와 통구르다. 그들을 데려온 감찰태감 채화진도 동석했으며 재상 바이샤와 선임대장군 토브사카까지 둘러서 있다. 채화진의 보고를 받은 김산이 항장 둘을 보았다.

"역도는 3족을 처형하기로 되었지만 너희들은 감찰태감에 호응하여 역적수괴 구타이의 진영을 깨뜨렸으니 사면한다."

그 순간 둘은 방바닥에 엎드려 이마를 바닥에 붙였다. 그때 김산이 말을 이었다.

"앞으로 더 공을 세운다면 서부령의 장군도 될 것이니 분발하라."

"충성을 다하겠소."

둘이 이구동성으로 말했을 때 김산의 시선이 채화진에게 옮겨졌다. 공 1등은 당연히 채화진이다.

"구타이는 어디 있는가?"

김산이 묻자 채화진이 정색하고 보고했다.

"예, 북상 중 부대가 무너지자 식구와 경호병 1백여 명만 이끌고 종적을 감췄는데 지금 8방으로 수색대를 파견해 놓았습니다."

김산의 눈앞에 산산조각으로 부서지는 부대 진용과 구타이의 얼굴이 떠올랐다. 구타이의 얼굴은 20년의 얼굴이다. 게르치와 통구르가 부하들과 함께 이탈한 후에 진용은 무너졌다. 구타이가 소집한 지휘관 회의에 참석한 지휘관은 1백인장 이상이 20여 명밖에 안 되었다. 40여 명이 소집을 거부하고 도망칠 준비를 하거나 이미 도망쳤던 것이다. 그리고 그날 오후 신시(4시)가 되었을 때 부대는 붕괴 되었다. 친족과 30여 명의 경호원만 남기고 모두 증발해버린 것이다. 처절한 결과였다. 통제 기능을 상실한 구타이는 겔 안에서 밖으로 나오지도 않았다고 했다. 뒤늦게 사태를 파악한 압바스 왕조의 지휘관 차르기가 도착했을 때는 구타이마저 사라진 후였다.

"찾아라."

정색한 김산의 시선이 채화진으로부터 재상 바이샤, 대장군 토브사카까지를 훑고 지나갔다. 굳어진 얼굴이다.

"그놈은 병의 숙주 같은 놈이다. 없애지 않으면 끊임없이 병균을 만들어 낸다. 그놈을 찾아 제보하는 자는 금 1천 냥, 잡는 자는 1만 냥을 줄 것이고 병사라면 1천인장, 장교는 장군이 될 것이다."

김산의 목소리는 차가워서 살기까지 느껴졌다.

"무슨 말인지 모르겠다니까."

투덜거린 1백인장 호간이 머리를 저었다.

"이봐, 총독 각하는 바쁘셔, 그리고 그런 이야기는 예부대신한테 가는

게 낫다."

호간이 아는 체를 했다.

"내부대신, 호부대신, 병부대신도 그 사건에는 안 맞아."

"이것 참 누가 만나줘야 말이지."

입맛을 다신 50인장 게하치가 구겨진 종이를 쥐고 사정했다. 그와 호간은 전우다. 같이 싸웠다.

"이거 사흘 동안이나 내가 헤매고 있었네, 나하고의 인연을 봐서 자네가 좀……."

"왜 이 일에 매달려? 넌 외문 경비나 서. 나한테 백날 와봐도 헛일이다."

호간이 몸을 돌렸을 때다. 말굽 소리가 들리더니 위사장 겸 왕궁 경호 대장 홍복이 다가왔다. 이곳은 왕궁 내궁의 정문 앞이다. 내궁 서문 경비 장인 위사대 소속 호간이 군례를 하자 건성으로 머리를 끄덕인 홍복이 옆을 지날 때였다.

"장군!"

게하치가 갑자기 부르는 바람에 옆에 서 있던 호간이 질색을 했고 홍복은 말을 세웠다.

"무슨 일이냐?"

뒤를 따르던 10여 기의 기마군도 멈추는 바람에 먼지가 자욱하게 일어 났다. 게하치가 달려가 무릎을 꿇었다.

"말씀 드릴 것이 있소!"

"말하라!"

"소인은 여진인이오!"

그러자 홍복의 얼굴에 웃음이 떠올랐다. 자신도 여진인인 것이다. 여진인의 고향은 이곳에서 2만 리, 걸으면 반년 거리다. 그러나 곧 홍복의 표정이 엄격해졌다. 같은 동족이라고 봐줄 수는 없다.

"무슨 일이냐!"

"산동성 매포현에서 주루의 집사란 위인이 찾아왔소이다."

"산동성 매포현?"

홍복의 눈이 가늘어졌다. 그곳도 수만 리 떨어진 곳이다. 여진 땅만큼 멀다.

"주루의 집사가? 왜?"

"예, 그 주루의 주인 되는 자가 해적단과 내통하다가 반역죄로 체포되었다고 합니다. 그런데 그, 그 여자가 대장군의 단검을 갖고 있었다는 것입니다."

게하치의 얼굴에서 진땀이 돋아났다. 말을 하다 보니 스스로도 당치도 않다는 생각이 들었기 때문이다. 수만 리 길을 달려온 그 집사가 가여워서 사흘 동안 친분이 있던 1백인장 호간에게 매달린 것이다. 그 대장군 단검이 총독 쿠추의 단검이라고는 했지만 말하다 보니까 미친 짓 같다.

"말하라!"

홍복이 말하자 게하치가 침을 삼켰다.

"여자가 반역죄로 곧 처형될지도 모른다는 것입니다."

그때 홍복이 버럭 소리쳤으므로 모두 소스라쳤다.

"그 집사한테 가자!"

그로부터 한식경이 지난 후, 왕궁의 접견실에 경호대장 홍복이 1백인장 호간과 50인장 게하치, 그리고 산동성에서 달려온 집사 노명까지를 데리고 총독 김산 앞에 대령했다. 주위를 물리쳤기 때문에 넓은 접견실에는 벽에 붙어선 위사 서너 명이 있을 뿐이다. 홍복이 먼저 집사 노명이 가져온 서찰을 김산에게 바쳤다. 서찰은 해지고 땀까지 묻었지만 글씨는 번지지 않았다. 청 안은 숨이 막힐 것 같은 정적에 덮여 있다. 얼굴을 굳힌 총독 김산은 잠자코 집사 노명이 가져온 서찰을 보고 있었는데 전아영이 보낸 것이 맞다.

"나리, 사정이 있어서 배를 띄우려다 잡혔습니다. 집사 노명을 보내오니 살펴주소서. 아영."

이렇게만 썼으니 집사 노명이 아무리 우겨도 총독 쿠추를 직접 불러내기에는 불가능했을 것이었다. 머리를 든 김산이 노명을 보았다. 노명은 40대쯤의 한인으로 납작 엎드려 있었는데 감히 얼굴을 들지도 못했다. 김산이 물었다.

"왜 배를 띄우려고 했다더냐?"

"예."

대답은 했지만 노명이 떨고 있었으므로 옆에 서 있던 홍복이 헛기침을 했다.

"총독 각하께서 손을 쓰신다면 그까짓 현령은 물론 산동성장이라도 어쩌지 못한다. 어서 아뢰어라."

"예."

겨우 머리를 든 노명이 흐려진 눈으로 김산을 보았다. 본래 강건한 체격인 것 같았지만 이곳까지 오는 데 24일이 걸렸다고 했다. 말 20마리를 도중에 버렸다는 것이다. 노명이 입을 열었다.

"예, 주인 아씨께서는 배 5척에 양곡을 싣고 고려로 보내려다가 현의 군사에게 체포되셨습니다."

"왜 그랬느냐?"

김산이 묻자 노명이 이제는 작심한 듯 대답했다.

"고향 백성들이 굶어 죽고 있다는 말을 듣고 해적선을 시켜 평양 근처의 포구로 보내려고 했던 것입니다."

"……."

"그런데 해적 한 놈이 배신하고 현령에게 고발을 하는 바람에 고려 왕조를 돕는 반역자 누명을 쓰게 되었습니다."

그러자 머리를 든 김산이 심호흡을 했다. 그리고는 머리를 돌려 홍복을 보았다. 순간 홍복도 숨을 삼켰다. 김산의 눈이 번들거리고 있었기 때문이다. 김산이 턱으로 1백인장 호간을 가리켰다.

"먼저 저놈을 죽여라."

"예에."

홍복이 누구인가? 대번에 눈치챈 홍복이 칼을 뽑자마자 후려쳐 호간의 머리를 떨어뜨렸다. 피를 분수처럼 내뿜는 호간의 몸뚱이가 넘어지기도 전에 김산이 다시 명령했다.

"봉화를 올려야겠다."

3장
고려침공

산동성 매포현령 주공선은 한족으로 오고데이 치하에서 현령이 된 후로 이곳이 여섯 번째 임지다. 올해 54세로 본래 금(金) 시절에 현의 하급 관리였다가 몽골이 금을 멸망시키자 바로 마차를 바꿔 타고 승승장구한 셈이다. 물론 마차를 바꿔 타기 위해서 제물도 바쳤다. 모시고 있던 현령을 몽골군에 저항하는 비밀 조직의 간부로 몰아 일가족을 몰사시킨 것이다. 성품이 차갑고 끈질기며 용의주도해서 상전은 조상처럼 받들었지만 아랫사람은 벌레처럼 취급했다. 그래서 아랫사람은 주공선을 더러운 개 취급을 했으나 상전들은 가장 뛰어난 부하로 알았다. 오후 신시(4시) 무렵, 주공선이 현청에 앉아 마당으로 뛰어든 도위 위락을 보았다. 위락은 경망스럽고 입이 빠르지만 주공선의의 눈만 보아도 머릿속의 절반은 읽는 위인이다. 충성심도 강했기 때문에 주공선이 심복으로 쓴다.

"나리! 큰일이 났습니다.!"

마루 밑에 선 위락이 소리쳐 말했으므로 주공선이 이맛살을 찌푸렸다.

"또 불이 났느냐?"

"그럼 소인이 뛰어왔겠습니까? 병방이 왔지요."

"그럼 창고에 도둑이 들었어?"

"그건 호방 소관이요."

"네 소관은 내실 관리다. 이놈아, 내 첩이라도 건드렸느냐?"

"봉화가 올랐습니다."

이제 입을 다문 주공선에게 위락이 허겁지겁 말을 이었다.

"서부령 총독 쿠추 각하께서 보낸 봉화 글이오. 산동성 매포현의 죄수를 그대로 두라는 지시오."

"뭐?"

난데없는 말이다. 눈을 치켜뜬 주공선에게 위락이 말을 이었다.

"형 집행정지 봉화올시다. 나리."

"아니, 난데없다. 누구를? 왜?"

"모르겠소. 방금 듣고 달려온 길이오. 계속해서 봉화 글이 오르고 있으니 곧 봉화장이 올 것이오."

그때 대문으로 장교 하나가 뛰어들어왔다. 등에 붉은 깃발을 꽂았으니 봉화전령이다.

"봉화요!"

소리친 장교가 마당에 서서 주공선을 보았다.

"대장군 단검을 가진 죄수를 방면하라는 봉화올시다!"

"이런."

그 순간 주공선의 얼굴이 하얗게 굳어졌다. 입만 쩍 벌린 주공선을 향해 이제는 위락이 물었다. 그도 말을 더듬고 있다.

"나, 나리, 이걸 어쩌지요?"

반역범인 만장옥 주인 전아영은 이미 열흘 전에 산동성 주성(主城)인 낙양성으로 송치된 것이다. 거기에다 주공선은 전아영이 소유한 만장옥과 유곽, 무역상 창고에 보관되었던 엄청난 재물을 압류하여 모두 제 몫으로 해버렸다. 실로 금화 5만 냥 가치의 재물이었으므로 주공선은 요즘 매일 조상의 음덕에 경배를 하고 있다.

"이, 이런, 누가 쿠추에게 알렸단 말인가?"

잇몸이 떨렸으므로 이를 악문 주공선이 비대한 몸을 틀고 위락을 손짓으로 불렀다.

"가, 가까이 오라."

그래놓고 봉화전령에게는 손을 저었다.

"너는 가거라."

"나리."

위락이 바짝 다가서자 주공선이 떨리는 목소리로 말했다.

"그, 단검 주인이 정말 서부령 총독 쿠추인 모양이다. 도대체 어떤 놈이 거기까지……."

"큰일 났습니다."

"그 계집이 낙양성에 있으니 더 큰 일이다. 총독이 알면 우리는 꼼짝 못하고 죽는다."

"……."

"그, 판관 놈 때문에 죽이지를 못하고……."

이사이로 말했던 주공선이 비대한 몸을 일으켰다.

"쿠추가 2만 리 길이나 떨어져 있어서 다행이야. 이제 재물을 갖고 떠나야겠다."

"어, 어디로 말씀이오?"

"이놈아, 너도 준비해라. 네가 내 수족인 줄 세상 사람이 다 아는데 너는 무사할 것 같으냐? 서둘러라."

심호흡을 한 주공선이 발을 떼며 말을 잇는다.

"이미 평생 먹을 재산을 모았다."

판관 강휘양이 머리를 기울이며 도사 왕귀를 보았다.

"주루 여주인이 반역범이라는 주장은 과장 같다. 더욱이 해적과 공모해서 양곡을 고려로 날라 고려군(軍)을 지원하려고 했다니."

쓴웃음을 지은 강휘양이 말을 이었다.

"내가 그 소문을 듣고 현령 주공선한테 전령을 보내 여주인을 직접 조사하겠다고 하지 않았으면 이미 이 사건은 끝났을 게다."

"어떻게 말입니까?"

"주공선이 현에서 바로 그 여자를 죽이고 끝냈을 테니까."

"그렇군요."

"그 여자 재산이 많았다는 게다. 더구나 홀몸이었으니 재산을 강탈하기 쉬웠을 게야."

"나리께서는 주공선이 여자 재산을 빼앗기 위해서 모함을 하신 것으로 생각하십니다, 그려."

"그렇다."

그때 청 안으로 전령관 유기소가 들어오면서 말했다.

"서부령에서 벌써 세 번째 봉화가 지나갔소. 매포현령이 기절초풍을 하고 있겠소. 서부령 총독이 일개 현령에게 봉화를 쏘는 것이니까."

놀란 강휘양과 왕귀가 서로의 얼굴을 보았을 때 털썩 자리에 앉은 유기소가 손바닥으로 얼굴의 땀을 닦았다. 전령관은 봉화 내용을 수시로 성장에게 보고하는 임무를 띠고 있는 것이다. 그때 강휘양이 물었다.

"어떤 내용이요?"

"그, 매포현에서 역적으로 잡은 죄인에게 손을 대지 말고 보호하라는 서부령 총독의 지시요. 그 죄인이 총독의 대장군 단검을 소지하고 있다고도 했습니다."

"이런."

탄성을 뱉으면서 무릎을 친 것이 도사 왕귀였다. 왕귀가 벌떡 일어서며 강휘양을 보았다.

"나리, 제가 옥에 가서 그 여자를 데려오지요. 나리가 선견지명이 있으셨소."

"무슨 말입니까?"

눈이 휘둥그레진 전령관이 둘을 번갈아 보았지만 대답을 들을 수는 없었다. 왕귀의 뒤를 따라 강휘양도 청을 나갔기 때문이다.

말을 달리면서 김산이 주위를 둘러보았다. 대초원이다. 사방이 탁 트여서 어느 곳에도 지평선이 펼쳐져 있다. 그러나 겨울로 들어가는 10월이어서 풀은 황갈색으로 말랐고 짐승은 없다. 모두 아래쪽으로 내려간 것이다. 마른 땅에 말굽 소리가 지진이 일어난 것처럼 울리고 있다. 1백여 필의 말떼다. 그러나 기마인은 여섯뿐이다. 김산과 삼관필, 비호수, 그리고 홍복이 위사대에서 골라 뽑은 1백인장 셋이 김산의 시종으로 따른다. 삼관필과 비호수는 내색은 하지 않았지만 원기 충천이다. 재상 바이샤의 명으로 총독을 호위하게 되자 둘 다 기쁜 나머지 말을 잃었다. 고향 땅에 가는 것이 좋은 것이다.

"각하, 초원 끝에 닿으면 말 떼는 모두 놓아주겠습니다."

다가온 삼관필이 소리쳐 말하자 김산이 머리만 끄덕였다. 초원에 놓여진 말은 곧 풀을 찾아 남쪽으로 이동할 것이다. 그리고는 넓은 초원을 내달리는 야생마가 된다. 삼관필이 말을 이었다.

"내일쯤 봉화대에 닿을 것입니다."

봉화대에 닿으면 총독의 특전으로 다시 봉화를 올릴 수가 있을 것이다. 그동안의 상황을 봉화 신호로 받을 수 있을지도 모른다. 매포현령이 상황을 봉화대로 연락해 올 수도 있기 때문이다. 김산의 눈앞에 아영의 모습이 떠올랐다. 그러나 몸체만 보일 뿐 얼굴은 흐리다. 눈을 치켜떴지만 선명해지지 않았으므로 김산은 어깨를 늘어뜨렸다. 말은 네 굽을 모으며 기운차게 달려가고 있다.

"그렇다. 아영, 넌 몽골 제국의 반역자인지도 모른다."

김산의 머릿속에 그런 말이 떠올랐다. 다시 생각이 이어졌다.

"고향의 백성이 굶어 죽는다는 말을 듣고 해적선 다섯 척에 양곡을 실어 보내려고 했다니, 넌 고려왕보다 낫다."

머릿속으로 피투성이가 되어 쓰러진 아버지의 모습이 스치고 지나갔다.

"그래, 너는 나보다도 낫구나. 아영."

눈앞이 흐려졌으므로 김산은 어금니를 물었다. 그때 갑자기 어머니의 얼굴이 선명하게 떠올랐다. 어머니가 웃고 있다. 포로가 되어 끌려가면서 뒤를 따르는 김산에게 웃는 것이다.

씻고 새 옷을 갈아입은 아영은 눈이 부시도록 아름다웠으므로 강휘양이 숨을 들이켰다. 옆에 앉은 도사 왕귀도 눈이 달렸는지라 입만 딱 벌린 채 눈동자도 굴리지 못하고 있다. 낙양성 안, 판관 강휘양이 옥사 옆의 사랑채에서 아영을 만나고 있다. 옥사에서 아영을 빼내었지만 아직 혐의는 남아있는 것이다. 매사 공정한 성품의 판관 강휘양이다. 아영에게 씻고 새 옷을 입히도록 했으나 방면한 것이 아니다. 그러나 오늘 자세한 사연을 들으려고 하는 것이다. 매포현에서 아영을 데려왔지만 공무에 바빠서 심문한번 해보지 않은 것이 불안해졌다. 더구나 이 혐의자는 서부령 총독 쿠추의 단검을 갖고 있다고 봉화 신호로 확인이 된 것이다. 아영이 건너편 의자에 다소곳이 앉더니 둘을 번갈아 보았다. 당당한 태도였고 눈빛도 또렷했다. 눈동자도 흔들리지 않는다. 오히려 이쪽이 움츠러들었다. 그것을 의식한 듯 강휘양이 헛기침을 했다.

"낭자, 그, 단검을 지니고 계십니까?"

"현령이 가져갔습니다."

바로 대답한 아영의 얼굴에 웃음기가 떠올랐다.

"보고 준다더니 돌려주지 않습니다."

강휘양과 왕귀가 서로의 얼굴을 보았다. 조금 전에 매포현에서 경비장이 보낸 전령이 낙양성에 도착했던 것이다. 현령 주공선은 일가족과 함께 이틀 전에 야반도주를 한 것이다. 성문 경비병은 주공선의 일가족이 마차 30여 대를 끌고 나갔다고 했다. 그동안 축적한 재물일 것이다.

"낭자, 낭자께서는 고려인이시지요?"

이번에는 왕귀가 묻자 아영은 다시 웃었다.

"그렇습니다."

"중원에는 어떻게 오셨습니까?"

"여덟 살 때 포로가 되어 끌려왔지요."

눈을 가늘게 뜬 아영의 목소리가 낮아졌다.

"벌써 17년 전입니다."

"그런데."

심호흡을 한 강휘양이 물었다.

"서부령 총독 각하는 어떻게 아십니까?"

"저에게 단검을 주셨습니다."

아영의 볼이 상기되는 것을 본 둘도 똑같이 숨을 들이켰다. 총독의 여자인 것이다. 큰일 났다. 총독 쿠추가 대장군이며 집행관, 그 이전에 도살자이며 마왕, 마물로까지 불린 인물인 줄은 세상 사람들이 다 안다. 그리고 몽케 황제의 즉위에 킵차크 칸국의 바투 황제 다음으로 공을 세운 건국 공신이나 같은 것이다. 큰일 났다. 총독 쿠추가 마음만 먹는다면 산동성 성장 마유치크의 목을 베어 버릴 수도 있는 것이다. 강휘양이 입을 열었다.

"매포현령 주공선을 체포하려고 추적대가 조금 전에 떠났습니다."

체포하려면 감찰대를 보내야지 추적대는 당치도 않다. 당황한 강휘양은 제 말실수도 의식하지 못하고 있다.

"낭자께서는 이곳 사랑채에서 쉬고 계시지요. 성장께서 친히 봉화를 올리라고 지시하셨습니다. 낭자께서 이곳에 계시다고 말입니다."

그때 도사 왕귀가 나섰다.

"여기 계신 판관께서 현령 주공선의 소행이 의심쩍다고 하시면서 낭자를 이곳 주성인 낙양으로 모시고 온 것이 천운이었습니다."

"……."

"그렇지 못했다면 그놈, 주공선이 낭자를 헤치고 증거를 인멸 하였을 것입니다."

그러더니 그때서야 사연을 밝혔다.

"서부령 총독께서 봉화 신호를 보내 낭자를 보호하라고 지시하셨습니다. 이제 염려하지 않으셔도 됩니다. 낭자."

마치 상전을 대하는 말투요, 태도다.

김산이 낙양성에 도착했을 때는 해시(밤 10시) 무렵이다. 서부령의 수도 아르마르크에서 2만 리 길을 보름 만에 달려온 셈이다. 오는 도중에 아영이 낙양성으로 옮겨졌다는 봉화 신호를 받은 터라 곧장 이곳으로 방향을 틀었다.

"총독 대감을 뵙습니다."

낙양성주이며 산동성장인 마유치크가 정중하게 김산을 맞았다. 늦은 밤이었지만 근처 서장현령이 올린 봉화를 보고 성문 밖까지 나와 기다리던 참이다.

"늦은 시간에 나와주셨소."

김산이 40대 중반의 마유치크에게 사례했다. 마유치크는 몽골족으로 주치 가문과 가깝다. 주치가 어렸을 때 메르키트의 자식이라면서 따돌림을 받자 칭기즈칸으로부터 장남 주치를 보호하라는 임무를 맡았다. 그것이 마유치크의 아버지 모구트였다. 주치가 죽고 아들 바투가 서역 땅으로 옮겨가자 마유치크 일족은 오고데이, 구유크 치하에서 박해를 당했다. 몽골 초원의 영지도 빼앗기고 북쪽으로 추방당했던 것이다. 그래서 일부분은 서역의 바투에게 떠났지만 남은 부족원은 사방에 흩어졌다가 이번에 몽케칸의 즉위와 함께 새 세상을 만났다. 그러니 바투칸 휘하의 폴란트 총독을 지낸 쿠추가 반갑지 않을 수가 없다. 성안의 청으로 안내하면서 마유치크가 서두르듯 상황을 말해주었다.

"낭자는 제가 내실로 모시도록 했습니다. 지금 대감을 기다리고 계시오."

"고맙소."

"만나뵙게 되어서 영광입니다."

마유치크가 왜소한 몸을 펴면서 김산을 보았다. 10여 년간 고난과 박해로 시달려 온 흔적이 온몸에서 드러난다.

"오고데이, 구유크 치하에서 기생했던 부패한 무리가 아직도 남아 있었습니다."

"그 현령이란 자는 어찌 되었소?"

"그놈이 여진 땅으로 도망쳤다고 합니다."

마유치크가 옆을 따르면서 말을 이었다.

"추적대를 보냈으니 곧 잡힐 것입니다. 먼저 낭자를 만나 보시지요."

성안에는 불을 대낮같이 밝히고 있었는데 서부령 총독을 맞는 등불이다. 김산이 어깨를 부풀렸다가 내리면서 걸음을 떼었다. 김산의 감회를 아는지 뒤를 따르는 삼관필, 비호수 등은 굳어진 얼굴이다.

방으로 들어선 김산은 안쪽 의자에 앉아있는 아영을 보았다. 김산이 들어서자 아영은 일어섰는데 얼굴이 빨갛게 달아올랐다. 다가선 김산이 아영의 어깨를 두 손으로 잡았다.

"아영."

이름을 부른 순간 아영이 김산의 가슴에 얼굴을 묻었다. 두 손으로 김산의 허리를 감싸 안은 아영이 짧게 울더니 곧 얼굴을 떼었다. 그리고는 눈물로 범벅이 된 얼굴을 들고 말했다.

"낭군, 오셨군요."

"2만 리 길을 달려왔다."

김산이 아영의 허리를 당겨 안고 말했다.

"오면서 생각했는데 너는 수태를 할 수가 없는 몸이냐?"

그 순간 아영이 눈을 두어 번 깜박이더니 얼굴이 홍시처럼 붉어졌다. 그러나 붉은 입술만 떨 뿐 대답하지 않는다. 그때 김산이 다시 말했다.

"너를 여러 번 안았는데도 왜 내 혈육이 생기지 않는단 말인가?"

"……."

"네가 내 혈육을 낳아야겠다. 나는 오면서 그렇게 결심했다."

"……."

"네 몸이 그럴 수 없는 거냐?"

그때 아영이 다시 김산의 가슴에 얼굴을 묻으면서 말했다.

"아닙니다. 낭군."

다음 순간 아영은 숨을 삼켰다. 김산이 아영의 저고리를 좌우로 당겨 찢었기 때문이다. 저고리가 찢기는 소리가 났고 곧 속옷이 드러났다.

"나리."

놀란 아영이 불렀지만 말리지는 않았다. 속옷이 찢겨지더니 곧 아영의 흰 젖가슴이 드러났다.

"나리."

이제는 아영도 손을 뻗어 김산의 바지 끈을 쥐었다. 그러나 김산의 거친 기세에 밀려 끈을 풀지 못했고 어느새 아영의 치마가 찢기면서 벗겨졌다.

"아아."

아영의 입에서 신음이 터졌다. 이제 속옷 바지가 찢겨지면서 아영의 알몸이 드러났다.

"아아아."

아영이 알몸을 비틀면서 선 채로 신음했다. 두 눈을 치켜뜨고 있었지만 초점이 멀다. 팔을 늘어뜨린 채 아영이 빨갛게 상기된 얼굴로 허덕였다.

"아아, 나리, 어서."

그때 김산이 웃옷을 벗어 던지고 바지를 벗었다. 그리고는 속옷을 찢어 던지자 곧 남성이 드러났다. 김산은 아영을 안아 침대 위로 던졌다. 그리고는 아직도 장화를 신은 채로 아영의 몸 위로 올랐다.

"나리."

두 손으로 김산의 어깨를 움켜쥔 아영이 힘껏 다리를 벌려 맞을 채비를 한다.

"나리, 어서요."

그 순간 김산의 몸이 아영과 합쳐졌다.

"아아아악."

아영의 탄성이 방안을 울렸다. 거침없는 탄성이다.

"으으음."

아영의 뜨겁고 젖은 동굴이 와락 온몸에 덮여지는 느낌이 들었으므로 김산의 입에서도 탄성이 터졌다.

"쿠추가 낙양성에?"

되물은 쿠빌라이의 얼굴에 웃음이 떠올랐다. 그 얼굴로 쿠빌라이가 앞에 엎드린 1천인장을 보았다.

"제가 단검을 맡긴 여자를 찾아왔단 말이냐?"

"그렇습니다. 저하."

머리를 든 1천인장이 말을 이었다.

"산동성 매포현령이 그 여자의 재산을 모두 강탈하고 도망을 쳤습니다. 저하."

"더러운 놈 같으니."

입맛을 다신 쿠빌라이가 옆에 앉은 훌라구를 보았다. 이곳은 카라코룸 남쪽 2백여 리 지점의 동산성 안이다. 몽케 황제의 지시를 받은 둘은 다시 남부군사령부로 내려가는 길이었다. 그런데 지금은 둘의 위상이 달라졌다. 몽케 황제의 친동생으로 쿠빌라이는 남부군총사령관이며 막남한지(漠南漢地) 대총독에 임명되었다. 화북지역을 통치하면서 남부지역을 병합하는 임무를 맡은 것이다. 그리고 훌라구는 서방 대총독으로 임명되었다. 훌라구의 목표는 압바스 왕조가 통치하는 거대한 이슬람 제국으로 킵차크 칸국의 아래쪽이다.

"훌라구, 쿠추가 지금 낙양성에 들어가 있다."

"예, 들었소."

머리를 든 훌라구에게 쿠빌라이가 말을 이었다.

"제 여자를 찾아 수행원 대여섯만 거느리고 2만 리 길을 달려왔다는 거야."

"여자가 미인인 모양이요."

"훌라구, 쿠추가 이곳에서 1천 리 거리에 있다는 말이다."

그때서야 훌라구의 눈동자에 생기가 띠어졌다. 시큰둥했던 얼굴도 변했다. 밝아진 것이다.

"그렇군요. 형님, 말을 달리면 이틀 거리에 쿠추가 있습니다."

"보름날에 왔다니 오늘로 닷새가 된다. 훌라구, 그렇지 않으냐?"

"그렇군요."

이제 훌라구의 얼굴에 웃음이 띠어졌다.

"형님이 무슨 생각 하시는 줄 짐작 할 수 있겠소."

"그런가? 말해보라."

"쿠추가 이틀 거리에 있으면서 우리한테 인사를 오지 않을 리가 없소. 형님은 쿠추를 만나고 싶으신 거요."

"과연."

커다랗게 머리를 끄덕인 쿠빌라이가 의자에 등을 붙였다.

"황제 폐하께는 꾸중을 들을까 봐 인사를 드리지는 못하겠지만 우리한테는 올 것이다. 그러니 이곳에서 사흘만 머물도록 하자."

그러나 사흘까지 기다릴 필요는 없었다. 바로 다음날 오후 신시(4시) 경에 서부령 총독 쿠추가 도착했기 때문이다.

"그대가 올 줄 알았다."

하고 쿠빌라이는 점잖게 김산을 맞았지만 훌라구는 격식을 따지지 않았다. 장군, 관리가 수십 명이나 모여 있는데도 떠들썩한 목소리로 말했다.

"아우, 왔느냐? 네 처는 데리고 온 거냐?"

"아닙니다."

당황한 김산이 허리를 굽혔다가 펴고는 다가가 섰다. 김산의 지위는 총독이며 대장군이다. 훌라구하고 마주 앉아도 되는 신분이다.

"이봐라, 총독, 말을 삼가라."

이맛살을 찌푸린 쿠빌라이가 꾸짖었지만 훌라구는 듣지 않았다.

"아우, 나는 네 정열이 부럽다. 아니, 솔직하게 말해서 이해가 안 간다. 여자 하나 때문에 총독 자리를 비워놓고 2만 리 길을 달려오다니, 이 사실을 황제 폐하께서 알면 어쩌려고 그러느냐?"

한참이나 잔소리를 늘어놓자 마침내 쿠빌라이가 이 소리를 높였다.

"이놈아, 그만 입 다물어라. 폐하께서 아셔도 꾸짖지 않으실 거다. 서부령 총독 일을 못 한 것이 무엇이냐?"

"누가 총독직을 게을리했다고 했습니까? 걱정이 되어서 그런 거요."

"걱정된다고 그렇게 말해?"

"쿠추는 내 아우나 같소. 그러니까 형님은 오해하지 마시오."

형제간 싸움이 날 것 같았지만 둘러선 장군, 관리들은 쩔쩔매기만 할 뿐 아무도 나서지 못한다. 그때 쿠빌라이가 머리를 들고 주위를 둘러보았다.

"모두 물러가라."

그 말을 기다렸다는 듯이 모두 청을 나갔고 안에는 셋이 남았다. 위사장까지 다 내보낸 것이다. 그때 김산이 둘을 향해 허리를 굽혔다.

"심려를 끼쳐드려 죄를 지었습니다."

"죄를 지은 얼굴이 아닌데 그래?"

홀라구가 말을 받았을 때 쿠빌라이가 목소리를 낮춰 물었다.

"그래, 네 여자는 만났느냐?"

"예, 저하."

"네 처가 될 여자냐?"

"그렇습니다. 저하."

"그렇다면 2만 리 길을 달려올 만하지."

머리를 끄덕인 쿠빌라이가 말을 잇는다.

"황제께서도 이해하실 것이다. 내가 황제께 사연을 적어 보내 드리마."

"저도 황제 폐하를 뵙고 가겠습니다."

"그러면 반가워하실 거다."

"저하."

"무엇이냐?"

김산이 쿠빌라이와 홀라구의 얼굴을 번갈아 보았다. 셋은 청 안쪽의 보료에 삼각으로 마주앉아 있었는데 잠깐 정적이 덮여졌다가 김산의 말이 이어졌다.

"이번 고려 원정에 제가 나서도록 해주십시오."

"고려 원정에?"

쿠빌라이는 가만있었지만 이번에도 홀라구가 나섰다. 그러더니 김산을 응시한 채 천천히 머리를 끄덕였다.

"그렇군, 네가 고려인이렷다."

"그렇습니다. 홀라구 님."

"고려에 가서 어떻게 하려고 그러느냐?"

"임금과 최항을 만나겠습니다."

그때 쿠빌라이와 훌라구가 서로의 얼굴을 보았고 김산의 말이 이어졌다.

"제가 고려인으로 아직 고려 말도 잊지 않은 데다 고려 백성을 위무하여 몽골제국을 심복하게 만들 수 있을 것 같습니다."

이제 김산이 정색하고 두 왕자의 얼굴을 보았다.

"먼저 두 분 왕자님의 추천을 받고 황제 폐하께 상소를 드리려고 합니다. 왕자들께서는 도와주시기 바랍니다."

바로 이 일 때문에 쿠추가 동산성에 온 것이다.

그로부터 닷새 후인 오전 오시(12시)경에 김산이 카라코룸의 황궁 청 안에 서 있다. 서부령 총독 쿠추가 황제 몽케를 접견하려고 기다리는 것이다. 그러나 청 안에는 황제 자문관 하란시크, 황군사령관 바시크, 병부대신 발라까지 넷뿐이다. 황제의 지시인 것이다. 이윽고 앞쪽 벽이 두 개로 쪼개지는 것처럼 보이면서 황제 몽케가 나타났다. 몽케는 비단 저고리에 바지 차림이었고 허리에는 단검 하나만 찼다. 검정색 바탕에 장식도 없어서 시중의 상인 복색이다. 나란히 선 넷이 일제히 허리를 꺾어 절을 했을 때 몽케의 시선이 김산에게 옮겨졌다. 굳어진 표정이다.

"쿠추, 네 마음대로 임지를 떠나도 되는 거냐?"

낮지만 굵은 목소리로 몽케가 묻자 김산이 허리를 굽혔다.

"죄를 지었으니 벌을 받겠습니다."

"벌은 받아야지."

차갑게 말한 몽케가 의자에 등을 붙였다. 몽케가 즉위한 지 반년밖에 안 되었지만 카라코룸 황궁 안은 다른 모습이 되었다. 그것은 호화스런 장식이 사라진 것이다. 지금 황제가 앉은 의자도 나무를 깎아 만들었을 뿐

금붙이나 보석은 장식되지 않았다. 몽케가 김산에게 말했다.

"쿠추, 날 보자고 한 이유를 듣자."

"소신을 고려 정벌군으로 보내 주십시오."

김산이 머리를 들고 몽케를 보았다.

"고려 백성을 위무하고 몽골 제국에 심복시키겠습니다."

"네가 고려왕이 되겠느냐?"

불쑥 몽케가 묻더니 슬쩍 입 끝을 올리며 웃었다.

"서부령 총독에서 고려왕이면 죽을죄를 지어서 쫓겨난 셈이 되겠다."

"소신은 그럴 뜻이 없습니다."

"고려왕이 되어서 고려 백성들을 살피는 것이 나을 텐데, 고려 백성도 반기지 않을까?"

김산이 숨을 들이켰다. 몽케는 영민한 황제다. 교활한 수단으로 겸손을 가장하면 바로 간파한다. 그리고 그러고 싶지도 않다. 김산이 말했다.

"폐하, 소신이 고려왕이 된다면 최씨 일족과 그 일족에 기생한 무관들은 물론이고 고려왕실까지 없애야 될 것입니다. 그래야 제대로 집권할 수 있습니다."

"내가 바라는 바다."

"소신이 고려왕과 최씨를 제국의 신하로 복속시키지요."

"고려왕이 되라고 했지 않느냐?"

몽케가 다그치듯 묻자 발라는 불안한 듯 눈을 깜박였지만 하란시크와 바시크는 태연했다. 둘과는 몽케가 말을 맞춘 것 같다. 그때 김산이 바닥에 두 손을 짚고 엎드렸다.

"폐하, 제 아비는 고려의 말직 무장이었습니다."

몽케는 시선만 주었고 김산의 말이 이어졌다.

"제1차 몽골 침공시에 소신의 나이는 7살이었습니다. 소신의 눈앞에서 몽골군의 칼날에 제 아비가 무참하게 죽었습니다."

"……."

"제 두 동생을 집어 칼로 반 토막을 낸 몽골 장수가 바로 구타이였습니다."

몽케는 물론이고 하란시크, 바시크, 발라의 안색이 변했다. 발라는 두 손을 떨기까지 한다. 김산이 오히려 태연했다. 머리를 든 김산의 목소리가 청을 울렸다.

"제 아비가 고려 무장으로 죽었으나 소신은 몽골 무장으로 죽겠습니다. 제 아비는 고려에 충성했지만 소신은 저를 이렇게 키워준 몽골에 충성을 바치도록 해 줍시오."

그때 몽케가 눈을 가늘게 떴다.

"네가 몽골인이란 말이구나."

과연 제국의 황제다. 몽케는 김산의 심중을 간파한 것이다. 고려는 고려인에게 맡겨야 한다는 김산의 뜻을 이해했다. 머리만 숙인 김산에게 몽케가 말을 이었다.

"쿠빌라이, 훌라구가 너를 고려 정벌군 사령관으로 추천했다. 동부군으로 가서 정벌군을 인계받도록 하라."

머리를 든 김산을 향해 몽케가 쓴웃음을 지어 보였다.

"하긴 네가 고려왕으로 만족할 놈이 아니다. 너에겐 고려가 너무 좁다."

하북성 경로현의 현청 사거리에 위치한 홍봉관은 시설도 좋고 특히 음식이 맛있기로 유명했다. 그래서 고급 손님들이 많이 몰렸는데 미식가들의 단골집이었다. 오후 미시(2시) 무렵, 백발에 주름투성이 얼굴의 노인이 50대쯤으로 보이는 사내의 부축을 받고 홍봉관 1층의 식당으로 들어섰는데 얼핏 봐도 부자(父子)간이었다. 얼굴이 닮은 것이다. 안쪽 자리에 앉은 둘은 종업원에게 비싸지만 홍봉관의 명물인 요리를 다섯 개나 시켰으므로 만족한 지배인이 다가가 인사까지 하고 왔다.

"저 부자(父子)도 제법 음식 맛을 아는 모양이다."

지배인 후창이 주방으로 들어가 주방장 장개숙에게 말했다.

"광씨라는 저 상인보다 낫다."

지배인의 시선이 스치고 지난 것도 부자 식탁 옆쪽에 앉은 두 사내다. 살찐 체격의 사내와 하나는 부하처럼 보였는데 여행 중인 상인 행색이다. 허리에 가죽띠를 맨데다 머리에 몽골인의 여우털 모자를 깊게 눌러쓰고 있다.

"돈은 많은 놈 같은데 하인들한테 심부름값도 주지를 않아."

상인들을 흘겨보면서 후창이 말했다. 그러나 홍봉관 특실을 사흘째 사용하고 있는데다 매끼 금 한 냥 값의 음식을 시켜먹는 것이다. 홍봉관으로서는 모처럼 귀한 손님이다.

요리가 놓여지자 주공선은 젓가락을 들었다. 이번 요리는 어린양의 간과 허파다. 1년 미만의 양이어서 고기가 부드럽고 비린내가 적다.

"음, 제법 맛이 있군."

한 점을 씹어 삼킨 주공선이 접시를 위락에게 넘기면서 말했다.

"그럼 네가 먼저 고창현으로 출발하도록 해라. 내가 뒤를 따라 갈 테니까.”

“그러지요.”

접시를 받은 위락이 말을 이었다.

“뱃삯이 조금 비싼 것 같지만 할 수 없습니다. 서둘러야 될 테니까요.”

“발해만만 지나면 남풍을 따라 순항한다. 한 달이면 남송에 닿을 것이다.”

주공선이 어깨를 펴고 말했다.

“고창현까지는 사흘이면 충분하고 이제 배만 타면 된다.”

아영의 전 재산을 탈취한 매포현령 주공선인 것이다. 매포현을 빠져나온 지 오늘로 20일, 마차 35대분의 재물과 함께 북상했다가 이제 바닷가로 들어서려는 참이다. 위락이 바닷가의 고창현에서 150석짜리 대선(大船)을 금 3백 냥을 주고 대절했으니 재물을 싣고 남하하면 된다. 한 달이면 남송의 수도 임안에 닿는다는 것이다. 서둘러 양고기를 씹어 삼킨 위락이 자리에서 일어섰다.

“나리, 가보겠소.”

“알았다.”

주공선이 머리를 끄덕였다. 위락의 처자식 9명도 현청 거리의 끝쪽 한 서장에 머물고 있는 것이다. 주공선의 식솔 16명까지 합하여 25명의 대가족이다. 눈에 띌까 봐 각각 다른 여관에 묵고 있지만 주공선의 세 아들과 심복 하인 셋이 단단히 경비를 서고 있어서 걱정은 없다. 위락이 식당을 나가자 주공선의 시선이 안쪽 마당으로 옮겨졌다. 그러자 마당 안쪽에 나란히 세워진 마차 20량이 보였다. 쌀자루가 실린 마차여서 지나던 개도 돌아보지 않지만 안은 온갖 보석과 금화가 실렸다. 한서장과 그 옆쪽 여관에도 10여 량의 마차가 놓여져 있는 것이다. 모두 보물이다. 주공선이 길게 숨을 뱉았다. 이곳까지 잘도 왔다는 생각이 든 것이다. 그때 옆쪽 식탁에서 방금 시킨 요리를 먹던 백발노인이 머리를 돌려 주공선을 보았다. 노인의 두 눈이 번들거리고 있었으므로 주공선은 가슴이 서늘해졌다.

"주공선이, 내가 시킨 요리를 다 먹을 때까지 거기 앉아 있거라."

숨을 들이켠 주공선은 노인 옆에 앉아있던 아들이 어느새 사라졌다는 것을 그때서야 깨달았다.

동부군사령관 제테이는 서부령 총독 쿠추가 초면이다. 그러나 쿠추의 명성을 수없이 들은 터여서 이번의 정벌군 사령관 교체에 전혀 불만이 없다. 다만 조금 놀랐을 뿐이다.

"총독 각하를 뵙게 되어서 기쁩니다."

쿠추인 김산을 맞는 인사가 그랬다. 40대 중반의 제테이는 역전의 용장이다. 몽골족으로 아비가 칭기즈칸으로부터 1천호장을 하사받은 99가문 중 하나였으니 명문(名門)의 후예, 지난번 쿠추로부터 시작된 허명문가(虛名門家) 숙정에도 건재했다.

"내가 대장군의 공을 가로채는 것은 아닐 것이야."

김산이 겸손하게 말하자 제테이가 입을 벌리고 소리 없이 웃었다.

"고려 정벌에 무슨 공이 필요하겠습니까? 애꿎은 고려 백성만 살육을 당할 뿐이지요."

둘은 동부군사령관 진막에 앉아 있었는데 주위에는 10여 명의 장군들이 둘러앉았다. 김산의 시선이 제테이에게 옮겨졌다. 얼굴에 열은 웃음이 띠어졌다.

"대장군은 내가 고려인이라는 것을 알고 계시는가?"

"압니다. 총독각하."

정색한 제테이가 말을 이었다.

"각하께서 오신다는 말씀을 듣고 적임자라는 생각이 들었습니다."

"그 이유를 말해 주시겠는가?"

"고려 백성들은 각하를 보면 희망을 갖게 될 것입니다."

"……."

"또한 고려왕은 최항의 구속에서 풀려날지 모른다는 기대를 품게 되겠지요."

"과연."

머리를 끄덕인 김산이 제테이를 보았다.

"대장군은 진정한 명문의 후예시군."

"과분한 말씀입니다. 각하."

제테이의 얼굴에 진심으로 감복하는 기색이 떠올랐다. 가문을 칭찬받고 싫어하는 사람이 없는 법이다. 더구나 그것이 윗사람으로부터 진심을 담은 칭찬은 가슴에 깊게 박힌다. 그때 제테이가 생각났다는 표정을 짓고 말했다.

"각하, 제 수하에 고려인 5천인장이 있소이다. 만나보시지 않겠습니까?"

"고려인이?"

놀란 듯 김산이 묻자 제테이의 얼굴에 웃음이 떠올랐다.

"예, 10년 전 변방의 별장이었다가 투항한 자인데 그동안 많은 공을 세워 5천인장에 올랐습니다."

"어디, 만나보기로 하지."

김산의 말이 끝나기가 무섭게 제테이가 둘러앉은 장수 하나를 보았다.

"고덕, 예를 드려라."

"예잇."

대답소리와 함께 벌떡 일어난 장수는 장신에 육중한 체격이다. 김산의 다섯 발짝 앞에 다가온 사내가 무릎을 꿇고 엎드렸다. 30대 후반쯤의 나이로 보인다.

"고덕이 각하를 뵙습니다."

"네가 어디의 별장이었느냐?"

김산이 묻자 사내가 엎드린 채 대답했다.

"함경도 회령부에서 별장을 지냈습니다."

"병사를 몇이나 거느렸느냐?"

둘은 지금 몽골어로 주고받는다. 고덕이 대답했다.

"휘하에 기마군 2백, 보군 3백이 있었습니다."

머리를 끄덕인 김산이 제테이를 보았다.

"내가 저자를 휘하로 부리도록 병부대신에게 서신을 보내리라."

"오신다는 말을 듣고 저놈이 부탁을 했습니다."

제테이가 이를 드러내고 웃었다.

"저놈은 제대로 주인을 만난 셈이지요."

삼관필과 비호수가 돌아온 것은 김산이 고려 원정군 사령관으로 부임한 지 엿새째 되는 날이었다. 진막 안에 앉아있는 김산 앞에 엎드린 삼관필이 보고했다.

"주공선의 일족을 한 명 빼놓지 않고 도륙을 했습니다."

김산은 시선만 주었고 삼관필 또한 과히 칭찬받을 일이 아닌 줄로 아는 터라 서둘러 말을 이었다.

"그자가 강탈해간 재물은 모두 아씨께 돌려드리고 왔습니다."

"……."

"아씨께서는 하북성 용마현에 정착하셨습니다."

김산의 시선에 초점이 멀어졌다. 주공선을 추적하여 가족까지 몰살시킨 것은 삼관필과 비호수다. 둘은 아영을 용마현에 정착시키고 온 것이다. 눈앞에 떠오른 아영의 모습을 지운 김산이 둘을 바라보았다.

"수고했다."

다시 머리만 숙인 둘에게 김산이 말을 이었다.

"지금부터 너희들은 고려 원정군 장수다."

그런데 그날 저녁에 김산을 찾아온 농민이 있다. 해어진 옷에 잔뜩 땟국이 묻은 농민의 얼굴은 짙은 수염에 덮여 있다. 위사장이 된 비호수가 농민을 뒤에 달고 들어온 것이다.

"각하, 고려인으로 각하를 뵌 적이 있다고 합니다."

비호수가 농민 앞에 선 채로 보고했다.

"구유크 치하에서 구타이의 시위부장을 지냈다고 합니다."

김산이 잠자코 머리를 끄덕이자 비호수가 비켜섰다. 그러나 방바닥에 엎드린 사내의 모습이 드러났다. 얼굴을 든 사내가 김산을 우러러보았다.

"각하, 소인이 권강입니다."

과연 권강이다. 구타이의 시위였다가 채화진의 태자당에 파견되어 김산을 쫓던 고려의 항장, 고려 변방의 중랑장 출신이라고 했다. 김산의 시선을 받은 권강이 말을 이었다.

"각하의 명성은 대륙의 구석에 숨어있어도 다 들을 수 있었습니다. 이번에 고려원정을 떠나신다는 말을 듣고 이렇게 찾아왔습니다."

진막 안에는 원정군 선봉장을 맡은 삼관필과 고려인 무장 고덕까지 10여 명의 무장이 둘러서 있다. 김산이 지그시 권강을 보았다. 권강과 무공을 겨룬 적도 있다. 살려서 보냈지만 권강은 진심으로 심복한 것 같지는 않았다. 그 후로 구타이의 측근에서 무장 노릇을 하다가 지금은 숨어다니는 신세가 되어있다. 구타이는 반역자가 되어서 일족은 물론 주변 인물들의 가계까지 소탕되었기 때문이다. 김산이 입을 열지 않자 초조해진 듯 권강이 다시 입을 열었다.

"각하께서 소인을 앞장세워 주신다면 고려군을 복속시켜 보이겠습니다."

"……."

"최씨 휘하의 무장과도 인연이 닿고 있는 터라 고려군 내막을 파악할 수도 있습니다. 각하."

그때 김산이 불쑥 물었다.

"내가 받아들일 것 같았느냐?"

권강의 눈동자가 흔들렸고 김산이 입술 끝을 비틀며 웃었다.

"네가 내민 조건이 그것뿐이냐? 그것으로 역적도당의 죄가 가셔질까?"

"또 있습니다."

어깨를 부풀린 권강이 똑바로 김산을 보았다. 수염 끝이 미세하게 떨리고 있다.

"소인은 목숨을 걸고 찾아온 것입니다."

"그래야겠지."

"원정군 장수 중에 구타이가 파견한 첩자가 있습니다."

그 순간 진막 안이 술렁거렸으므로 김산이 머리를 들었다. 김산의 시선을 받은 장수들이 입을 다물었고 진막 안에 무거운 정적이 덮였다. 보료에 몸을 기댄 김산이 억양 없는 목소리로 말했다.

"말하라."

"5천인장 고덕입니다."

김산의 시선이 장수들을 훑었다. 5천인장 고덕도 장수 중에 끼어있는 것이다. 장수들이 다시 술렁거렸지만 고덕은 눈을 치켜뜬 채 입을 다물고 있다. 그때 김산이 고덕에게 물었다.

"사실이냐?"

고덕이 무리에서 빠져나와 한쪽 무릎을 꿇었다.

"사실입니다."

"구타이의 어떤 지시를 받았느냐?"

"사령관 제테이의 행동을 감시하라는 지시를 받았습니다."

"넌 권강을 아느냐?"

그때 고덕의 시선이 권강에게로 옮겨졌다.

"예, 한때 고려 변방의 동료 무장이었소. 권강이 제 휘하 부장인 적도 있었습니다."

"권강은 어떤 놈이냐?"

"무예가 출중하고 임기응변이 강한 무장이었소. 공을 많이 세웠습니다."

"너는?"

그러자 고덕이 입을 다물었으므로 김산의 시선이 권강에게 옮겨졌다.

"그동안 어디 숨어 있었느냐?"

"하북성의 바닷가에 있었습니다."

머리를 끄덕인 김산의 시선이 비호수에게 옮겨졌다.

"이놈을 죽여라."

그 순간 비호수가 한걸음 발을 디뎠지만 권강의 움직임이 더 빨랐다. 앉은 채로 몸을 솟구친 권강이 옆쪽 공간을 향해 한걸음 발을 내디뎠을 때다.

"어엇!"

외침은 권강한테서 터졌다. 땅바닥을 디딘 발이 무릎 아래부터 베어졌기 때문이다. 다음 순간 뒤쪽에서 덮쳐온 비호수의 칼날이 권강의 등을 뚫고 앞쪽 가슴으로 나왔다. 입을 딱 벌린 채 방바닥에 엎어진 권강이 머리를 들고 말했다.

"어쨌든 무장답게 죽는다."

권강에게서 머리를 돌린 김산이 고덕을 보았다. 권강의 다리를 먼저 벤 것이 고덕이었기 때문이다.

"네가 예상했느냐?"

김산이 묻자 고덕이 칼을 칼집에 넣으면서 대답했다.

"권강은 언제나 두 수쯤 앞을 내다봅니다. 청이 받아들여지지 않았을 때를 대비한 것뿐입니다."

"네가 구타이의 첩자였다니 용서할 수는 없다."

"구타이는 병부대신으로 당연한 지시였습니다. 다만 소인이 구타이의 지시를 받았다는 사실을 밝히지 않은 것이 죄가 되겠습니다."

고덕의 시선을 받은 김산이 쓴웃음을 지었다.

"그럼 이곳에 무장은 모두 구타이의 휘하였으니 모두 너와 같단 말인 가?"

"……."

"구타이가 너에게 부여한 임무는 무엇이냐?"

"사령관의 동향을 수시로 보고하라는 것이었소."

"했느냐?"

"예, 했습니다."

그때 권강의 시체를 치운 비호수가 다가와 접혀진 종이를 들고 말했다.

"권강의 몸속에 유서가 들어있었습니다."

"읽어라."

김산의 말에 비호수가 종이를 펴고 읽는다.

"이 유서를 읽을 때는 이미 내가 이 세상 사람이 아닐 테니 정직하게 쓴 다고 믿어주시기 바랍니다. 나는 목숨을 걸고 찾아갔소. 내가 만일 죽는 다면 고덕의 술수에 말려든 것이 될 것이오. 고덕은 겸손한 척하고 진정을 보이는 척하지만 속에 뱀이 열 마리는 들어있는 자요. 고려에서 도망친 것 도 공금을 횡령한 것이 발각되었기 때문이오. 고려 회령군에 그 자료가 있 으니 본명인 판관 윤광에 대해서 알아보시기 바라오. 권강."

유서를 읽은 비호수가 김산을 보았다. 그러나 나머지 무장들의 시선은 모두 고덕에게 모여져 있다. 그때 김산이 다시 고덕에게 물었다.

"사실이냐?"

"소인은 회령부에 있었던 적이 없습니다. 권강이 꾸며낸 이야기입니다."

"죽는 자가 거짓말을 할까?"

"권강은 악착같은 성품입니다."

고덕의 눈을 들여다보던 김산이 천천히 끄덕였다. 그때 비호수가 말했다.

"각하, 유서가 남았습니다."

"읽어라."

"'고덕에게 호선이 누구냐고 물어봐 주시오.'라고 썼습니다."

"호선이 누구냐?"

김산이 묻자 고덕의 눈동자가 흔들렸지만 곧 대답했다.

"처음 듣는 이름입니다."

김산의 시선을 받은 비호수가 다시 유서를 읽는다.

"모른다고 하면 아직도 역심을 품고 있다는 증거일 것이오. 호선은 구타이가 심복에게 나눠준 이름 중 하나입니다. 그리고 그 심복은 그 이름을 겨드랑이 쪽 팔 안에 문신으로 새겨 넣습니다. 나는 구타이의 위사부장으로 있으면서 그 문신관리를 맡았소. 문신할 이름을 받은 장수는 1백여 명이나 되었는데 고덕이 그중 하나입니다."

비호수가 유서를 내렸고 김산의 시선이 고덕에게로 옮겨졌다. 진막 안의 시선도 모두 고덕에게 모여져 있다. 그때 고덕이 김산에게 물었다.

"각하, 소신이 자결해도 되겠습니까?"

"남길 말이 있느냐?"

"없습니다."

"분하지도 않으냐?"

"졌으면 죽어야지 분하다니요?"

고덕이 얼굴을 펴고 웃었다.

"자, 죽여라, 김산."

그것이 고려 말이었으므로 주위에 둘러선 장수들은 눈만 껌벅였다. 김산이 빙그레 웃었다.

"네 심중을 말해보거라."

이것도 고려 말이다. 고덕이 따라 웃었다.

"가소로운 놈, 네가 권강을 죽인 것은 실수였다. 나는 그것을 위안으로 삼고 세상을 하직한다."

머리를 끄덕인 김산이 옆에 놓인 지휘봉을 집더니 뿌리듯이 던졌다.

"아앗!"

장수들 사이에서 놀란 외침이 일어났다. 지휘봉이 손잡이 부분까지 고덕의 이마에 깊숙하게 박혔기 때문이다. 눈을 부릅뜬 고덕이 앞으로 엎어졌을 때 김산이 말했다.

"고려 정벌에 고려 항장으로 제물을 바친 셈이 되겠다."

"서로 죽인 셈이 되었습니다."

삼관필이 위로하듯 말했지만 개운치 않은 얼굴이었다. 다른 장수들도 마찬가지로 고덕의 시체가 들려 나가는 것을 응시하고만 있다. 그때 김산이 말했다.

"권강의 목적은 고덕이었다. 놈은 목숨을 걸고 찾아온 것이다."

김산의 얼굴에 쓴웃음이 번졌다.

"고덕 하나만이라도 살리고 싶었지만 문신 내막까지 드러난 터라 할 수 없구나."

그것은 문신이 노출되지 않았다면 죽이지 않았을 것이라는 말도 되었다. 그때 3만인장 실루가이가 말했다.

"고덕이 구타이의 밀사였는지는 몰랐습니다. 아직 구타이가 잡히지 않은 상황에서 고덕을 살려 둘 수는 없지요.”

그렇다. 권강은 죽을 각오를 하고 찾아온 것이다. 그만큼 원한이 쌓인 것이다. 머리를 든 김산이 장수들에게 지시했다.

“자, 제물은 올렸으니 일정을 당겨 출발하도록 하자.”

말이 조금 부족했지만 준비는 다 되었다.

사흘 후에 기마군 3만 5천이 초원을 떠나 동진(東進)했다. 예비 마 10만, 마차 3천 량이 따르는 원정군이다. 고려 조정이 강화도로 피신해 있다고 해도 고려는 아직도 동방의 왕국이다. 원정군이 동부군 사령부에서 준비를 할 때부터 정보가 새나갔다. 이번 원정군 사령관은 잔인무도한 도살자 쿠추, 서부령 총독이었다가 특별히 차출되었다는 소문이다. 그리고 쿠추가 고려인이라는 소문도 이어서 퍼져나갔다. 그러나 고려인에게는 오히려 그것이 더 불안했다. 고려 조정에 불만을 품고 몽골에 투항한 항장들이 더 잔혹했기 때문이다. 고려 원정군이 출발한 지 열흘이 지났을 때 강화도 조정에서 회의가 열렸다.

“사령관이 고려인 쿠추라고 합니다.”

대장군 김경수가 말하자 최항이 눈을 가늘게 떴다.

“고려인 쿠추, 내가 그자 이름을 들었다. 서부령 총독이 되었다던데.”

“그렇습니다. 서부령 총독에서 갑자기 원정군 사령관이 되었소.”

그때 대장군 이공주가 입을 열었다.

“승상전하, 쿠추는 잔인무도하고 무공이 뛰어나 도살자라는 소문이 난 자입니다.”

최항은 시선만 주었고 이공주의 말이 이어졌다.

"그자가 죽인 목숨이 수백이라고 합니다. 몽골 황제가 그자를 내세운 것은 이번에는 출륙환도를 결정할 작정인 것 같습니다."

"어림없는 수작이야."

최항이 머리를 저었다. 최항은 최이의 아들로 본래 아비로부터 후계자로 인정을 받지 못했다. 최항의 생모는 기생 서련이며 본명이 만전이다. 성격이 방탕하고 거칠어서 아비 최이는 만전 형제를 송광사에 보내 중으로 만들려고 했지만 백성들에게 온갖 행악질을 하는 바람에 소환시켰다. 그러다 최이가 죽자 정권을 이양받은 것이다. 최항은 최이가 죽자마자 제 아비 최이의 첩들을 간음하기 시작했지만 누구도 제지하지 못했다. 오히려 고종은 최항에게 은천광록대부 추밀원부사 이병부상서 어사대부 태자 빈객, 동북면병사사에다 교정별감직을 내리고 재상에 임명했다. 왕은 허수아비다. 수백 명의 대장군, 대감들은 최항의 눈치만 본다. 최항이 앞쪽에 부복한 대장군들을 둘러보았다. 강화도의 교정별감 청 안이다.

"개경까지 오려면 얼마나 걸리겠는가?"

"앞으로 보름이면 닿습니다."

이번에는 대장군 김경준이 대답했다.

"그러니 전국에 파발을 띄워 백성들을 피란시켜야 합니다."

"즉시 파발을 보내도록."

최항의 눈짓을 받은 장군 하나가 서둘러 청을 나갔다. 명령은 엄격하게 시행되는 것이다. 보료에 몸을 기댄 최항이 대장군들을 둘러보았다.

"몽골 놈들이 몇십 번 내려와도 이곳까지 올 수는 없어."

"그렇습니다."

대장군 이공주가 맞장구를 쳤다.

"놈들이 탈 배도 없습니다."

몽골군이 배를 타지 못한다는 사실은 이미 오래전부터 알려졌다. 말 타는 데는 귀신이지만 배를 타면 견디지를 못하는 것이다. 최항이 천천히 머리를 끄덕였다.

"어디, 쿠추인지 고추인지, 그놈이 얼마나 견디는가 보자."

고려 땅이 몽골군 말굽에 짓밟히건 말건 이곳 강화섬만 견디면 된다. 왕이 있고 신하들이 있는 것이다. 그러면 된다. 몽골군은 예전처럼 두어 날 버티다가 물러간다.

"각 지방 수령이 있지만 전란이 일어나면 대부분 숨습니다."

고려 사정에 밝은 5천인장 보르골이 말했다. 3만 5천 기마군은 지금 여진 땅을 통과하는 중이다. 오시(12시) 무렵, 여진땅은 메마르고 황량하다. 몽골 초원, 서역의 대초원과는 전혀 다른 모습이다. 본대의 중군(中軍)에 편성된 1만 기마군단이 속보로 황야를 지나는 터라 땅이 울렸다. 옆을 따르는 보르골이 소리치듯 말을 이었다.

"처음에는 관군 대신으로 의병이 출몰했지만 지금은 의병도 사라졌습니다. 몽골군을 보면 마을을 떠나 깊은 산이나 바닷가의 섬, 또는 남쪽으로 피신합니다. 남쪽까지 훑기에는 시간이 걸리기 때문이지요."

"……"

"고려땅은 전혀 무방비 상태가 된 채 백성은 숨은 짐승이 되고 몽골군은 쫓는 사냥꾼이 되는 것입니다."

"관군은 전혀 동원되지 않느냐?"

"관군도 함께 숨습니다."

"강화도로 건너갈 수는 없느냐?"

"예, 배도 없는데다."

힐끗 김산의 눈치를 살핀 보르골이 말을 이었다.

"군사들도 배를 타기 겁내어서 건너가지 못했습니다."

김산이 입을 다물었으므로 몇 걸음 따라오던 보르골이 말의 속도를 늦췄다. 이제 엿새면 고려땅에 들어가게 되는 것이다. 고려 땅을 떠난 지 20년이 지났다. 7살짜리 아이가 이제 고려 원정군 사령관이 되어서 고려 땅으로 돌아가고 있는 것이다. 그때 옆으로 위사장 비호수가 다가와 말했다.

"각하, 선봉장으로부터 전령이 왔습니다."

김산은 시선만 주었고 비호수의 말이 이어졌다.

"사냥꾼 사루타의 거처를 찾았다고 합니다."

"……."

"사루타는 10년쯤 전에 곰에게 습격당해 무참히 죽었고 두 아들이 식구들하고 살고 있다는데요."

"식구들이라니?"

"예, 여자를 얻어서 각각 자식을 낳고 산다는 것입니다."

"……."

"각하, 선봉장에게 뭐라고 전합니까?"

김산은 앞쪽을 응시한 채 말을 몰았다. 말굽 소리가 천둥처럼 울리고 있다. 황야를 가득 메운 기마군이다. 주위는 말굽 소리에 묻혔지만 기침 소리 하나 들리지 않는다. 사령관이며 서부령 총독을 겸하고 있는 쿠추 각하의 행차인 것이다. 그때 김산이 머리를 돌려 비호수를 보았다.

"두 형제에게 각각 채찍으로 20대씩을 치라고 해라."

"예, 각하, 어떻게 칩니까?"

죽이라면 그냥 죽일 수도 있지만 채찍질은 여러 가지다. 채찍의 종류도 많고 치는 상태도 다르다. 김산이 대답했다.

"웃옷을 벗기고 세 겹 가죽으로 쳐라."

"예이."

중형(重刑)이나 죽지는 않는다. 그러나 가장 끔찍하게 고통을 받을 것이다. 마악 말머리를 돌리려는 비호수에게 김산이 말을 이었다.

"그리고 두 형제에게 각각 금화 1백 냥씩을 주라고 해라."

"예이."

하면서 주춤거리는 비호수에게 김산이 던지듯이 말했다.

"미끼의 상벌이라고 해라. 그렇게만 전하면 된다."

"예이."

비호수가 말머리를 돌렸을 때 김산의 얼굴에 쓴웃음이 번져졌다. 사루타 일족은 김산을 7살 때부터 4년 동안 짐승의 미끼로 사용했던 사냥꾼 가족이다. 아비 사루타는 10년 전에 곰에게 죽었다지만 부인 미쿤은 김산이 죽이고 도망쳤다. 두 형제가 남아 있다니 둘에게 4년간의 죄를 채찍 20대로 내렸다. 그리고 금화 1백 냥씩은 4년 동안 김산을 미끼로 단련시켜준 보상이다. 그때의 체력을 밑바탕으로 온갖 무술을 습득하게 된 것이다. 그들이야 악독한 짓을 했을 뿐이지만 김산은 보상을 받았다. 그 값을 쳐주는 셈이다.

돌무더기는 가볍게 치워졌다. 그리고는 해어진 옷가지와 함께 백골이 드러났다. 그때였다.

"비켜라!"

사령관의 목소리가 울렸으므로 놀란 군사들이 비켜섰다. 김산이 돌무더기로 다가가 백골을 내려다보았다. 어머니다. 어머니의 백골이 그대로 눕혀져 있다. 일곱 살짜리 김산이 고사리 같은 손으로 묻었지만 그 정성에 감동했는지 돌무더기도 흐트러지지 않았다. 김산은 어머니의 백골을 하나씩 들어 옆에 펼쳐놓은 비단 천 위에 올려놓았다. 주위에 둘러선 장수들은 숨을 죽인 채 움직이지도 않는다. 이윽고 백골을 모두 옮겨놓은 김산이 허리를 폈다. 평온한 얼굴이다.

"자, 이제 옮기자."

그러자 군사들을 젖히고 장수들이 비단천의 귀퉁이를 쥐더니 옆쪽으로 옮겼다. 새 무덤으로 옮기는 것이다. 김산은 7살 때 어머니를 묻은 돌무더기를 찾아온 것이다. 20년이 지났지만 주변 풍경은 변하지 않았다. 뒤쪽에서는 무덤 작업이 소리 없이 진행되고 있다. 주위를 둘러보는 김산의 가슴이 차츰 젖어가고 있다. 이곳까지 몇 달이 걸렸던가? 그러나 이제 기마군은 개경까지 열흘이면 닿을 것이다. 김산이 가슴속으로 말했다.

"어머니, 나를 보고 계시오? 이제 마음이 놓이십니까?"

항장(降將)이 나타났다. 고려땅 압록강을 넘은 직후다. 국경 근처의 주둔군 진지는 텅 비어 있었는데 말을 탄 고려군 장수가 백기를 들고 투항한 것이다. 이름은 장일도, 고려군 낭장 벼슬이었으니 정6품, 몽골군의 5백인장쯤 되는 직위다. 40대 초반의 장일도는 선봉장 삼관필에 이끌려 다음 날 저녁에야 본진 중군의 사령관 진막에 들어섰다. 김산이 부른 것이다. 진막 안쪽 상석에 비스듬히 앉은 김산 앞에 장일도가 무릎을 꿇고 엎드렸다. 삼관필이 말했다.

"이자가 몽골어를 조금 합니다. 각하."

김산이 머리만 끄덕이자 삼관필이 물었다.

"각하, 직접 물으시겠습니까?"

그때 김산의 시선이 장일도에게 옮겨졌다.

"투항한 이유가 무엇이냐?"

몽골어로 묻자 장일도가 제법 정확한 몽골어로 대답했다.

"고려 조정이 빨리 멸망하는 것이 백성들을 위하는 길이라고 생각했기 때문입니다."

"네 가족은 어디 있느냐?"

다그치듯 물었더니 장일도가 엎드린 채 얼굴을 들었다.

"열두 살짜리 아들과 열 살짜리 딸이 제 처와 함께 산속에 있습니다."

"네 가족과 투항을 상의했는가?"

"그들은 모릅니다."

"왜 그러느냐?"

"산으로 보내면서 제가 죽은 것으로 치라고 했기 때문이오."

"그랬더니 네 아들이 뭐라고 하더냐?"

"그저 눈물만 흘리더이다."

"백성들은 모두 어디 있느냐?"

"산속, 또는 여진 땅으로 올라간 백성들도 많습니다."

"네가 백성들을 찾아내는데 안내해줄 수 있느냐?"

그때 장일도가 머리를 떨구더니 입을 다물었다. 잠깐 정적이 덮여졌으므로 삼관필이 호통을 쳤다.

"이놈, 각하께서 물으셨지 않느냐!"

그러자 장일도가 입을 열었다.

"소인이 길 안내를 하겠습니다. 저항군은 없을 것이지만 고려군 장수를 만나면 투항을 권하지요, 그러나 백성을 잡는 일만은 못하겠습니다."

"죽임을 당해도 못하겠느냐?"

김산이 묻자 장일도가 기를 쓰듯 말했다.

"각하께서 고려인이시라고 들었기 때문에 투항한 것입니다. 불쌍한 백성들을 살펴주시오."

그때 김산이 머리를 들고 삼관필을 보았다.

"이자를 중군에 두고 가거라."

김산의 시선이 위사장 비호수에게로 옮겨졌다.

"네가 이자를 수습하도록 해라."

심복인 둘은 김산의 의중을 간파하고는 곧 비호수가 장일도를 끌고 나갔다. 김산이 둘러선 장수들에게 말했다.

"이번 원정은 노획물 탈취가 아니다. 강화도의 고려 조정과 최씨 일당을 사로잡는 것이다."

장수들에게 목적을 알려준 것이다.

"각하, 고려 녀(女)를 잡았습니다."

진막 안으로 들어선 비호수가 말했는데 외면하고 있다. 해시(10시) 무렵, 저녁을 마친 김산이 잠자리에 들려는 참이다. 이곳은 평양성 북방의 산기슭, 내일 오전이면 평양성에 입성할 예정이었다. 이미 선봉군은 평양성이 보이는 들판에 포진하고 있는 것이다. 비호수가 말을 이었다.

"관리의 부인인 것 같은데 종 두 명하고 산길로 도망치다가 정찰대에 잡혔습니다. 종들은 죽었으나 여자가 미색이어서 정찰대장이 산 채로 잡아 온 것입니다."

김산이 머리를 끄덕이자 비호수는 소리 없이 물러갔다. 전장에서는 흔히 있는 일이다.

4장
망국(亡國)의 백성

　진막 안으로 들어온 여인은 스물대여섯쯤 되어 보였으니 이미 농염한 몸이다. 안에 들이기 전에 씻도록 하고 옷을 갈아 입혔는지 몽골녀의 옷이 맞지 않았다. 그러나 흰 얼굴과 섬세한 미모는 바뀌지 않았다. 어지간하면 정찰대장이 제 몫으로 해놓겠지만 놀랄만한 미색이어서 상납할 생각이 났을 터이다. 진막 안에는 둘 뿐이다. 비호수는 밖에서 여자만 밀어 놓았다. 침상 근처에만 켜놓은 양초 불꽃이 흔들렸다가 다시 곧게 섰다. 여자는 김산의 다섯 걸음쯤 앞에 석상처럼 서 있을 뿐 숨도 쉬는 것 같지가 않다. 시선을 내려서 속눈썹이 그늘을 만들었다. 단정한 입술은 젖어 있는 것이 색정을 발동시킬만했다. 잘록한 허리, 그러나 젖가슴과 둔부는 잘 발달되었다. 내려뜨린 손을 보니 희고 가늘다. 일을 한 손이 아니다. 시간이 지나자 여자의 숨소리가 거칠어지기 시작했다. 숨을 죽이고 있지만 고르지 못한 숨소리가 김산의 귀에는 광풍처럼 울린다. 이제는 몰래 삼키는 침소리도 들렸다. 심장은 진즉부터 북 치는 소리를 내는 중이다. 이윽고 김산이 입을 열었다.

"가까이 오라."

그 순간 화들짝 놀란 여인이 머리를 들었다. 고려 말이었기 때문이다. 몽골군 총사령의 입에서 고려 말이 튀어나올 줄 예상이나 했겠는가? 호랑이가 말을 한 것만큼 놀랐을 것이다. 그러나 김산 또한 숨을 들이켰다. 여자의 얼굴은 천하절색이었기 때문이다. 갸름한 얼굴, 초승달 같은 눈썹, 맑은 눈은 보석처럼 반짝였고 꽃잎 같은 입술은 놀라 반쯤 벌어지는 바람에 가지런한 치아가 드러났다. 숨을 고른 김산이 다시 말했다.

"그 몽골 옷이 맞지도 않고 오히려 네 미색을 망치는구나. 옷을 벗어라."

고려 말이 한마디씩 던져질 때마다 놀란 여자가 나중에야 말뜻을 알아차리고는 얼굴이 새빨개졌다. 여자의 얼굴이 꽃처럼 보여졌다. 김산이 이제는 재촉했다.

"벗어라, 어서."

"불을."

겨우 여자의 입이 열렸다. 가늘지만 또렷한 목소리, 김산이 머리를 끄덕이자 여자가 발을 떼었다가 비틀거렸다. 긴장으로 굳어졌기 때문이다. 여자가 손을 들어 두 개의 양초 불을 끄자 진막 안에 어둠이 덮였다. 그러나 김산의 눈에는 불빛 아래서처럼 선명하게 드러난다. 여자가 옷을 벗기 시작했다. 겉옷을 벗더니 속옷을 벗으려다 주춤거렸다.

"다 벗어라."

김산이 침상에 누운 채로 다시 말하자 놀란 여자가 속옷 저고리를 벗었다. 그러자 젖가슴이 드러났다. 제법 큰 젖가슴이다. 여자가 한 손으로 젖가슴을 가리더니 속바지를 쥔 채 말했다. 떨리는 목소리다.

"바지는 침상에서 벗겠습니다."

김산이 시선을 준 채로 대답했다.

"침상으로 오라."

여자가 다가와 주춤거리며 침상에 오른다. 그리고는 김산 옆에 쪼그리며 누웠으므로 김산이 여자의 어깨를 감싸 안았다. 여자의 알몸은 따뜻했다. 가쁜 숨결이 김산의 가슴을 스치고 지나갔다. 김산이 여자의 속바지를 내리며 물었다.

"이름이 무엇이냐?"

"한선입니다."

몸을 웅크린 여자가 말했다. 더운 숨결이 김산의 턱에 닿는다. 이미 김산은 알몸이다. 이제 두 알몸이 엉켜 있었는데 김산이 여자의 젖가슴을 주무르며 다시 물었다.

"지아비는 있느냐?"

"네."

"누구냐?"

"저는 황주목사 이주상의 소실입니다."

"그렇군."

김산이 여자의 몸 위로 오르며 말했다.

"너는 지금부터 내 소실이다. 알았느냐?"

그때 여자가 두 손으로 김산의 목을 껴안으며 대답했다.

"네, 나리."

김산의 손이 여자의 샘을 덮었을 때 이미 샘에서는 뜨거운 생수가 흘러나오는 중이었다. 손을 뗀 김산이 상체를 세우고는 곧장 몸 안으로 진입하자 한선의 입에서는 커다란 신음이 뱉어졌다. 거침없는 탄성이다. 선녀 같은 용모의 여자가 순식간에 요부로 변한 것 같다.

무혈입성이다. 다음날 오후 유시(6시) 경에 김산이 평양성 안에서 휘하 장수들의 보고를 받는다. 압록강을 넘은 지 엿새 만에 평양성에 진입한 것이다. 이제 개경까지는 사흘 거리가 되었다. 선봉군의 뒤를 받치는 주력군(主力軍)의 대장이며 부사령관인 실루가이가 보고했다.

"각하, 개경까지 두 곳의 고려군 요새가 있습니다. 관군 3천과 의병 3천 정도가 지키고 있는데 격파하고 지나야 후환이 없을 것 같습니다."

보고를 들은 김산의 시선이 장수들을 훑다가 말석에 머물렀다. 항장 장일도다. 비호수 뒤에 숨듯이 서 있던 장일도가 김산의 시선을 받더니 긴장했다.

"네가 선봉군에 끼어서 그들을 투항시켜 보겠느냐?"

김산이 묻자 장일도가 무릎을 꿇었다.

"맡겨 주신다면 나서겠습니다."

"그럼 너는 지금부터 위사대 소속 5백인장이다."

김산이 비호수에게 명령했다.

"저자에게 5백인장 차림을 갖춰 주어라."

비호수가 허리를 굽혔을 때 김산이 실루가이에게 말했다.

"선봉군에게 임무를 맡기고 주력군은 서진(徐進)한다. 알았는가?"

"예, 각하."

이미 심복이 된 실루가이다. 사령관의 의도를 안 제장들이 물러갔다.

가능하면 피를 흘리지 않으려는 것이다. 고려땅에 진입한 후부터 원정군은 불필요한 살육을 저지르지 않았고 약탈과 방화도 하지 않았다. 지휘관들이 금지시켰기 때문이 아니다. 말단 기병이라고 해도 사령관이 고려인인 것을 알기 때문이다. 사령관의 동족을 겁탈했을 때 어떤 끔찍한 벌이 내려질지 상상만 해도 두려웠을 것이다.

강산은 피폐했다. 가을이었지만 추수할 논밭은 잡초가 숲을 이루었으니 몇 년간 농사를 하지 않은 증거다. 길가의 마을은 빠짐없이 텅 비었고 폐가가 된 지 오래되었다. 그러나 하늘은 빠져들 것처럼 맑고 기온은 선선했다. 한낮이었지만 이곳은 적막강산이다. 잠깐 진군을 멈춘 원정군은 쉬는 중이었고 김산이 혼자 강산을 둘러보는 중이다. 김산이 탄 말 뒤로 더러운 개 한 마리가 따르다가 지친 듯 옆쪽 숲으로 사라졌다. 1백 보쯤 뒤에 위사장 비호수가 10여 기의 위사를 끌고 따랐지만 김산의 분위기를 아는지 말굽 소리도 조심하고 있다. 말걸음을 멈춘 김산이 앞쪽을 보았다. 길가에서 3백 보쯤 떨어진 산기슭에 민가 한 채가 세워져 있다. 나무껍질로 지붕을 만들었지만 창고 건물도 있고 본채도 다섯 칸은 된다. 우물과 축사도 보인다. 말고삐를 챈 김산이 민가로 다가갔다. 김산의 예민한 청각과 후각이 축사 쪽에서의 움직임과 냄새를 맡았기 때문이다. 그 움직임이 바람을 맞아 냄새를 이쪽까지 흘려주었다. 말을 속보로 걸리면서 김산은 물체가 둘이라는 것을 알았다. 여자와 아이다. 여자와 아이 냄새는 독특하다. 남자보다 두 배는 더 먼 곳에서 맡을 수가 있다. 어느덧 민가 마당으로 들어선 김산이 부서진 축사 구석의 짚더미를 향해 말했다.

"나오너라."

고려말이다. 짚더미가 조금 꿈틀거렸다가 잠잠해졌으므로 김산이 다시 말했다.

"해치지 않을 테니 나오너라."

그때서야 짚더미 속에서 머리 하나가 빠져나왔는데 땟국이 낀 얼굴의 여자다. 30대 중반쯤 되었을까? 두려움이 가득 덮인 얼굴로 김산을 향한 눈동자에는 초점이 멀다. 곧 아이 머리가 나왔는데 대여섯 살가량의 여아다. 아이의 시선이 오히려 초점이 잡혀져 있다. 순간 가슴이 먹먹해진 김산이 숨을 들이켰다. 여동생 유진의 모습이 선명하게 떠올랐기 때문이다. 지금까지 한 번도 이렇게 유진의 얼굴이 선명하게 보인 적이 없다. 20년 만이다. 이곳이 고려 땅이었기 때문일까? 유진의 혼이 이곳에서 떠돌고 있었기 때문일까? 김산의 손이 저절로 목에 건 주머니를 눌렀다. 이윽고 김산이 말했다.

"걱정 말아라. 내가 먹을 것을 주마."

자신의 고려말을 들으면서 김산은 문득 지난 20년을 잊었다. 이곳에서 20년을 보낸 것 같다.

항장 장일도가 공을 세웠다. 황주 근처에 모여있던 의병 2천의 지휘자인 양가천을 귀순시킨 것이다. 양가천은 50대 초반의 사내로 전(前) 중랑장(中郞將)이었으니 정5품 무반(武班)을 지냈다. 양가천은 지휘관 10여 명도 데리고 왔으므로 진막 밖의 마당이 항장들과 원정군 장수들로 가득 찼다. 나란히 무릎을 꿇고 앉은 항장들을 대표해서 양가천이 목소리를 높여 말했다.

"사령관 각하께서 고려인이시며 고려인의 피를 보지 않겠다고 하신 말씀을 듣고 투항했습니다."

물론 고려말이다. 김산은 머리만 끄덕였고 양가천의 목소리가 더 높아졌다.

"전(前) 중랑장 양가천이 각하의 앞장을 서서 강화섬에 박혀있는 무신 무리들과 왕까지 끄집어내겠습니다."

"장하다."

의자에 앉은 김산이 머리를 끄덕이며 말했다.

"백성이 있어야 왕조가 있는 법인데 이 고려 왕조는 백성을 인질로 내놓고 저만 살려고 숨어있다. 이런 왕조는 지속이 될수록 백성만 희생이 된다."

모두 숙연했고 의병 항장 중에는 분해서 우는 이들도 적지 않았다. 둘러선 몽골 장수들은 고려말을 아는 몇 명이 속삭이듯 통역해주는 바람에 공감하고 머리를 끄덕인다. 다시 김산이 말했다.

"의병들은 마음 놓고 돌아가 생업에 종사하도록 하라. 너희들도 이미 들었겠지만 이번 몽골군은 약탈, 방화, 겁탈을 한 적이 없다. 했다면 모두 내 손에 죽었을 것이다."

김산의 목소리가 마당을 울렸다.

"그러니 가서 부모를 공양하고 자식들을 돌보도록 하라."

"이 말씀을 고려 땅 천지에 전하겠습니다."

소매로 눈을 닦은 의병장 양가천이 울음 섞인 목소리로 소리쳤다.

"고려왕이나 무신 놈들한테서 들을 말을 몽골군 사령관께서 하십니다. 사령관께선 부디 장수하시어 고려 백성을 돌보아 주시오."

그날 밤에 김산이 거처용 진막으로 돌아왔더니 한선이 맞았다. 한선은 이제 몸에 맞는 바지저고리를 입은 데다 몸에서 옅은 향내까지 풍겼다. 타고난 미색인 터라 몸에서 빛이 나는 것 같다. 김산의 시선을 받은 한선의 얼굴이 붉어졌지만 낭랑한 목소리로 말한다.

"나리, 술상을 준비해 놓았습니다. 위사장께 부탁했더니 가져다주시네요."

한선이 눈웃음을 치더니 손등으로 입을 가렸다. 웃음을 참는 시늉이다.

"제가 몽골어를 못해서 통역사까지 달려왔답니다."

"허어, 힘들었구나."

쓴웃음을 지은 김산이 아래쪽에 놓인 술상을 보았다. 진중에서 이런 호사가 없다. 김산의 뒤로 간 한선이 가죽 갑옷을 벗기면서 말했다. 들뜬 목소리다.

"나리, 언제 개경에 닿습니까? 개경에 제 친정 부모가 계시거든요."

"내일 저녁이면 닿을 거다."

"그럼 제 부모 좀 만나게 해주세요."

"그러지."

한선은 스물다섯으로 황주목사 이주상의 소실이 된 지 3년이 되었다고 했다. 천성이 밝고 애교가 있는데다 몸이 뜨거워서 60대인 이주상이 욕구를 채워주지 못했을 것이다. 옷을 바꿔 입은 김산이 주안상 앞에 앉았더니 한선은 옆에 바짝 붙어 앉는다. 어깨가 부딪쳤고 숨결까지 닿는다.

대군(大軍)은 천천히 전진하고 있다. 중군(中軍)의 중심에서 수백 명 위사들의 호위를 받으며 말을 속보로 걸리는 김산이 다시 소리죽여 숨을 뱉는다. 수만 필의 말굽 소리가 땅을 울리고 있다. 지진이 난 것 같다. 하늘은 맑아서 구름 한 점 없는데다 초가을이다. 논밭의 곡식이 영글어 추수가 한 창일 때였지만 산천(山川)은 황무지가 되었다. 잡초로 뒤덮인 논밭은 이제 구분할 수가 없다. 중국 대륙과 너무 차이가 나는 것이다. 이곳은 버려진 땅이다. 임금이 백성을 버렸고 버림받은 백성은 희망을 버렸다.

"각하."

말굽 소리를 내면서 달려온 항장 장일도가 옆으로 다가왔다. 장일도 는 이제 1천인장이 되었다. 엿새 만에 5백인장에서 1천인장으로 승진한 것이다.

"관군 대장인 대장군 양수는 투항하지 않을 것 같습니다."

장일도가 말을 이었다.

"양수는 최항의 심복 무장으로 출륙환도를 반대하는 강경파 일당입니 다. 제가 보낸 서신을 찢고 서신을 가져간 제 하인을 죽이려다가 주위의 만류로 살려 보냈다고 합니다."

"관군의 사기는 어떠하냐?"

"정예군으로 사기가 높은 편입니다."

장일도가 말을 이었다.

"몽골군에 대한 적개심이 높습니다."

김산이 머리를 끄덕였다. 개경 앞쪽의 작은 언덕에 포진한 고려군은 3 천 남짓, 길을 막고 있는 형편이어서 물리쳐야 강화도로 나아갈 수 있다. 김산이 뒤를 따르는 위사장 비호수에게 명령했다.

"전군 정지하라."

비호수가 소리쳐 전령에게 지시했고 곧 하늘로 화살이 올라갔다. 아직 미시(오후 2시)밖에 안 되어서 소리를 내는 화살이다. 하늘에서 날카로운 새소리가 울려 퍼졌다.

석성(石城)은 길이 2리(800m), 높이는 100보(60m) 정도의 언덕 위에 세워졌지만 견고했다. 옛적 백제가 지배했던 시대에 쌓여졌다고 했는데 성벽의 높이는 20자(6m), 성벽 위에는 군사들의 왕래하는 길이 4자(1.2m)가량의 통로가 있고 다섯 보 간격으로 궁수를 위한 사대가 있어서 가히 난공불락의 요새였다. 이 성(城)이 20년 전 몽골의 1차 침입이 있었던 1231년 살리타에 의해 함락되었지만 그 후로 2, 3, 4차 침략 때는 함락되지 않았던 것이다. 그리고 지금 김산의 지휘하에 몽골군은 제5차 고려 정벌에 나서고 있다.

"보기와는 달리 방비가 굳습니다."

부사령관 실루가이가 김산에게 말했다.

"성 안에는 고려군 3천과 부역하는 백성 3천 정도가 있는데 군사 6천이라고 봐도 될 것입니다."

둘은 언덕 아래에 나란히 서 있었는데 성과의 거리는 1리(400m), 성벽 위에 선 고려 군사들의 모습이 뚜렷하게 드러났다. 오후 신시(4시) 무렵, 김산이 부사령관 실루가이와 1천인장 장일도, 위사장 비호수만 이끌고 정찰을 나온 것이다. 그때 뒤쪽에 서 있던 장일도가 서툰 몽골어로 말했다.

"양수는 지난 4차 침공 때도 이 성의 방어를 맡았습니다. 두 달 동안 꼼짝 않고 성 밖으로 나오지 않아서 몽골군이 지쳐 돌아갔지요."

"화포나 투석기를 써서 성을 부수면 되지 않는가?"

실루가이가 묻자 장일도가 어림없는 짓이라는 표정을 짓고 머리를 저었다.

"성은 단단하고 안에 지하도가 파여져 있어서 던져진 돌은 성을 높이는데 유용할 뿐입니다."

"식수나 식량은 있느냐?"

"우물이 세 곳이나 되고 식량은 5천 명이 반년 먹을 만큼 있다고 들었습니다."

그때 김산이 머리를 들고 성루를 보았다. 성루에 깃발이 오르면서 군사들이 늘어난 것이다."

"저건 무어냐?"

김산이 묻자 장일도가 대답했다.

"대장군 기가 오른 것을 보니 양수가 나온 것 같습니다. 우리를 본 모양이요."

"가깝게 가자."

김산이 말고삐를 당기며 말하자 비호수가 질색을 했지만 소리쳐 위사를 불러 주위를 경호시켰다.

한 무리의 기마대가 다가왔으므로 양수는 눈을 가늘게 떴다. 이곳은 언덕 위의 성루다. 다가오는 무리가 발아래로 보인다. 거리는 1리(400m)에서 차츰 다가오고 있다. 언덕 밑까지 오면 거리는 2백 50보 정도가 될 것이다.

"몽골군 지휘부 같습니다."

옆에 선 부장 오관수가 말했으므로 양수는 머리만 끄덕였다. 양수는 50대 초반으로 지금까지 네 번의 몽골군 침략을 다 겪었다. 이번이 다섯 번째다. 흰 수염을 손으로 쓰다듬던 양수가 혼잣말을 했다.

"저놈들이 지난번 싸움을 들었을 테니 이 여산성의 내막을 알겠지."

"예, 투항한 장일도가 다 말해 주었을 것이오."

오관수가 말을 이었다.

"의병장 양가천이 소문을 퍼뜨리고 있어서 백성들이 동요하고 있습니다."

"그놈을 왜 잡지 못하나?"

양수가 눈을 부릅떴다.

"몽골군에 투항한 변절자 놈이다. 죽여서라도 잡아야 된다."

"예, 각 수령에게 전령을 보냈습니다."

오관수가 말했지만 각 수령은 모두 산이나 바닷가로 피신한 상황이다. 영(令)을 받았다고 해도 시행할 형편이 아니다. 말하는 사이에 몽골군 무리가 3백 보 거리로 다가왔다. 2백여 기 정도여서 위협할만한 세력은 아니었지만 당직 장군 홍경이 북을 울렸다. 전투준비 신호다.

"몽골 수뇌부로군."

다시 눈을 가늘게 뜬 양수가 아래를 내려다보면서 말했다.

"가운데 있는 놈이 사령관이라는 고려계인 것 같습니다."

오관수가 아래를 응시한 채 말했다.

"소문은 그렇게 났지만 아군을 혼란시키려는 술책인지도 모릅니다."

그러는 사이에 기마군은 거침없이 다가오고 있다.

"사수 준비!"

뒤쪽에서 홍경의 목소리가 울렸다. 그러자 사대로 다가선 궁사들이 활에 살을 먹이고 대기했다. 성벽 안쪽의 군사들도 대기하고 있다. 양수가 지그시 다가오는 몽골군 지휘부를 보았다. 이렇게 가까운 거리에서 몽골군 지휘부를 본 것도 처음이다. 지난 20년간 지금까지 다섯 번 난을 겪었지만 겨우 1백인장급 몽골군 말단 장수만을 보았을 뿐이다. 그런데 지금은 대장군 깃발을 선두로 10여 개의 깃발을 휘날리며 몽골군 지휘부가 다가오고 있다. 양수의 가슴이 점점 무거워졌고 심장 박동이 빨라졌다. 저놈들이 2백 기 정도의 병력으로 어쩔 셈인가? 뒤쪽에는 숨겨둔 병사들도 보이지 않는다. 좁은 성 안이지만 양수는 5백 기 정도의 기마군도 보유하고 있다. 기마군을 모아 한꺼번에 쏟아 붓듯 공격한다면 저 2백 기는 전멸시킬 수가 있다. 양수는 어느덧 입안에 고인 침을 삼켰고 주위는 조용해졌다. 모두 같은 생각을 하는 것 같다. 그때 몽골군 대열에서 몽골군 1기가 빠져나와 이쪽으로 달려왔다. 빠르다. 대략 150보 거리쯤에서 말을 멈춘 몽골군이 성벽을 올려다보았다. 이 거리에서는 쌍방의 얼굴도 구별이 된다. 그때 몽골군이 소리쳤다.

"나는 전(前) 낭장 장일도다! 의주 막성진 수비장이었던 정6품 낭장 장일도가 말한다!"

목소리가 컸으므로 성 안쪽까지 들렸을 것이다.

"저런 쳐죽일 놈이."

오관수가 이사이로 말했지만 양수는 머리를 늘이고 듣는 시늉을 했다. 다시 몽골군의 외침이 울렸다.

"내가 몽골제국의 서부령 총독이시며 원정군 사령관인 쿠추 각하의 전갈을 전한다. 성의 수비장은 잘 들어라! 오늘 중으로 항복을 하면 모두 살려주겠다! 그리고 강화도의 최 씨하고 협상만 하고 돌아가겠다! 그러나 저항한다면 개 한 마리 살려두지 않을 것이다!"

"저놈을 쏴 죽이지요."

오관수가 다시 말했지만 양수는 손을 들어 입을 닫으라는 시늉을 했다. 그때 장일도의 목소리가 이어졌다.

"쿠추 각하의 본명은 김산이시며 20년 전 전사한 개성부의 비장 김영이 부친이시다! 그러니 빈말을 하실 리가 있겠느냐! 사령관 각하께서도 부친이 몽골군에 의해 살해당하신 분이다!"

그때 양수가 한 걸음 앞으로 나와 눈을 부릅떴다. 그리고는 성벽에 두 손을 짚고 아래쪽을 노려보았다. 다른 장수들도 모두 놀란 표정이다. 몽골군 사령관의 내력이 밝혀진 것이다. 개경부 비장의 자손이라니, 더구나 몽골군에 살육당했다는 것이다.

그날 밤 자시(12시)가 조금 넘었을 때 몽골군 사령관의 진막 안으로 두 사내가 들어섰다. 위사장 비호수의 안내를 받고 들어선 두 사내는 바로 여산성의 수비장인 대장군 양수와 부장 오관수다. 진막 안에는 이미 김산을 중심으로 몽골군 지휘부가 모두 둘러앉아 있다. 비호수가 김산의 10보 앞에 멈춰 서서 보고했다.

"각하, 고려장군 양수와 부장 오관수가 왔습니다."

머리를 끄덕인 김산이 입을 열었는데 바로 고려말이 나왔다.

"편히 앉으라, 자진해 왔으니 꿇을 것 없다."

그때 옆쪽에 서 있던 통역사가 몽골어로 통역을 했다. 양수와 오관수는 10보 거리에 편한 자세로 앉는다. 거대한 진막 안에는 4, 50명의 장군들로 가득 차 있다. 그러나 모두 숨소리도 죽이고 있다. 여산성의 수비장과 부장이 은밀하게 성을 빠져나와 사령관을 찾은 것이다. 낮에 투항하라고 장일도가 외치고 왔지만 예상하지 못했던 것이다. 그때 정적을 깨뜨리며 김산이 고려말로 말했다.

"투항하려고 온 줄로 안다. 잘했다."

이제는 통역사가 장군들에게 몽골어로 통역해주고 있다. 김산이 지시한 것이다. 양수가 머리를 들고 김산을 보았다. 두 눈이 번들거리고 있다.

"사령관, 소인이 전에 개경부 서문 수문장을 지냈소이다."

김산은 시선만 주었고 양수의 말이 이어졌다.

"서문 수문장은 비장의 막하인데 내가 모시던 비장은 2남 1녀를 두셨소."

"……."

"몽골군의 1차 침공 시에 소인은 비번이어서 처가에 갔다가 난을 피했지만 비장은 일가가 몰사 되었소. 그런데 그 비장의 본명이 김영이오."

"……."

"그 비장의 큰 자제가 소인이 수직하던 서문에 놀러 온 적이 있었소. 그때 소인이 비상 북을 한 번 두드리라고 해준 적이 있지요."

"숙부."

갑자기 일어선 김산이 양수에게로 달려가더니 앞에 무릎을 꿇었다. 그리고는 두 손으로 양수의 어깨를 움켜쥐었다.

"숙부 아니시오? 저한데 숙부라고 부르라고 하시지 않았습니까?"

"아아, 이런 일이."

김산의 팔을 두 손으로 감싸 쥔 양수가 통곡을 했다.

"이럴 수가 있단 말인가!"

양수의 울음소리가 진막을 울렸고 옆에 앉은 오관수도 손으로 얼굴을 덮고 울었다. 통역의 말을 들은 몽골 장군들도 빠짐없이 눈물을 쏟는다. 특히 비호수 등 한인 장수들은 어깨를 들썩이며 오열했다. 부사령관 실루가이도 손으로 눈물을 닦는다. 그때 울음을 그친 김산이 양수의 어깨를 잡고 일으켰다.

"숙부, 이리 오시지요."

상석으로 안내하는 것이다.

"여산성이?"

놀란 최항이 상반신을 굽혀 앞쪽에 선 안찰사 박귀를 보았다. 박귀는 방금 배를 타고 강화섬으로 들어왔다. 저녁 술시(8시) 무렵, 정방에는 최항의 측근 장군들만 10여 명이 모여 있었는데 분위기가 숙연했다. 그들은 방금 박귀로부터 오늘 아침에 여산성이 몽골군에게 함락되었다는 말을 들은 것이다. 최항이 갈라진 목소리로 다시 물었다.

"그렇다면 대장군 양수는 전사했는가?"

"예, 그것이."

머리를 든 박귀가 주저하다가 대답했다.

"양수는 전(全) 군사를 이끌고 몽골군에 투항했습니다."

최항은 눈을 치켜뜬 채 숨소리도 내지 않았으므로 박귀의 말이 빨라졌다.

"항장 장일도가 전날 오후에 성문 앞에 와서 투항을 권유했다고 합니다. 여산성에서 빠져나온 백성한테서 들었소."

"……."

"몽골군 사령관 쿠추는 양수를 숙부로 부르고 몽골 장군으로 임명했다고 하오."

"내, 이놈을."

그때서야 이사이로 말한 최항이 주위를 둘러보았다. 청 안에 양초를 10여 개 밝혀 놓았는데 어디선가 들어온 바람에 불꽃이 흔들렸다. 마치 고려 무신정권의 현실 같다. 최항이 물었다.

"그놈들이 여산성을 빼앗았다면 강화까지 무인지경이야. 그렇지 않는가?"

"예, 하지만."

대장군 이공주가 나섰다.

"강화섬으로 들어올 배는 없습니다. 전처럼 섬만 바라보다가 떠나겠지요."

"이번에는 다릅니다."

나선 사내는 대장군 김경준이다. 모두의 시선을 받은 김경준이 말을 이었다.

"양수와 오관수가 각각 전라도에서 병선을 부린 적이 있습니다. 그들이 배를 끌고 오면 강화는 쉽게 닿습니다."

"어허."

최항의 입에서 저절로 탄식이 터졌다.

"그렇다면 어찌하면 좋겠는가?"

그때 헛기침 소리가 들리더니 상장군 박성일이 나섰다. 70객 상장군은 이가 다 빠져서 말이 흐리지만 정신은 아직도 총명했다. 박성일은 최항의 부친 최이 시대부터 몽골군의 침공을 모두 겪은 노장으로 양수도 부하로 부렸다.

"전라도 배를 몰고 오려면 두 달은 족히 걸릴 것이오. 더구나 요즘은 배가 낡아서 50석 이상 싣는 배가 20척 미만입니다. 강화섬의 배만 꽁꽁 묶어 놓는다면 몽골군은 쉽게 범접 못 하오."

"영감이 자세히 아는구려."

최항의 얼굴에 처음으로 웃음이 떠올랐다.

"배 단속만 잘하면 되겠소."

"하지만."

주름진 얼굴을 든 박성일이 최항을 보았다.

"대감, 몽골군이 고려땅에 오래 머물수록 백성의 씨가 마를 것입니다. 관(官)의 명이 먹히지 않게 되면 강화섬을 제외하고 고려땅에 새 왕조가 들어설 수도 있게 될 것이오."

최항의 얼굴에 웃음기가 가셔지더니 순식간에 살기로 덮였다.

"영감의 입이 가볍구려."

"제가 너무 오래 살았습니다."

"빨리 죽여달라는 말씀이신가?"

"그렇게 받아들이셔도 상관없소."

"목이 떼어지기 전에 할 말이 있으신가?"

"몽골 사령관이 고려인이라니 협상할 소지가 있소."

"허, 고려놈이라 이쪽 사정을 더 잘 알아서 오히려 불리하다고 하던데."

"그렇게 말하는 놈들은 대부분이 역적, 또는 간신배가 틀림없습니다."

"이것 보시오. 상장군."

이공주가 나섰다. 이쪽이 불리하다고 한 것이 이공주다.

"그럼 그, 고려놈 몽골군을 이끌고 온 놈이 충신이란 말이오?"

종2품 대장군이 정2품 상장군에게 대드는 셈인데 전혀 이상한 일이 아니다. 40대 중반의 이공주를 노려본 박성일이 쓴웃음을 지었다. 박성일의 아들 둘이 모두 이공주 또래인 것이다.

"이보게, 대장군, 그럼 그대가 육지로 나가 몽골군을 맞으시게."

"뭐요?"

놀란 이공주가 말까지 더듬었다.

"내, 내가 왜? 왜 뭍으로 나가야 된단 말이오?"

"그대가 양수하고 절친한 사이였으니 그놈을 설득시키든지, 그놈의 전략을 미리 짚을 장군은 그대뿐이네."

정색한 박성일이 최항을 보았다.

"대감, 용병의 첫걸음은 적재적소에 기용하는 것이오. 대장군 이공주를 개경수비장으로 임명하여 출륙시키기를 건의하오."

"과연."

외면한 채 최항이 커다랗게 머리를 끄덕였으므로 이공주의 안색이 하얗게 변해졌다. 갈피를 잡을 수 없는 것이 최항의 성품이다. 그래서 항상 두려움의 대상이 된 것이다. 최항이 명령했다.

"대장군 이공주는 명일 오전 오시(12시)에 개경으로 출진하도록 해라. 내가 명일 출진 시에 주상이 하사하신 어검을 전해주겠다."

사형 선고나 같았으나 이공주는 납작 엎드려 사례했다.

"대감의 명을 기꺼이 받겠소이다."

만일 거부하면 오늘 밤 안에 죽을 것이기 때문이다.

상장군 박성일이 강화섬 북쪽 외곽에 위치한 저택으로 돌아왔을 때는 해시(10시) 무렵이다. 상장군 저택이라고 해도 다섯 칸짜리 농가 저택을 사용하고 있는 박성일이다. 아들 둘은 각각 무관(武官)으로 전라도와 경상도에서 근무하고 있는 터라 강화섬 저택에는 노부부와 하인 셋이 살고 있을 뿐이다. 노환으로 작년부터 거동이 자유롭지 못한 부인 조 씨가 박성일을 맞으면서 말했다.

"용재가 보낸 하인이 왔소."

"용재가?"

대번에 이맛살을 찌푸린 박성일이 조 씨를 보았다. 용재는 큰아들 박용재다. 전주목(全州牧)의 6품 중랑장으로 국록을 먹는 박용재는 40대 중반으로 효자다. 두 달에 한 번 쌀과 나물 등을 인편으로 부모께 보내는데 상장군 박성일은 그것으로 연명한다고 해도 과언이 아니다. 이곳 강화섬의 장군들은 제각기 내륙의 사유지에서 조세를 받아 사는데 박성일은 손바닥만 한 땅도 없기 때문이다. 옷을 갈아입은 박성일이 하인을 만나러 행랑채 방안으로 들어섰더니 두 사내가 자리에서 일어섰다. 처음 보는 얼굴이었지만 박용재의 하인은 여럿이다.

"지난달에도 쌀을 두 섬이나 가져왔는데 네 주인은 백성들 고혈을 빼먹는 것 아니냐?"

박성일이 자리에 앉기도 전에 꾸짖었다.

"지금 몽골군이 쳐내려 와서 고려조가 존망의 기로에 서 있는데 중랑장이란 놈이 제 사가(私家)만 생각하다니."

그때 앞에 꿇어앉은 사내 하나가 조심스럽게 입을 열었다.

"대감, 소인은 대장군 양수가 보낸 전갈을 가져왔습니다."

개경은 성벽도 허물어졌고 1만여 호의 민가에 10여만이 살던 고려조 수도였던 것이 지금은 폐성이 되다시피 했다. 그러나 주민은 있다. 노인과 병자가 대부분이었지만 수천 명이다. 아이와 젊은 남녀는 눈을 씻고 찾아도 보이지 않았지만 가끔 중년 남녀가 도망치듯이 거리를 오간다. 개경유수의 관저에 머물고 있던 김산은 방으로 들어서는 한선을 보았다. 한선은 이제 치마저고리를 갖춰 입었는데 몸매가 날아갈 것처럼 미끈하게 느껴졌다. 김산이 어릴 적에 보아왔던 고려 복장이기 때문일 것이다. 얼굴에 웃음을 띤 한선이 다가와 김산의 옆에 앉는다. 오후 미시(2시) 무렵이다. 몽골군이 개경 서북방의 황무지에 머문 지 오늘로 사흘째가 된다. 끌고 온 소와 말을 잡고 술을 주어서 군사들은 긴 행군에 지친 몸을 쉬는 터라 분위기가 밝고 사기도 높아졌다. 고려땅 깊숙이 들어 오는 동안 병사들의 희생은 수십 명에 그쳤을 뿐만 아니라 오히려 현지 용병이 5천여 명 늘어났다. 몽골군의 전통적인 용병 채용이 고려땅에서 처음 일어난 것이다. 한선이 교태 어린 표정으로 김산을 보았다.

"나리, 제 친정 식구들을 찾았습니다."

"오, 그러냐?"

김산의 표정도 밝아졌다.

"모두 무고하냐?"

"예, 부모, 오빠 둘, 언니 하나, 모두 살아있습니다."

한선의 부탁을 받은 김산이 한선의 친정으로 사람을 보낸 것이다. 한선의 말이 이어졌다.

"제 큰오빠가 서해도 황주목 휘하의 수군 장교 노릇을 하는데 지금 중문 밖에 있습니다."

김산의 시선을 받은 한선의 볼이 붉어졌다.

"제 연락을 받고 달려왔다고 합니다."

고려군 장교라면 말단 무관 휘하의 상민출신이다. 머리를 끄덕인 김산이 설렁줄을 당기자 금방 위사가 나타났다.

"중문 밖에 이 사람 오빠가 와 있다고 한다. 데려오도록."

지시를 받은 위사가 물러가자 한선이 김산의 팔을 양팔로 감싸 안더니 몸을 붙였다.

"나리, 제 오빠를 몽골군 장교로 시켜줍시오."

한선의 시선을 받은 김산이 웃자 몸이 더 붙여졌다.

"싸움은 못 하지만 눈치가 빠르고 영리합니다. 그래서 지금까지 살았지요."

다시 머리를 끄덕인 김산이 설렁줄을 세 번 당겼더니 곧 위사장 비호수가 들어섰다. 김산이 비호수에게 몽골어로 지시했다.

"이 사람 오빠가 들어 올 텐데 이 사람 옆에 머물도록 해라."

김산의 얼굴에 쓴웃음이 번져졌다.

"그리고 나는 이 사람한테 지금 전장으로 떠난다면서 작별을 할 테다. 그러니 네가 이 사람한테 금 한 자루를 주도록 해라. 그것이면 온 가족이 잘살겠지."

"예, 각하."

머리를 숙인 비호수가 정색하고 말을 이었다.

"전혀 상심하지 않도록 배려하겠습니다. 각하."

상장군 박성일의 서신이 온 것은 그날 저녁 술시(8시) 무렵이다. 강화도로 보낸 양수의 부하 무관 두 명이 서신을 가져온 것이다. 황무지의 진막으로 거처를 옮긴 김산이 박성일의 서신을 읽는다.

"고려인 대장군이시며 서부령 총독, 몽골 원정군 사령관이신 쿠추 각하께 드립니다."

그렇게 인사말을 한 박성일의 서신이 이어졌다.

"전(前)대장군 양수의 글을 읽으니 각하의 생부(生父)께서 전(前)개경부 비장 김영 님이셨다니 소인도 깜짝 놀랐습니다. 김영 비장은 소인이 중랑장 시절에 별장으로 인연을 맺었던 사이였던 것입니다. 그때의 인연을 되씹고 지금의 현실과 비교해보니 소인이 너무 오래 살았다는 감개와 함께 하염없이 눈물이 흐릅니다."

과연 편지지에 눈물이 번져 글씨가 범벅이 된 곳이 서너 곳이나 된다. 다시 박성일의 글이 이어졌다.

"고려는 무신 정권이 너무 길었습니다. 처음에는 문신의 문약함과 세도가 지나쳐 고려 부흥을 위해 필요하다는 생각이 들었지만 현재는 최씨의 사욕을 위한 고려 정권이 되었습니다. 무례하고, 무식하며, 패륜적이며, 백성을 티끌만큼도 생각지 않는 최항과 그 추종세력이 이 기회에 소탕되고 새로운 고려로 거듭나야 될 것입니다."

그러더니 끝에 강렬한 필치로 덧붙였다.

"무능한 고려 왕실도 도태되어야 합니다. 백성을 위해서라면 김씨 왕조인들 어떻습니까? 소인이 죽기 전에 보고 싶소이다."

양수가 데려온 사내는 한눈에도 무관(武官)으로 보였다. 농군 차림이었지만 눈빛이 강하고 몸에서 쇠 냄새가 맡아졌다. 병기를 오래 다루면 그렇게 된다.

"각하, 이자가 강화도의 최항 측근인 대장군 이공주의 심복 무장입니다."

옆에 선 사내를 눈으로 가리키며 양수가 말을 이었다.

"이공주가 저에게 이자를 보내 투항의사를 전했습니다. 어떻게 하면 좋겠습니까?"

"숙부 의견은 어떠시오?"

진막 안에는 수십 명의 장군이 둘러서 있었지만 김산은 거침없이 양수에게 숙부라고 부른다. 양수가 허리를 굽히며 말했다.

"각하, 얼마 전까지만 해도 이공주는 소인의 막역지우였습니다."

"그렇소? 잘 되었군."

그때 양수가 머리를 들고 김산을 보았다.

"각하, 이공주의 투항 조건을 들어 보시지요."

양수의 시선이 옆쪽으로 옮겨졌다.

"자, 아뢰어라."

그러자 사내가 엎드린 채 김산을 보았다.

"중랑장 고대손이 말씀드립니다."

김산은 시선만 주었고 사내의 말이 이어졌다.

"이공주는 투항을 받아들여 주시는 조건으로 경상도에 있는 남녀노소 5천여 명을 대몽골제국군에게 포로로 넘겨 드린다고 했습니다."

진막 안은 숨소리도 나지 않았고 고대손의 말이 이어졌다.

"그들은 전란이 날 때마다 깊은 골짜기로 숨어 찾지를 못했지만 이공주의 석읍 근처여서 안내해 드린다고 했습니다."

"……."

"이공주는 그 포로의 대가로 목숨을 살려주시기를 바랄 뿐이라고 했습니다.”

그때 김산이 말했다.

“알았다. 포로 5천이면 막대한 노획물이다. 조건을 받아들인다고 해라.”

머리를 끄덕인 김산이 지그시 고대손을 보았다.

“내가 곧 포로를 잡으려고 군사를 보낼 터이니 이공주는 기다리라고 전하라.”

오후 유시(6시) 무렵이 되었을 때 앞쪽에 희미한 물체가 나타났다. 바다에 짙은 안개가 덮여져서 시야가 30보 정도로 좁혀진 상황이다. 이제 밤이 되면 바로 눈앞도 보이지 않을 것이다.

“각하, 왔는가 봅니다.”

옆에 선 비호수가 말했지만 김산은 이미 일행이 배에서 내렸을 때부터 알고 있었다. 이곳은 강화 섬이 보이는 내륙의 바닷가 마을 끝이다. 주위에 벌려 선 위사들이 숨을 죽였고 곧 안개를 헤치고 사내 세 명이 나타났다. 중앙의 사내가 곧 상장군 박성일이다. 70 노인이지만 박성일은 아직 허리가 곧고 어깨도 굽지 않았다. 흰 수염이 물기에 젖어 늘어졌지만 단정한 가죽 갑옷을 걸쳤고 허리에는 장검을 찼다. 김산이 다가가자 박성일이 눈을 치켜떴다. 어스름한 시간이었지만 박성일의 두 눈이 번들거렸다.

“사령관 각하시오?”

박성일이 묻자 김산이 얼굴을 펴고 웃었다.

“그렇습니다. 비장 김영의 아들 김산입니다.”

“오오.”

그 순간 박성일이 땅바닥에 무릎을 꿇고 엎드렸으므로 김산은 당황했다. 다가간 김산이 박성일의 어깨를 잡아 일으켰다.

"노장(老將), 이러지 마시오. 나는 지금 부친의 상관을 만나고 있습니다."

"소인은 그럴 수가 없지요. 소국(小國)의 필부가 대국의 사령관을 뵙습니다."

김산이 내륙으로 건너온 박성일을 맞고 있는 것이다. 곧 김산과 박성일은 진막 안으로 들어섰다. 불을 밝힌 커다란 진막 안에는 이미 고기나 술이 준비되어 있다. 상석에 나란히 앉은 김산과 박성일의 주위로 몽골군 장수들이 둘러앉는다. 그중에는 항장 양수와 장일도 등도 끼어 있다. 불빛에 비친 김산의 얼굴을 유심히 본 박성일의 얼굴이 상기되었다.

"소인이 늙어서 옛적 부친의 얼굴이 기억나지 않지만 감개가 무량합니다."

김산은 웃기만 했고 박성일의 말이 이어졌다.

"섬에 박힌 무신 집권자와 추종세력은 온갖 사치와 향락을 구가하는 반면 그들로부터 외면당한 백성은 뭍에서 굶어 죽고 병들어 죽습니다."

"몽골군의 침탈 때문이겠지요."

고려말로 주고받았지만 고려인들은 긴장했다. 진막 안의 분위기는 밝다. 벌써부터 몽골 장수들은 앞에 놓인 고기를 뜯고 술을 마신다. 떠들썩한 분위기다. 고려 무신 집권자 최항의 주변에서는 꿈도 꾸지 못할 분위기다. 그때 박성일이 말했다.

"각하, 최항 주변에는 별초군 1천여 명이 경계하고 있는데 그 중 신의별초의 주장 유경과 좌별초의 주장 김인준이 제 말을 듣습니다. 그 둘을 데리고 거사시켜 최항을 죽이면 무신 정권은 끝이 날 것입니다."

김산이 박성일의 잔에 마유주를 따라주며 웃었다.

"그럼 고려왕이 수십 년간 피폐해진 백성들을 안돈 시킬 수 있겠습니까?"

그때 박성일이 정색하고 머리를 저었다.

"그런 왕이라면 지금까지 기회를 찾지 못하고 이렇게 수십 년을 포로처럼 보내겠습니까? 무능한 왕은 백성에게 고통만 줄 뿐입니다."

박성일이 번들거리는 눈으로 김산을 보았다.

"각하, 무신과 함께 고려 왕조까지 절멸시켜 새 세상을 만들어 줍시오. 소인은 그래서 각하를 뵈러 온 것입니다."

그때 위사장 비호수가 다가오더니 김산의 귀에 귓속말을 했다. 그러자 김산이 낮게 대답하고는 술잔을 들었다. 진막 안의 분위기는 더 밝아졌다. 그것을 본 박성일의 얼굴에도 웃음이 떠올랐다.

"나도 10년만 젊었다면 이곳 장군들과 섞여 있겠다고 했을 것이오."

김산의 시선을 받은 박성일이 말을 이었다.

"손바닥만 한 땅에서 집착을 버리지 못하는 이곳의 위정자들을 보니 낯이 뜨거워 쥐구멍에라도 들어가고 싶소."

갑자기 주위가 조용해졌으므로 박성일이 머리를 들었다. 위사장 비호수가 다가왔는데 손에 사람의 머리통을 들었다. 머리칼을 쥐고 있어서 머리통이 흔들거리고 있는 것이다. 머리를 진막 복판에 내려놓은 비호수가 김산에게 말했다.

"고려 대장군 이공주의 머리입니다."

김산은 시선도 주지 않았지만 박성일은 머리통을 응시한 채 움직이지 않았다. 비호수가 들고 올 때부터 알아보고 있었던 것이다. 비호수가 말을 이었다.

"이놈은 목을 베기 전에 살려달라고 어린애처럼 울었다고 합니다."

머리를 끄덕인 김산이 박성일에게 말했다.

"이자는 제 투항을 받아들여 준다면 식읍 근처의 골짜기에 숨어있는 고려인 5천 명을 넘겨준다고 했습니다."

"……"

"이런 자에게 백성은 종이나 우리 안의 가축이나 같겠지요."

"그렇습니다."

어깨를 늘어뜨린 박성일이 길게 숨을 뱉었다.

"망국의 백성은 짐승보다 더 처참한 생활을 합니다."

박성일의 시선이 눈을 부릅뜨고 놓여진 이공주의 머리통을 스치고 지나갔다.

"모두 저런 놈 때문에 그렇습니다."

이제 김산과 박성일은 옆쪽에 침소로 옮겨가 있다. 아직 주연은 끝나지 않아서 옆쪽 진막 안은 떠들썩했지만 이곳은 둘 뿐이다. 양초 불을 밝힌 침소에 둘은 마주 보고 앉아있다. 먼저 입을 연 사내는 김산이다.

"상장군께서 고려를 바로 세워 주시지요."

김산이 말을 이었다.

"저는 몽골제국의 서부령 총독이며 대장군, 고려 원정군 사령관은 임시로 맡았을 뿐입니다."

"각하."

"제테이란 동부군 사령관이 고려원정군으로 출진한다길래 제가 나섰던 것이지요. 고려 백성들의 폐해를 줄이기 위해서였습니다."

"……."

"그것을 제국황제 몽케칸 폐하는 물론 쿠빌라이칸 등 여럿이 짐작하고 있을 것이오. 그런데 제가 고려에 머문다면 사욕을 채우려는 것으로 보일 것입니다."

박성일은 70객으로 산전수전 다 겪은 노인이다. 김산이 완곡하게 말했지만 제국의 신하인 입장에서 제 마음대로 행동할 수가 없다는 것을 김산보다 더 잘 안다. 박성일이 길게 숨을 뱉더니 머리를 끄덕였다.

"지당하신 말씀이오. 제가 욕심이 지나쳤습니다."

"허나."

김산이 정색하고 박성일을 보았다.

"소인이 기반을 굳혀 드릴 수는 있을 것 같습니다. 상장군."

"무, 무엇이? 이공주가?"

놀란 최항의 손에서 술잔이 떨어졌다. 술이 바지를 다 적셨지만 눈을 부릅뜬 최항이 묻는다.

"어떻게 죽었단 말이냐?"

"예, 항장 양수에게 밀사를 보내고 기다리던 중이었는데 갑자기 몽골군이 사방에서 습격해왔습니다."

앞에 엎드린 장교의 옷에도 피가 묻었다. 험한 꼴을 당한 흔적이 역력했다. 장교는 이공주가 데려간 사병(私兵)이니 제법 무예를 익힌 자였다.

"그, 그렇다면 양수 놈이 배신을 한 것이란 말인가?"

"그건 모르겠습니다."

"이놈아, 모르다니?"

"대장군은 마동골에 깊숙이 숨어 계셨지만 자시(12시)가 넘어서 몽골군이 기습을 해오는 바람에……."

"……"

"오백여 명의 군사 중 살아남은 군사는 몇 명 안 됩니다."

"……"

"대장군은 살려달라고 애원했지만 몽골군은 가차 없이 목을 베어 머리통만 들고 갔습니다."

"네, 네가 보았느냐?"

"예, 짚더미 속에 쓰러져 있다가 다 보았습니다."

장교가 상처를 입은 한쪽 팔을 들어 보였다.

"싸우다 다쳐 쓰러져 있었소이다."

그때서야 머리를 든 최항이 주위를 둘러보았다. 오전 사시(10시)쯤 되었다. 그러나 정방(政房)에 모인 장군들 중 아무도 최항의 시선을 받지 않았다.

"영감은 어디로 갔어?"

장군들을 훑어보던 최항이 누구를 찾는 시늉을 하면서 물었다.

"몸에 열이 난다면서 댁에 누워 계신다고 합니다."

신의별초의 주장인 대장군 유경이 말하자 최항이 입속말로 투덜거렸다.

"영감이 보내라고 해서 보냈더니……"

지금 최항은 상장군 박성일을 찾고 있는 것이다. 머리를 든 최항이 유경에게 말했다.

"영감을 데려오라."

"예, 대감."

"아프다고 하더라도 끌고 와."

"그러지요."

자리에서 일어선 유경이 허리를 굽혀 보이고는 청을 나갔다. 청을 나온 유경이 중문 밖으로 나왔을 때 뒤에서 바쁘게 다가오는 발자국 소리를 들었다. 머리를 돌린 유경은 다가오는 좌별초의 주장 김인준을 보았다.

"나는 군사 점검한다는 핑계를 대고 나왔소."

주위를 둘러본 김인준이 유경을 문 옆 은행나무 둥치 뒤쪽으로 끌었다.

"장군, 저녁때까지 시간을 끄시오. 상장군께선 육지로 나가셨소."

김인준이 낮게 말하자 유경은 머리만 끄덕였다.

"영감, 내가 찾아가려고 했어."

눈을 부릅뜬 최항이 소리치듯 말하고는 박성일의 위아래를 훑어보는 시늉을 했다. 저녁 술시(8시) 무렵, 정방의 청은 불을 환하게 밝혔고 마당에도 양쪽 끝에서 화톳불이 타오르고 있다. 최항은 암살이 두려워서 밤에도 불을 끄지 않는다. 박성일이 쓰러지듯이 청에 앉더니 상석의 최항을 보았다.

"대감, 소인은 지금도 정신이 오락가락합니다. 부르셨는데도 일찍 찾아뵙지 못해서 죄를 지었소."

"그럼 죗값을 치러야지."

싸늘하게 말한 최항이 박성일을 흘겨보았다.

"영감, 영감이 보낸 이공주가 몽골놈한테 머리가 떼어졌어. 들었지?"

"좁은 섬 안이라 누워서 들었소이다."

"몽골놈 대장 쿠추가 고려왕이 된다는 소문이 났어. 영감은 아는가?"

"누가 그럽니까?"

"여기 있는 대장군들이 다 그래."

최항이 눈으로 좌우에 둘러앉은 장군들을 가리켰다. 그때 대장군 김경준이 나섰다.

"몽골군 사령관 쿠추가 개경부 비장 김영의 아들이며 반역자 양수를 앞장세워서 고려왕이 된다는 소문이 강화 섬에 다 퍼졌소."

"허어."

박성일이 입맛만 다셨을 때 이번에는 대장군 최양백이 나섰다.

"도성은 개경으로 정하고 곧 의정부, 5도(道)와 각 지방 수령을 임명한 후에 왕의 즉위식을 거행한다는 것이오."

"그, 국호는 뭐라고 소문이 났던가?"

"그것이……."

최양백의 눈동자가 흔들렸다.

"김국(金國)이란 말도 있고 소몽골이라고 짓는다는 소문도 있소."

"쿠추국이란 말은 듣지 못하셨는가?"

"처음 듣소."

"산(山)국은?"

그때서야 놀리는 줄을 안 최양백이 눈을 부릅떴지만 상대는 아비뻘인 상장군이다. 더구나 성질이 고약해서 대드는 이공주를 말 한마디에 물로 보내 머리통이 떼어지게 만든 능구렁이다. 최양백이 입을 다물었을 때 최항이 말했다.

"영감, 그 고려놈 쿠추에게 세영궁주를 보내주기로 하지."

"예?"

놀란 박성일이 눈을 크게 떴을 때 최항은 보료에 몸을 기댔다. 최항은 아비 최이가 중으로 만들 작정으로 송광사에 출가시켰지만 갖은 악행을 일삼는 바람에 죽이지도 못하고 불러들였다가 최이가 죽자 대권을 이어받았다. 모두 최항 주변의 이공주, 최양백, 김인준 등이 도와줬기 때문이다. 최항이 지그시 박성일을 보았다.

"영감, 내가 버림받은 기생의 자식으로 떠돌이 중이 되었다가 대권을 잡은 이유를 아시는가?"

최항의 눈이 번들거렸으므로 박성일은 숨을 삼켰다. 최항은 아비 최이가 죽은 지 사흘째 되는 날부터 아비의 첩들을 간음하기 시작했다. 인륜에 벗어난 짐승 같은 행위였지만 아무도 제지하지 못했다. 그것은 최항에 대한 두려움 때문이다. 무식했지만 짐승처럼 예감이 날카로워서 의심에 걸리면 다 죽였다. 그러니 살아남으려면 충성 경쟁을 안 할 수가 없다. 그리고 또 하나, 단순하지만 의표를 찌르는 선수를 친다. 바로 세영궁주를 보낸다는 것이 바로 그렇다.

"대감."

입안의 침을 삼킨 박성일이 최항을 보았다. 청 안은 숨소리도 들리지 않는다. 박성일이 오기 전에 이미 논의가 된 것 같다. 박성일이 기를 쓰듯이 묻는다.

"그것이, 가능하겠습니까?"

"이미 말해 놓았어."

자르듯 말한 최항이 이만 드러내고 소리 없이 웃었다. 세영궁주는 최이의 첩이 낳은 딸이니 최항에게는 배다른 동생이 된다. 최이가 살아있을 때 고종의 후궁으로 들어간 세영궁주는 천하절색으로 소문이 났다. 방년 나이 23세, 한창 무르익는 나이지만 아직 소생은 없다. 최항이 지그시 박성일을 보았다.

"영감, 그대가 가장 노인인데다 상장군, 그리고 이런 경험이 많을 테니 그 고려놈 사령관에게 세영궁주를 고려 왕실에서 바치는 우의의 표시라고 보내주게. 영웅일수록 미색 앞에서는 맥을 못 춘다고 하지 않는가? 그놈에게 호의를 보내는 표식이라도 될 것이네."

최항의 얼굴에 웃음이 떠올랐다.

"세영도 늙은 왕보다 젊고 힘센 고려놈 사령관이 마음에 들 것이야. 말을 전했더니 싫다는 말을 안 하더라는 거야."

"대감."

입안의 침을 삼킨 박성일이 최항을 보았다. 가장 중요한 것을 최항이 말하지 않는다.

"그, 왕 전하께는 말씀드렸습니까?"

"필요 없어."

박성일의 말이 끝나지도 않았을 때 최항이 가볍게 말했다.

"왕씨 가문을 지켜주려고 내가 이 고생을 하는데 오히려 고맙다고 해야지."

좌별초 주장인 대장군 김인준은 최항이 대권을 잡는데 결정적인 공을 세웠다. 이공주, 최양백, 김인준이 주도하여 최항을 최이의 후계자로 세운 것이다. 최이가 죽었을 때 상장군 주숙이 정권을 고종에게로 넘기려고 했기 때문이다. 늦은 밤, 해시(10시)가 지났을 무렵에 김인준이 10여 명의 좌별초 장교들을 데리고 박성일의 사택으로 찾아왔다.

"나리, 최항이 무슨 눈치를 챈 것 같습니다."

방안에 둘이 마주 보고 앉았을 때 김인준이 목소리를 낮추고 말했다.

"저한테 나리의 일거수일투족을 감시하라는 것입니다."

"그렇군."

정색한 박성일이 머리를 끄덕였다.

"그리고는 그대의 일거수일투족도 감시하겠지. 그것이 최항이 살아남는 수단이네."

"아마 최양백을 시켰을 것입니다."

김인준과 최양백은 경쟁 관계인 것이다. 길게 숨을 뱉은 박성일에게 김인준이 묻는다.

"나리, 쿠추 사령관께 누구를 보내실 작정입니까?"

"내가 가겠네."

"어제도 다녀오시고 또 가십니까?"

"그대를 데리고 가려고 그러네."

김인준이 눈만 껌벅였고 박성일의 말이 이어졌다.

"그러면 최항의 의심이 줄어들 것이고 나는 그대에게 쿠추 님을 만나게 해주고 싶네."

"나리, 쿠추 님이 저를 만나 주시겠소?"

"내가 어제 말씀드렸네, 그대와 유경이 믿을만한 인재라고."

숨을 들이켠 김인준을 향해 박성일이 빠진 이를 드러내며 웃었다.

"쿠추 님, 아니, 김 공께서 최항이 내놓은 세영궁주에게 현혹되실 리가 있겠는가? 개가 인간의 생각을 할 리가 없네."

세영궁주가 박성일의 남루한 저택에 도착한 것은 나흘 후의 저녁 무렵이다. 일은 급진전 되었는데 박성일이 보낸 사자가 몽골군 진지에 들어가 고려왕실의 제의를 전한 것이 사흘 전이다. 그러자 다음날 몽골군 사령부에서 받아들이겠다는 전갈이 오자 장비를 갖춘 세영궁주가 도착한 것이다. 내일 오전에 뭍으로 출발할 예정이어서 세영궁주를 수행한 시녀가 셋, 예물과 궁주의 살림을 담은 부담롱이 20여 개나 되었다. 그래서 군사가 30여 명이 따랐으므로 거창한 행차다.

"나리, 최항이 감시자로 유경을 또 붙였습니다."

마당에 서 있는 박성일의 옆으로 다가온 김인준이 소리 죽여 말했다. 김인준의 얼굴에 쓴웃음이 떠올라 있다. 김인준과 유경은 이미 최항을 제거하기로 마음을 굳힌 동지가 되어있다.

"그래서 내일 뭍으로 갈 사절단은 나리를 정사(正使)로 셋이 되겠습니다."

상장군인 박성일과 대장군 김인준, 유경, 최양백이다. 김인준과 최양백은 최항이 대권을 잡게 한 공신이며 유경은 먼 친척이 된다. 최항은 감시에 감시를 또 붙인 것이다. 주위는 이미 어둠이 덮여 유시 끝(7시) 무렵이다. 박성일이 안방에 시선을 준 채로 말했다.

"최양백이 걸리는군."

방으로 들어선 박성일이 숨을 들이켰다. 선녀 같다. 집에 도착했을 때도 보았지만 밤에 불빛에 비친 세영궁주의 모습은 가슴이 저리도록 고왔다. 수심에 잠긴 표정이 사내의 애간장을 다 녹이는 것 같다. 그래서 고종이 두어 달 동안을 밤마다 찾았다지 않는가? 그랬다가 빈혈증이 심해지는 바람에 열흘에 한 번으로 출입을 정했다고 했다. 궁에서는 세영궁주가 색녀(色女)라는 소문이 났다. 고종과 세영궁주가 합방하는 날에는 시직하는 시녀들이 모두 몸을 비틀고 오줌을 싼다는 것이다. 또 세영궁주의 색음(色音)이 너무 크고 자극적이어서 궁 밖의 군사가 듣고 제 성기를 쥐어뜯었다고도 했다. 윗목에 앉은 박성일이 작게 기침을 하자 세영궁주가 시선을 들었다. 그 순간 박성일은 숨을 들이켰다. 5년쯤 전에 세영이 궁에 들어갈 때 먼발치로 본 적이 있다. 이렇게 두 발짝쯤 앞에서 보기는 처음이다. 70이 넘은 박성일의 심장이 요동을 치는 마당에 20대, 30대 청년은 오죽하겠는가? 제 음경을 쥐어뜯었다는 군사의 소문이 떠올랐다. 그만큼 세영의 모습에서 색향이 풍겨 나왔기 때문이다.

"궁주께 드릴 말씀이 있소."

외면한 채 박성일이 말을 이었다.

"궁주께선 망국의 백성을 살리시려고 몽골 사령관께 가시는 것입니다. 이 말씀은 들으셨지요?"

"아뇨."

짧게 세영이 말했지만 박성일은 번쩍 정신이 들었다. 이게 무슨 말인가? 박성일이 똑바로 세영을 보았다.

"궁주, 교정별감 대감께서나 혹시 대감마나님, 또는 대감댁에서 보낸 분한테서 궁주께서 왜 몽골 사령관께 가셔야만 하는지를 듣지 않으셨단 말입니까?"

말을 길게 하느라고 박성일의 이마에서는 진땀까지 배어 나왔다. 그때 세영이 똑바로 박성일을 바라보며 대답했다.

"아뇨."

"그럼 아무 말씀이 없으셨단 말입니까?"

"몽골 사령관께 보낸다는 말만 들었습니다."

"누, 누가요?"

"내전 상궁이……."

"그, 그게 어떤 년이……."

"내전 상궁은 교정별감이 보낸 대장군 백동한테서 들었다고 했습니다."

백동은 최항의 위사장이다.

"으음."

신음을 뱉은 박성일이 자리를 고쳐 앉고 세영을 보았다.

"궁주, 궁주께서는……."

"고려 망국의 백성을 구하려고 몽골 사령관께 보낸다면서요?"

"그, 그것이……."

"인질이겠죠, 제물이거나."

이제는 입안의 침만 모아 삼키는 박성일에게 세영이 말을 이었다.

"상궁의 말을 듣자마자 알았습니다. 더 이상 말이 필요 없지요."

"……."

"제가 엉덩이를 잘 놀리면 고려 백성이 살고 제 색기가 부족하면 고려가 망한다고 말씀하실 건가요?"

"궁주, 그, 그것이."

70이 넘은 박성일의 얼굴이 붉어졌다. 시선까지 내린 박성일이 말을 더 듬었다.

"궁주, 말씀이 심하시오."

"늙은 왕의 시중드는 것도 질렸어요. 병신 같은 왕."

이제는 세영이 눈을 치켜떴다. 숨을 죽인 박성일에게 세영이 내쏘듯 말했다.

"천치 같은 무신 놈들에게 휘둘리는 병신 같은 왕."

5장
궁주의 꿈

3만 기마군의 양식만 해도 엄청난 양인데다 끌고 온 말이 12만 필 가깝게 된다. 가을이었지만 양식도 말먹이도 비축분이 바닥을 보이기 시작했다.

"남쪽으로 이동해야겠습니다."

부사령관 실루가이가 조심스런 표정으로 말했을 때 김산이 머리를 끄덕였다.

"이곳에는 위사대와 중군 5천여 기만 남기고 부사령이 인솔하도록 하라."

"경상도 동경(東京)과 전라도 전주목(牧)에 군사를 나누어 진주시키되 저는 동경에서 대기하겠습니다."

"관(官)의 창고를 압류하되 민가를 약탈하거나 살생을 금한다."

"군사들이 시키지 않아도 조심합니다."

김산의 시선을 받은 실루가이가 얼굴을 펴고 웃었다.

"총사령께서는 심려하지 않으셔도 됩니다."

총사령관이 고려인이니 누가 감히 고려 백성을 살상하고 약탈하겠느냐는 말이었다. 더욱이 항장 양수에게 숙부라고 우대하는 상황이다. 간에 털이 나지 않은 이상 그럴 리는 없다. 그때 김산이 지그시 실루가이를 보았다.

"내가 항장 장일도를 딸려 보낼 테니 탐관이 있는 지방 몇 곳의 재물을 빼앗아 군사들에게 나눠주도록 하라."

그 말을 들은 실루가이의 얼굴에 웃음이 떠올랐다.

"군사들의 사기가 오를 것입니다. 각하."

"그러면 오히려 백성들이 기뻐할 것이야. 몽골군은 해방군이 되는 것이지."

김산의 얼굴에 쓴웃음이 떠올랐다.

"백성들에게는 따뜻한 밥에 편안한 잠자리를 마련해주는 관리가 제일이야. 몽골, 고려국을 따지지 않아."

"그렇습니다."

실루가이가 머리를 끄덕였다.

"고려왕과 무신들은 이미 백성들의 마음에서 떠난 것 같습니다."

장군 양수가 진막 안으로 들어섰을 때는 오시(12시) 무렵이다. 양수는 얼굴이 상기 되었고 눈동자가 흔들렸다.

"각하, 세영궁주께서 오셨습니다."

세영궁주가 도착한 것이다.

"지금 본진 대기소에 들어가셨습니다."

"그곳에 여장을 풀라고 하시오."

김산이 항장이며 부친의 휘하 수문장이었던 양수를 지그시 보았다.

"고려왕이 화평의 대가로 자신의 측실을 내놓다니, 대단한 성의 아닙니까?"

고려말이어서 주위에 둘러선 몽골 장수들은 둘의 얼굴만 보았다. 양수가 어깨를 늘어뜨리고 말했다.

"최항이 고려왕한테서 빼앗아 보낸 것입니다. 각하. 고려왕은 말 한마디 제대로 못 했겠지요."

그리고는 양수가 머리를 들고 김산을 보았다.

"각하, 상장군께서 이곳으로 오십니다."

상장군 박성일이 세영과 함께 온 것이다. 곧 상장군 박성일을 앞세우고 고려 대장군 셋이 나란히 몽골군 사령관 쿠추의 진막 안으로 들어선다. 김인준, 유경, 최양백이다. 김인준과 유경은 박성일이 이미 쿠추를 만나고 온 것을 알고 있었지만 긴장하고 있다. 최양백은 말할 것도 없다. 진막은 1백 명이 들어가도 자리가 남을 만큼 넓었다. 안쪽 호피가 깔린 의자에 사령관 쿠추가 앉았고 좌우로 수십 명의 장군이 벌려 섰는데 그 위용이 교정별감의 장군 집단에 익숙해졌던 대장군들을 위축시켰다. 교정별감은 아이들 장난 모임 같다.

"고려 상장군 박성일이 인사드리오."

시치미를 뗀 박성일이 처음 만나는 시늉을 했으므로 김산이 잠깐 시선만 주었다. 진막 안이 갑자기 조용해졌다. 몽골 장군들도 숨소리를 죽이고 있다. 이윽고 김산이 머리만 끄덕이자 박성일이 말을 이었다.

"고려국 교정별감의 여동생이며 궁주이신 세영마마를 우의와 화평의 증거로 대몽골제국군 대장군이시며 서부령총독, 몽골 원정군 총사령이신 쿠추 각하께 모시고 왔습니다. 고려국의 성의를 곱게 봐주셔서 받아들여 주시기 바랍니다."

고려말이어서 통역사가 커다랗게 몽골어로 통역을 했다. 몽골 장군들이 들으라는 것이다. 통역이 끝났을 때 김산이 말했는데 몽골어. 통역을 들은 박성일 등 고려 사신들이 긴장했다.

"최항의 집권이 언제까지 갈 것 같소?"

박성일이 똑바로 김산을 보았다.

"최항은 아비보다 더 잔인하고 의심이 많습니다. 그러나 경륜이 짧은 데다 덕이 없어서 갑자기 변을 당할 수도 있습니다."

통역이 느릿느릿 통역을 했지만 이미 김산과 고려인들은 다 들었다. 그러나 김산이 참을성 있게 통역이 끝나기를 기다렸다가 다시 말했다.

"갑자기 변을 당하다니, 그것은 우연을 기다리면 안 됩니다. 철저하게 계획을 세워야 혼란에 빠지지 않고 백성들을 구해내는 길입니다."

"명심하겠습니다."

"내가 도울 일이 있습니까?"

"이 기회에 최항의 도당을 절멸시켜 주시지요."

그렇게 말했을 때 김산의 얼굴에 웃음이 떠올랐다.

"어렵지 않습니다. 상장군이 도와주시면 더 쉽겠지요."

"소장이 전국에 흩어져있는 최항 심복 무리의 본거지와 숨은 기지까지 모두 적어왔습니다."

박성일이 저고리 가슴에서 접힌 종이를 꺼내 내밀었다.

"이자들만 소탕하면 최항은 뒷다리 잃은 들개 신세가 될 것입니다."

"그럼 강화 섬에 있는 최항의 심복은 앞다리가 되겠군요."

김산이 말하자 박성일이 길게 숨을 뱉고 나서 말했다.

"예, 적당한 표현이십니다."

그날 밤 해시(10시) 무렵이 되었을 때 시녀 분이 말했다.

"마마, 주무시지요."

세영이 시선을 돌려 분을 보았다. 무표정한 얼굴이다. 진막 안은 깨끗했고 잘 정돈되었다. 바닥에는 양털 가죽이 빈틈없이 깔렸으며 구석에 쌓인 침구도 비단으로 만든 새것이다. 양초 세 개가 켜진 안에는 둘뿐이다. 이곳이 세영의 침소인 것이다. 분은 어렸을 때부터 함께 자란 자매 같은 몸종이다. 분이 말을 이었다.

"사령관께선 바쁘신 것 같습니다. 차분하게 기다리시면 됩니다."

"……"

"이 세상 누구도 마마를 한번 본다면 외면할 수 없습니다. 그러니까……."

"분아."

세영이 부르자 말을 그친 분이 시선만 주었다. 세영의 갸름한 얼굴이 굳어져 있다. 맑은 두 눈, 곧은 콧날과 야무지게 닫힌 입술, 피부는 백자처럼 투명했고 윤기가 흘렀는데 목소리는 악기의 현이 울리는 것 같다. 세영이 말을 이었다.

"내가 궁 안에서 내시들이 하는 이야기를 엿들었어. 이곳 사령관은 몽골땅에서 도살자, 마귀로 불렸던 살인마라는 거다. 사람 고기를 먹고 매일 사람 피 두 말을 마셔야 된다는구나.”

“……”

“몸이 차서 같이 밤을 지낸 여자는 다음날 얼음덩이가 되어서 죽어 나오는데 꼭 간이 떼어졌다고 한다.”

“……”

“나는 눈 하나가 없어도, 팔다리 없는 괴물이라도 섬을 떠난다면 살겠다. 그런데 냉혈자(冷血子)라니.”

“마마.”

분이 불렀지만 들은 소문으로 말한다면 이쪽은 더하다. 사령관 쿠추는 마왕이었다. 고려인이지만 고려인만 보면 잔인하게 죽인다는 것이다. 그것은 섬 안의 무신들이 만들어 퍼뜨린 소문이었지만 다 믿을 수밖에 없다. 그때 세영이 말했다.

“최항, 그 개 같은 중놈한테 복수를 하기 위해서는 무슨 짓이건 할 거다.”

그러더니 길게 숨을 뱉는다.

“하지만 무서워, 저 쿠추라는 괴물이.”

더구나 진지에 도착한 지 한나절이 지나도록 괴물은 얼굴도 드러내지 않는 것이다.

대장군 최양백이 굳어진 얼굴로 김인준을 보았다.

“이보게, 도대체 상장군하고 몽골 사령관하고 어떻게 된 사이인가?”

밤 자시(12시) 무렵, 숙소로 배정받은 진막 안에는 김인준과 최양백이 머리를 맞대고 있다. 박성일과 유경의 숙소는 옆쪽 진막이다. 눈을 치켜뜬 최양백이 목소리를 낮췄다.

"상장군과 쿠추의 이야기를 듣고 나는 혼이 빠져나가는 줄 알았네, 이 걸 어떻게 하면 좋겠는가?"

"글쎄."

김인준이 어깨를 늘어뜨리면서 길게 숨을 뱉었다.

"나도 놀랐네."

"그렇지? 자네도 놀랐지?"

최양백과 김인준은 죽은 이공주와 함께 최항을 교정별감으로 추대한 1 등 공신이다. 이공주가 사신으로 뭍에 나왔다가 허무하게 목이 잘리는 바 람에 이제 주역(主役)은 둘이 남았다. 이제는 최양백이 이공주의 몫까지 더 김인준을 의지하고 있는 것 같다. 그때 김인준이 지그시 최양백을 보았다.

"사령관이 우리 앞에서 상장군과 그런 이야기를 한 것은 우리를 그만큼 믿고 있다는 뜻이 아니겠는가?"

"그, 그런가?"

최양백이 납득이 가지 않는다는 듯이 눈을 치켜떴다.

"우리를 왜?"

"글쎄, 나는 그것이 어떤 암시를 주는 것 같기도 하네."

"어떤 암시 말인가?"

"그 이야기 내용을 발설할 인간은 강화로 보내지 않는다는 사령관의 암 시 말이네."

그때 진막 휘장이 걷히면서 항장 양수가 들어섰다. 양수는 이제 몽골군 장군 제복을 갖춰 입고 있어서 얼굴을 보고 나서야 알아차렸다.

"오, 대장군."

하고 김인준이 아는 체를 했을 때 양수가 쓴웃음을 지었다.

"내가 야밤에 온 이유를 아시겠지?"

"방금 그 이야기를 했네."

다시 길게 숨을 뱉은 김인준이 시선을 최양백에게 돌리면서 말했다.

"이제는 최 공도 이해하고 있을 거네."

양수가 들어섰을 때부터 눈을 치켜뜨고 있던 최양백이 이사이로 말했다.

"이 역적놈들."

"네가 역적이지."

가볍게 말을 받은 양수의 얼굴에 쓴웃음이 번져졌다.

"최항을 죽이는데 너까지 가담시키고 싶었지만 넌 탐욕이 너무 심하다는 중론이었다."

말을 그친 양수가 손바닥을 마주쳐 소리를 내자 진막 안으로 몽골병들이 쏟아져 들어왔다. 몽골병사들이 쏟아져 들어오는 기세는 흉폭하다. 한족 시인은 그것을 미친 늑대 떼가 몰려오는 것 같다고 표현했다.

"최양백을 처단했습니다."

진막으로 들어온 오관수가 보고했다. 양수의 부장이었던 오관수는 이제 항장으로 몽골군 3천인장이 되었다. 오관수가 양수 대신으로 보고하러 온 것이다.

"수하 군관들은 대장군 김인준이 수습해서 데리고 돌아가겠다고 합니다."

김산이 머리만 끄덕였다. 이공주에 이어서 최양백까지 사신으로 나왔다가 목이 떼어졌다. 이번에는 정사 박성일의 인솔하에 나온 것이어서 적당한 이유를 붙여야만 할 것이다. 오관수가 머리를 들고 김산을 보았다. 오관수는 양수보다 젊을 뿐만 아니라 성격도 거칠다.

"각하, 드릴 말씀이 있소이다."

"말하라."

"세영궁주가 낮부터 기다리고 있습니다."

김산의 시선을 받은 오관수가 어깨를 부풀렸다. 기를 돋구는 것이다.

"각하, 오라고 했으니 만나 보시지요."

"마마, 왕께서 침전에 들어오시려고 며칠 전에도 애를 쓰셨습니다."

시녀의 목소리다. 서너 걸음을 더 떼었던 김산이 훌쩍 허공으로 뛰어올랐다. 먹물 속처럼 어두운 밤이다. 흐려서 별도 구름에 가려진 터라 밤하늘로 솟아오른 김산의 자취는 어둠 속에 빨려들었다. 김산의 발이 디딘 곳은 진막에서 30여 보 떨어진 바위 위다. 높이가 30자(9m) 정도의 바위는 풍우에 깎이고 부서져 짐승도 발을 딛지 못할 정도로 가파르다. 꼭대기에 사뿐하게 앉은 김산의 귀에 다시 시녀의 목소리가 들렸다.

"저한테 내관을 보내 밤에 은밀하게 기별을 할 테니까 마마께 꼭 전해 달라고 했지만 제가 아프시다고 핑계를 대었지요."

"……"

"그러다가 이런 일이 벌어진 것이지요. 세상일은 어떻게 변할지 정녕 알 수가 없는가 봅니다."

"……"

"정궁 마마는 동궁 수문장인 별장을 방으로 끌어들여 방사를 벌인다고 합니다."

"……"

"이제는 그런 소문도 듣지 못하게 되었네요. 마치 더러운 흙탕에서 빠져나온 것 같지 않습니까?"

"……"

"마마, 우린 몽골땅으로 끌려가게 되는 것일까요? 아마 그렇겠죠?"

"……"

"설마 사령관 쿠추인지 고추인지가 고려인 피를 빨아먹는 냉혈자겠습니까? 음경도 얼음 막대기라는 소문이 있지만 그건 웃자는 소리지요."

"시끄럽다."

그때 다른 목소리가 들렸으므로 김산이 숨을 죽였다. 30여 보의 거리였지만 숨소리까지 들린다. 여자가 말을 이었다.

"왕이 그 정궁 마마라는 더러운 년 방에 들어갔던 수문장 놈만 같았더라도 고려왕실은 진즉 강화도에서 나왔을 것이다."

"어떻게 말입니까?"

놀란 목소리로 시녀가 묻자 여자의 목소리가 얼음장처럼 차갑게 뱉어졌다.

"내가 장악할 수 있었던 대장군, 상장군이 여럿이었다."

이제 시녀는 숨을 죽였고 여자의 목소리가 이어졌다. 이 여자는 궁주다. 세영궁주라고 했던가?

"그들을 포섭해서 궁 안으로 병력을 넣고 최항이 궁에 들어오는 날 베어 죽이는 것이야. 장군 하나만 마음을 굳히면 장교 50명은 모으지 못할까? 장군 셋이면 150명이다. 150명이면 최항을 죽이고 궁을 장악하는 데 충분하다."

그때 바위 위에 앉은 김산의 얼굴에 웃음이 떠올랐다. 어둠 속이었지만 흰 이가 드러났다. 활짝 웃는 것이다. 그때 다시 세영의 말이 이어졌다.

"그런데 그 병신 같은 왕 놈은 내 가치를 모르고 내 아랫도리에 빠져 지냈다. 새끼손가락만 한 음경으로 들어와서는 내가 허리를 대여섯 번만 흔들면 늘어지는 놈이 말야."

"그러셨죠."

시녀의 목소리가 밝아졌으므로 김산의 얼굴에서 쓴웃음이 떠올랐다.

"마마의 몸은 언제부터 그렇게 뜨거워지셨죠? 전 궁금했지만 내궁에 계실 때는 물어볼 수가 없었어요."

"미친년."

"왕한테 가시기 전에는 남자를 겪어 보신 적도 없지 않아요?"

"내가 몸이 뜨거운가 보다."

세영의 목소리에도 웃음기가 띠어졌다.

"왕의 새끼손가락만 한 음경이 들어오면 뜨거워지더라니까."

"그렇게 작은가요?"

"내가 다른 음경을 본 적이 있어야지. 하지만 작고 힘이 없어. 그래서 내가 조여주면 떼어질 것 같아."

"에그머니."

"네년 때문에 내가 별말을 다 한다."

"마마가 통이 크시기 때문이죠. 이런 곳에서도 그런 이야기를 해주시니."

그때 김산이 몸을 일으켰다.

175

진막의 무거운 휘장이 걷혔을 때 두 주종은 소스라쳤다. 위사가 한 걸음만 들어서서 말했다.

"사령관께서 오신다."

몽골말이었으므로 둘은 눈만 깜박였을 때 위사가 밖으로 나가더니 곧 다시 휘장이 걷혔다. 그리고는 가죽 갑옷 차림의 사내가 들어섰는데 장신의 호남이다. 그때 분이 주춤거리며 일어서서 비켜섰는데 본능적으로 고위층임을 느꼈기 때문이다. 그러나 요란한 차림은 아니다. 어깨를 펴고 선 자세가 분위기를 압도했고 시선이 형형했을 뿐이다. 그때 사내가 말했다.

"방금 사령관이 오신다고 한 거다."

고려말이었으므로 둘은 펄쩍 뛰듯이 놀라버렸다. 도살자, 마귀, 마왕, 냉혈자, 하루에 피를 두 말씩 마시는 흡혈귀, 음경이 얼음으로 된 괴물, 이 모든 소문이 머릿속에서 뒤죽박죽으로 섞이면서 둘의 눈동자는 똑같이 초점을 잃었다. 그때 사내가 한 걸음 다가서더니 아직도 앉아있는 세영을 보았다.

"옆쪽으로 비켜 앉아라."

비키란다고 바로 비켜 앉는 세영이 아니다. 인질로 보내진 것처럼 이곳에 왔어도 그렇다. 그런데 세영은 홀린 것처럼 옆으로 비켜 앉았다. 역시 눈동자의 초점이 먼 시선으로 김산을 응시한 채다. 김산의 시선이 분에게로 옮겨졌다.

"너는 네 침소로 가도록."

분의 침소는 바로 옆이다. 숨을 들이켠 분이 허청거리는 걸음으로 진막을 나갔으므로 안에는 둘이 남았다. 다시 김산이 발을 떼어 세영에게 다가갔다. 옆쪽 양초 촛불이 바람결에 흔들렸다.

다가간 김산이 세영의 옆쪽에 앉았다. 제 방에 온 것처럼 비스듬히 상반신을 눕히고는 팔굽을 보료에 기대었다. 흔들거리던 촛불 세 개가 똑바로 섰다. 주위는 조용하다. 그러나 밖의 위사들은 잔뜩 긴장하고 있을 것이다. 이곳은 몽골군 중군(中軍)이 위치한 야영지의 한복판이다. 김산의 시선이 옆쪽에 앉은 세영에게로 옮겨졌다. 거리는 다섯 자(150㎝)정도, 세영은 앞쪽을 향하고 앉아서 김산에게 옆모습이 드러났다. 고려식 저고리와 치마를 입어서 가는 허리가 드러났다. 어깨선은 부드럽고 치마는 풍성하다. 치마 끝을 쥐고 한쪽 무릎을 세운 채 앉은 세영의 자세는 곧다. 옆을 보이는 얼굴의 선은 붓으로 한 번에 그은 것처럼 부드럽고 섬세했다. 치켜올라간 속눈썹, 크지도 작지도 않은 콧날은 보기 좋게 솟았으며 입술은 다 익은 산딸기 같다. 김산이 세영의 옆모습에 대고 말했다.

"두렵지 않으냐?"

세영이 딱 숨을 멈추는 기색이 느껴졌다. 김산이 내쳐 말했다.

"오늘 밤 네 피 두 말을 마실지도 모른다. 그리고는 아침에 간을 꺼내 먹겠지."

세영의 몸이 조금씩 떨리기 시작했다. 치마 끝을 쥔 손에 힘이 들어가더니 가늘게 떨었고 어깨가 굳어졌다. 곧 떨게 될 것이다. 김산이 억양 없는 목소리로 말을 이었다.

"내 음경은 얼음덩어리다. 그래서 꽂히면 네 음부가 얼어 굳는다."

"……."

"내가 지금까지 수백 명의 여자를 먹어 치웠다는 소문은 듣지 못했느냐?"

"……."

"네 소원을 말해라. 자기 전에 네 소원을 들어줄 테니."

그때 세영이 머리를 돌려 김산을 보았다.

"내가 수군(水軍)과 병선(兵船)을 구해 드릴 테니 강화 섬으로 건너가 최항을 죽여주시오."

억양 없는 말이었지만 김산에게는 현의 줄 하나가 연속해서 울리는 것 같다. 김산을 향한 세영의 눈빛이 강해졌다.

"그래 주신다면 각하의 얼음송곳에 찔려 죽어도 좋습니다."

"마마, 마마."

구름 위에서 분이 부르고 있다.

"아씨, 아씨."

궁으로 오기 전에 부르던 것처럼 이제는 분이가 아씨라고 부른다. 구름 위에 서 있는 분이는 웃음 띤 얼굴이다. 세영은 분이가 서 있는 구름 위로 뛰어오르려고 몇 번이고 제자리에서 뛰었지만 발이 땅에 붙은 것 같다. 세영은 이제 울상이 되었다.

"애! 분아! 네가 날 잡아!"

세영이 소리쳤지만 입도 떼어지지 않는다. 답답해진 세영이 몸을 흔들었다.

"마마, 마마!"

그때 분이 다시 부르면서 몸을 흔들었으므로 세영은 눈을 떴다.

"눈을 뜨셨네요."

분이 소리쳤고 눈동자의 초점을 잡은 세영은 이곳이 진막 안이라는 것을 알았다. 그리고 다음 순간 숨을 들이켰다. 어젯밤 어떻게 되었는가? 얼음송곳은?

김산의 시선을 받은 박성일의 입에서 긴 탄식이 흘러나왔다. 오전 진시 (8시), 사령관의 진막 안에는 김산과 상장군 박성일의 둘 뿐이다.

"어허, 세상이 이렇게 좁다니."

다시 박성일이 탄식하고는 주름진 얼굴을 들고 김산을 보았다. 김산은 방금 어젯밤 세영궁주가 말한 내용을 모두 말해준 것이다.

"각하, 지금 생각해보니 과연 세영궁주께서 그럴 능력이 있으시오."

박성일이 진물로 범벅이 된 눈을 소매 끝으로 닦고 나서 말을 이었다.

"세영궁주의 모친은 전라도 나주목사를 지낸 유필재의 딸입니다. 유필재는 나주의 토호로 상선(商船) 수십 척을 거느린 거부(巨富) 가문이지요."

입안의 침을 삼킨 박성일의 목소리에 열기가 띠어졌다.

"지금도 나주에는 세영궁주의 외삼촌들이 왜국과 무역을 하고 있습니다. 병선 10여 척 징발하는 것은 일도 아닙니다."

이제는 김산이 길게 숨을 뱉었고 박성일의 목소리가 넓은 진막 안을 채웠다.

"세영궁주의 외조부 유필재는 세상을 떠났지만 외삼촌 가문은 건재하오. 그리고 그 외삼촌들이 세영궁주의 청을 받아 최항을 칠 수도 있을 것입니다."

이제 김산은 묵묵히 듣기만 한다. 어젯밤 세영이 얼음송곳에 찔려 죽어도 좋다는 각오를 보였을 때 바로 혼미약을 뿜어 잠을 재운 것이다. 세영이 얼음송곳 맛을 보지 않은 것은 물론이다. 이윽고 김산이 머리를 들고 박성일을 보았다. 얼굴에 웃음기가 떠올라 있다.

"최항이 보물을 보낸 셈입니다. 상장군."

"우리 안에 가두었던 야수를 풀어준 셈도 되겠습니다."

따라 웃은 박성일이 지그시 김산을 보았다.

"각하께선 복이 많으십니다."

"무엇이? 최양백이 죽었어?"

버럭 소리친 최항이 박성일을 노려보았다. 박성일이 최항의 시선을 받고도 꿈쩍하지 않았으므로 이제는 옆쪽 김인준과 유경에게로 옮겨졌다.

"왜 죽인 거야?"

최항의 목소리에는 살기가 띠어 있다. 나도 죽이겠다는 분위기다. 박성일이 시선을 준 채로 대답했다.

"최양백의 처가 쪽에 양광도 청주목사 휘하의 중랑장 이정손이란 자가 있습니다."

"나도 알아."

"그 이정손이 며칠 전에 몽골군 1백인장을 활로 쏘아 죽였다고 하오."

"이정손이가? 그 병신이?"

눈을 치켜뜬 최항이 쇳소리를 질렀다.

"그놈은 활로 닭도 못 잡는 놈이야!"

"이정손의 부하가 그랬답니다."

최항이 입을 다물었고 박성일의 말이 이어졌다.

"부하 중에 활 잘 쏘는 자가 셋이나 있었다는 것이오. 몽골군이 오자 엉겁결에 활 질을 해서 죽였는데 겁이나 모두 도망쳤다고 합니다. 이정손까지 말입니다."

"……."

"그 소식을 들은 몽골군 사령들이 마침 최양백이 사신으로 오자 베어 죽였습니다. 어쩔 수가 없는 일이었소. 다만."

박성일이 생기 띤 얼굴로 최항을 보았다.

"몽골군 사령관 쿠추가 세영궁주를 보고 흡족한 것 같았습니다."

경상도 진주목(牧)에는 4개의 군(郡)이 있고 속현이 26개다. 그중 3개 군에 최항이 중 시절에 같이 망나니짓을 하던 동무가 군수로 가 있었는데 각각 광대, 종, 중이었던 파락호 출신이다. 그중 함양 군수인 고동확은 중이었던 인물로 백성들이 왜적이나 몽골 적보다 더 증오했다. 최항의 권세를 믿고 목사의 권고 따위는 방귀 소리로 들었으며 관찰사가 찾아도 나간 적이 없는 위인이다. 고동확의 나이 35세, 잔인하고 악독한 성품이지만 얼굴은 희고 섬세해서 수심에 젖은 미녀 같다. 그래서 최항의 동성(同性) 연인이라고 알려져 있다. 잔인한 성격이지만 머리는 좋아서 철마다 명절마다 최항에게 뇌물을 실어 보내는데 경상도 관찰사가 보내는 공물보다 많다는 것이다. 그만큼 백성의 고혈을 뜯어낸 증거겠지만 곧 관찰사로 승진한다고 소문이 났다. 저녁 무렵, 고동확은 수리산 골짜기에 자리 잡은 별채에 머물고 있다. 몽골군이 개경에서 내려와 전라도와 경상도를 석권했기 때문에 지방 수령들은 모두 피신한 처지였다.

"몇 년 데려왔느냐?"

방문을 반쯤 연 고동확이 마당에 선 집사 오복에게 물었다. 흰 얼굴에 눈의 흰창이 붉어서 섬뜩한 분위기다.

"예, 셋입니다. 나리."

오복이 고동확을 우러러보았다.

"합정골에는 피난민이 1백여 명밖에 없었습니다. 그래서 그중 추려낸 것이 셋입니다."

"모두 다 어디로 숨었단 말이냐?"

"태운산 골짜기로 들어간 것 같습니다."

"그럼 내일은 태운산을 훑어라."

고동확의 눈빛이 강해졌다. 몽골군이 남하하는 바람에 전국에 소동이 일어났다. 지금까지 개경 근처의 황무지에 진을 친 채 강화도를 노려보고만 있던 몽골대군이 2개 대로 나뉘어 경상도와 전라도로 남하해온 것이다. 전국의 수령은 산속이나 바닷가로 숨으면서 무법천지가 된 것은 당연한 일이었다. 이 기회에 군수 고동확은 사병(私兵)을 시켜 아녀자들을 잡아오려는 것이다. 잡아서 며칠간 음욕을 채운 후에 왜선에 팔면 두당 금 10냥씩은 받는다. 전란을 이용해서 엄청난 이윤이 남는 장사인 것이다.

"계집들을 씻겨 오겠습니다."

집사 오복이 말하자 기분이 풀린 고동확이 머리를 끄덕였다. 오늘 밤은 계집 셋을 벗겨놓고 육욕을 질탕하게 채울 것이었다.

"고려왕이 되시지요."

삼관필이 말하자 김산이 풀석 웃었다. 오전 오시(12시)가 조금 안된 시간이다. 김산은 강화 섬이 보이는 김포 바닷가에 서 있었는데 바람에 옷자락이 휘날렸다. 바람이 센 날이었다. 앞쪽 바다의 파도 끝에 흰 물결이 일어나고 있다. 옆에 선 삼관필이 말을 잇는다.

"저기, 왕하고 무신 놈들은 몽골군을 피해 섬으로 들어갔지만 저곳을 감옥으로 만들어 버리는 것입니다. 저 감옥은 놔두고 고려땅을 차지하면 되겠습니다."

"……."

"몽골군이 왔다가 바로 가는 바람에 쫓기는 닭처럼 섬에 머리만 박고 있다가 나오면 되는 줄 알았던 저 무신 놈들의 뒤통수를 치는 것입니다."

"……."

"세상천지에 침략군이 온다고 제 백성은 놔두고 왕과 집권세력만 섬으로 숨어서 연명하는 왕국이 어디 있습니까? 이곳에 머무시지요. 머물면 이 고려땅은 우리 차지가 됩니다."

그러더니 삼관필이 번들거리는 눈으로 김산을 보았다.

"각하, 고려왕이 되시지요. 몽케 칸께서도 승낙하실 것입니다."

"싫다."

마침내 입을 연 김산이 웃음 띤 얼굴로 삼관필을 보았다.

"나는 대륙으로 돌아간다."

"각하."

"물론 고려땅을 안돈시킨 후에 돌아갈 것이다."

"어떻게 말씀입니까?"

"지금 시작되었어."

김산이 바닷가에서 몸을 돌리더니 이제는 내륙을 보았다. 하늘이 흐려서 앞쪽의 시야는 짧아져 있다.

지진이다. 수저를 내려놓은 고동확이 자리에서 일어섰다. 땅이 더 울리고 있다. 재작년에 지진을 당해 본 적이 있는 터라 집 밖으로 나가야 한다.

방문을 연 고동확이 이쪽으로 달려오는 집사 오복을 보았다. 문고리를 잡고 서 있다 보니까 지진 같은 느낌이 줄어들었다. 그 순간 고동확의 얼굴이 누렇게 굳어졌고 달려온 오복이 소리쳤다.

"나리, 몽골군이요!"

그때서야 고동확의 귀에 말굽 소리가 분명하게 들렸다. 몽골군이다. 고동확은 몽골군을 처음 맞는다.

"이, 이런. 몽골군이 이곳까지 어떻게……."

악을 쓰듯 고동확이 소리쳤지만 다음 순간 심장이 내려앉는 느낌을 받는다. 오복이 자신의 말을 듣지도 않고 도망치는 것이다. 말굽 소리는 더 뚜렷해졌다.

몽골군 5백인장 투르기는 양 잡는 백정가문 출신으로 조부가 칭기즈칸의 전문 양잡이였다. 그래서 서역 원정까지 따라갔다가 칭기즈칸 사후에 다시 초원으로 돌아왔는데 투르기가 전사(戰士)가 되겠다는 청을 넣은 것이다. 어쨌든 투르기의 양잡이 가문은 명문(名門)에 속하는 터라 몽케 황제는 5백인장에 임명했다. 그러고 나서 투르기는 고려 정벌군에 투입된 것이다.

"군수 놈을 잡아왔습니다."

통역이 떠들썩한 목소리로 말했을 때 투르기가 지그시 마당에 꿇어앉은 사내를 보았다. 미색이다. 남색(男色)습관이 있는 투르기가 불끈 색정이 솟구쳤지만 목적을 놓치면 안 된다. 그래서 흥분을 가라앉히고 물었다.

"재물 숨겨 놓은 곳을 대라."

통역이 고동확에게 소리치듯 통역했다.

"말해주면 살려주겠소?"

이미 집사 오복은 물론이고 사병(私兵) 20여 명도 모조리 도륙을 당한 후다. 몽골군의 잔악상을 많이 들었지만 제 눈으로 본 것은 오늘이 처음이어서 고동확은 아직도 온몸을 사시나무처럼 떨고 있다. 통역의 말을 들은 투르기가 지그시 고동확을 응시하며 말했다.

"저놈도 남색을 밝히는 놈이로군. 잘되었다. 재물을 찾고 나서 내가 극락 구경을 시켜준다고 일러라."

그 말을 들은 황주 출신의 통역이 고동확에게 말했다.

"재물이 있는 곳만 말하면 살려준다고 하신다. 말해라."

"곳간 왼쪽 구석의 멍석을 치우면 지하실로 들어가는 입구가 보입니다. 그곳에 재물을 쌓아 놓았소."

넋이 반쯤 달아난 고동확이 술술 불었다. 제 눈앞에서 남녀노소가 난도질을 당하고 죽는 꼴을 보면서 고동확은 바지에 오줌을 흥건하게 쌌다. 몽골군은 군수(郡守) 하나만 빼놓고 다 죽였다. 고려땅에 온 이후부터 지금까지 제대로 살육을 해보지 못한 몽골군이다. 이번에는 사령관의 허락까지 맡은 터라 다 죽였다. 죽여도 난도질을 해서 죽인 것이다. 그것을 본 고동확이 혼이 빠져 나갈만했다. 통역을 들은 부하들이 곳간으로 달려갔다가 재물 창고를 보았다. 과연 그동안 백성들로부터 강탈한 온갖 재물이 산더미처럼 쌓여 있었으므로 투르기는 만족했다. 기쁨에 넘친 투르기가 통역에게 말했다.

"좋다. 이제 이놈을 데리고 방에 들어가야겠다. 일어나라고 해라."

그때 통역이 고동확에게 말했다.

"네가 살고 싶으면 나는 몽골사람이 좋다라고 다섯 번을 크게 외치거라.”

고동확의 시선을 잡은 통역이 눈을 부릅뜨고 재촉했다.

“빨리! 그렇지 않으면 널 죽일 거다.”

그 순간 고동확이 목이 터져라고 소리쳤다.

“나는 몽골사람이 좋다! 나는 몽골사람이⋯⋯.”

갑자기 고동확이 고함을 쳐댔으므로 투르기가 눈을 치켜떴다.

“저놈이 뭐라고 소리치느냐?”

“나는 개하고 하겠다고 합니다.”

“무엇이?”

“몽골놈하고 하느니 개하고 하겠다는 것입니다.”

“⋯⋯.”

“소인이 장군께서 같이 방으로 가란다고 했더니 저 소동을 부립니다.”

그때 다섯 번 소리친 고동확이 이제 되었느냐는 표정을 짓고 투르기를
보았다. 투르기가 어깨를 부풀렸다가 내리면서 말했다.

“내가 저놈을 양 잡는 것처럼 포를 떠 죽이겠다.”

진막 안으로 들어선 김산이 이번에는 잠자코 상석에 앉았고 분이는 밖
으로 나갔으며 세영궁주는 조금 비켜 앉았다. 저녁 술시(8시)쯤 되었다. 그
때 진막 안으로 위사들이 술과 안주를 들고 들어섰다. 앞쪽에 술상을 차려
놓은 위사들은 소리 없이 물러갔다. 다시 진막 안에 둘이 되었을 때 김산
이 잔에 술을 따르고는 한 모금에 삼켰다. 기둥에 붙여놓은 촛대의 촛불
불꽃이 흔들리고 있다. 다시 잔에 술을 따르면서 김산이 입을 열었다.

“네 외삼촌들을 불러올 수 있다면 네 소원을 들어주마.”

숨을 죽인 세영이 몸을 굳혔다. 그러나 시선은 감히 보내지 못한 채 앞쪽만 본다. 앞쪽은 진막 출입구다. 다시 한 모금에 술을 삼킨 김산이 말을 이었다.

"물론 네 외삼촌들의 생명과 무사 귀환은 보장해주마."

"……."

"외삼촌들한테 바다를 건너 강화로 들어가라는 것은 아니다. 그리고 지금 당장 강화 섬의 최항을 제거할 수는 없다."

"……."

"최항은 교정별감으로 주변에 생사를 함께 하는 무장 놈들이 많다. 모두 같은 배를 탄 놈들이어서 어쩔 수가 없다. 장군이 20여 명에 정예 별초군이 3천여 명, 거기에다 수비병까지 합하면 2만여 명이다."

"……."

"또한 내륙에서 호응하는 최항 세력이 있다. 무장 50여 명에 10여만 군사가 동원될 수가 있지."

그때서야 세영이 머리를 돌려 김산을 보았다. 이제 눈동자에는 초점이 잡혀 있다. 그러나 입을 열지 않았고 김산의 말이 이어졌다.

"지금 내륙의 최항 추종세력을 소탕하는 중이다. 하나같이 부패하고 무능한 놈들이어서 그놈들만 처단해도 백성들의 허리가 펴질 것이다."

그때 세영이 입을 열었다.

"어쩌시려고 그럽니까?"

목소리에 억양이 있고 끝쪽에서는 떨려 나왔다.

"무엇을 말이냐?"

김산이 되묻자 세영의 눈 흰창이 붉어졌다. 울고 난 것 같다.

"고려 백성의 허리가 펴질 것이라고 하셨지 않습니까?"

"그렇다."

"몽골군 사령관이 그런 말씀을 하십니까?"

"그랬지 않느냐?"

"믿기지 않아서 그럽니다."

"이제 말을 제법 하는군."

"제 외삼촌들을 불러 뭐라고 하실 겁니까?"

"말이 길기도 하군."

"그냥 오라고 하면 올 리가 없습니다."

"그보다도,"

술병을 든 김산이 다시 잔에 술을 채우면서 말을 이었다.

"내 얼음덩어리 음경이 먼저 네 음부에 꽂히는 것이 순서 아니냐?"

숨을 들이켠 세영이 시선을 내렸고 김산은 한 모금에 술을 삼켰다.

"그리고 나서 네 소원을 들어주는 것이다. 그렇지 않느냐?"

"그렇습니다."

"자, 한잔 마셔라."

김산이 눈으로 빈 잔을 가리켰다.

"마시면 네 음부가 견디어낼지 모르겠다."

"불을 꺼주세요,"

눈을 치켜뜬 세영이 말했는데 그 표정이 마치 사형수가 마지막 소원을 내놓는 것 같다. 세영의 표정을 본 김산이 손을 들어 촛불 하나를 가리켰다. 그러자 촛불 하나가 휙 꺼졌다. 밤이 깊었다. 자시(12시)쯤 되었을 것 같다. 주위는 조용해서 부스럭거리는 소리도 들린다. 방금 세영이 꿈틀거리면서 옷자락이 접히는 소리가 난 것이다. 불 하나가 꺼졌을 때 얼떨떨한 얼굴이었던 세영은 김산이 두 번째로 촛불 하나를 가리키는 모습을 보았다.

"획."

촛불이 꺼질 때 소리는 나지 않았지만 움직임이 그렇게 느껴졌다. 그것을 본 세영이 부르르 몸서리를 쳤다. 마귀, 마왕, 흡혈귀, 얼음송곳, 몸서리와 함께 머릿속에 떠오른 생각이다.

"자, 옷을 벗어라."

어둠 속에서 김산의 목소리가 울렸을 때 세영의 이가 저절로 악물려졌다. 그러나 어쩔 수 없다. 세영은 앉은 채로 옷을 벗기 시작한다. 저고리를 벗어 옆에 내려놓고 속옷의 끈을 풀다가 주춤거렸다. 옆쪽 마왕한테서는 숨소리도 들리지 않는다. 진막 안은 칠흑 속처럼 어두워서 제 손도 보이지 않는다. 주춤거렸던 세영이 다시 저고리 속옷을 벗어 옆에 놓았다. 이제 상반신은 알몸이 되었다. 제 가쁜 숨소리를 의식한 세영이 숨을 참았다가 곧 더 큰 숨소리를 터뜨렸다. 자, 이젠 치마다. 치마 끝을 쥐었던 세영이 다시 주춤거렸다. 알몸으로 송곳에 찔려죽은 자신의 시체가 눈앞에 떠올랐기 때문이다. 옷을 입은 채로 죽는 것이 낫지 않을까? 그때 옆에서 마귀의 목소리가 울렸으므로 세영은 기겁을 했다.

"뭘 하느냐?"

차가운 목소리다.

"밤을 새울 작정이냐?"

다시 이를 악문 세영이 치마끈을 풀었다. 매듭이 보이지 않아서 대여섯 번을 당겨서야 풀려졌다. 치마가 내려갔지만 앉은 채여서 퍼지기만 했을 뿐이다. 이제는 속치마다. 속치마 끈을 쥐었던 세영이 문득 머리를 들고 물었다.

"어떻게 할 건가요?"

마음 같아서는 이렇게 물을 작정이었다.

"얼음송곳으로 바로 찌를 작정인가요?"

세영이 묻자 김산은 숨을 들이켰다. 웃음을 참은 것이다. 밤눈이 짐승보다도 밝은 김산에게는 세영의 손가락 끝이 가늘게 떨리고 있는 것까지 다 보였다. 세영은 지금 속치마 끈을 쥐고 있다.

"아니, 당장 찌르지는 않을 거다."

김산이 거드름을 피우는 것 같은 목소리로 말을 이었다.

"먼저 네 몸을 살필 것이다."

"어, 어떻게 말입니까?"

세영의 목소리가 떨렸으므로 김산의 열기가 더 뜨거워졌다.

"얼음송곳을 찌르기 전에 네 몸이 익었는가를 살피는 것이지."

"……"

"네 몸 구석구석을 혀로 빨고 맛을 봐야만 한다."

"……"

"그래서 네 체액을 빨아들이면 내 음기에 도움이 된다."

"……"

"특히 네 젖꼭지와 음부를 건드리면 네 몸에 열이 높아질 것이다. 아니, 무엇을 하느냐? 빨리 벗지 않고?"

그때 세영이 홀린 듯이 속치마 끈을 풀기 시작했는데 이번에는 매듭이 잘 풀렸다. 속치마가 풀려지자 겉치마도 함께 내려가면서 배꼽 위쪽의 알몸이 드러났다. 김산은 저도 모르게 입안에 고인 침을 삼켰다. 지금까지 수만 리 떨어진 서역땅 호레즘과 폴란드의 백인녀(白人女)까지 겪었지만 이렇게 욕정이 솟구쳐 오르기는 처음이다. 세영의 알몸은 어둠 속에서 빛을 내는 것 같다. 둥근 어깨의 부드러운 곡선, 봉긋하게 솟은 젖가슴은 동양인 규격보다 컸지만 단단한 돌산처럼 솟아올랐다. 그리고 보라, 어느새 젖꼭지가 산 위의 탑처럼 세워져 있다. 아래쪽 배꼽까지를 훑어본 김산이 옷을 벗기 시작했다. 천천히 저고리, 바지를 벗으면서 김산이 운기를 끌어모은다. 그리고는 몸의 열기를 가라앉히기 시작했다.

부스럭거리는 소리가 그쳤으므로 세영은 숨을 죽였다. 그다음 동작은 뻔했기 때문이다. 아무것도 보이지 않아도 짐작할 수가 있다.
"아앗."
다음 순간 세영의 입에서 놀란 외침이 터졌다. 마귀가 다가와 몸을 눕혔기 때문이다. 역시 어깨에 닿는 손의 감촉이 차다. 얼음 같지는 않지만 차갑다. 숨을 죽인 세영이 양털이 깔린 바닥에 몸을 눕혔다. 아랫도리에 깔린 치마와 속치마가 젖혀져 나갔으므로 세영은 금방 알몸이 되었다. 세영은 눈을 감았다. 그러나 저절로 가빠진 숨소리는 억누를 수가 없다. 그때 세영은 다시 한 번 신음을 뱉었다. 마귀의 손이 젖가슴을 쥐었기 때문이다. 차다. 그러나 부드럽다. 그때 마귀가 말했다.
"네 성대를 한동안 눌러주마. 소리가 너무 크게 뱉어지면 안될 테니까."
그러더니 곧 목이 눌리는 느낌이 잠깐 들더니 다시 개운해졌다.
"아."

또다시 세영이 입을 딱 벌렸지만 목소리는 나오지 않았다. 다만 가쁜 숨소리만 배어 나온다. 그것은 자신의 젖가슴을 마귀가 덥석 물었기 때문이다. 놀라 눈을 치켜떴던 세영은 곧 입을 딱 벌렸다. 젖꼭지에 괴상한 느낌이 왔기 때문이다. 찌릿한 느낌이 들면서 온몸이 비틀렸다. 그것은 괴물이 입안에 젖꼭지를 넣고 혀끝으로 굴리고 있기 때문이다.

"아이구."

저도 모르게 소리를 뱉었지만 그것은 마음뿐이다. 성대가 막혀 목소리는 나오지 않고 가쁜 숨소리만 울리고 있다.

"아이구, 나 몰라."

마귀의 혀는 뜨겁다. 세영이 꿈틀거리며 생각하다가 금방 잊었다.

김산은 세영의 몸이 불덩이처럼 달아오르면서 받아들이려는 동작이 시작되는 것을 보았다. 두 손으로 자신의 어깨를 끌어당기는 시늉을 했고 두 다리를 치켜들었다가 비트는 것이다. 그러나 김산은 서둘지 않았다. 젖가슴을 애무하던 혀가 아랫배로 내려오자 놀란 세영이 펄떡 뛰었지만 곧 몸을 맡겼다. 숨소리는 이제 턱에 닿았고 온몸에서 땀이 배어 나왔다.

"아이구, 나 몰라."

세영의 입에서 겨우 그렇게 목소리가 나왔다. 성대가 눌려서 비명과 탄성은 뱉지 못하는 대신 목소리만 희미하게 뱉어진다.

"아이구, 나 죽어."

김산의 혀가 도톰한 아랫배를 거쳐 짙은 숲에 쌓인 골짜기로 내려왔을 때였다. 엉덩이를 번쩍 치켜들었던 세영이 하반신을 비틀면서 신음쳤다. 그러나 목소리는 숨소리만 하게 들린다. 김산은 곧 세영의 골짜기에 얼굴을 묻었다. 골짜기 안의 동굴에서 뜨거운 온천수가 솟아오르고 있다.

"아이구, 좋아."

세영이 몸을 비틀며 소리쳤다.

세영은 온몸이 허공으로 솟는 느낌을 받고는 입을 딱 벌렸다. 자신의 동굴에 붙은 마귀가 온몸을 뜯어먹는 것 같다. 그러나 한입 뜯을수록 온몸이 쾌락으로 떨린다. 이제는 더 뜯어 먹으라고 온몸을 던지고 싶다. 이런 경험은 처음이다.

"날 죽여! 죽여!"

그래서 그렇게 소리쳤지만 목소리는 나오지 않았다. 이제 정신이 혼미해지면서 뜨거운 뱀이 동굴 안까지 들어오는 것 같다. 그러나 몸은 마귀를 더 받아들이려는 듯이 저절로 더욱 솟구치고 있다. 그때였다. 마귀가 얼굴을 떼었으므로 동굴이 허전해졌다.

"가지마! 가지마!"

세영의 입에서 저절로 그런 말이 터져 나왔다.

"날 죽이고 가!"

그 순간이다. 세영은 동굴 안을 가득 메우는 뜨거운 기둥을 느끼고는 입을 딱 벌렸다.

"아아악."

목이 터질 것 같은 비명이 쏟아져 나왔지만 그런 느낌만 들 뿐이다. 이제 그 불기둥이 움직이기 시작했으므로 세영은 울부짖었다.

"나 죽어! 나 죽어!"

눈을 뜬 세영은 이곳이 극락이라고 느껴졌다. 틀림없이 극락이다. 나는 마귀에게 이끌려 극락에 왔다. 그 순간 세영의 얼굴이 새빨갛게 달아올랐다. 자신이 겪은 쾌락과 그때의 몸부림이 생생하게 떠올랐기 때문이다. 이곳은 진막 안이다.

"으으음."

갑자기 신음이 터져 나온 것은 몸을 움직였기 때문이다. 알몸인 자신을 느끼고는 몸을 비틀었다가 다리 사이의 동굴에서 통증과 함께 쾌락의 여운이 묻어난 것이다. 눈동자의 초점을 잡은 세영은 이쪽에 등을 보이고 앉은 마귀를 보았다. 마귀가 아니다. 몽골군 사령관 쿠추, 이제는 마귀로 부르지 않으리라. 빨갛게 상기된 얼굴로 쿠추의 등을 바라보던 세영이 양털 가리개로 겨우 제 하반신을 덮었다. 방안의 불은 다시 켜져 있었지만 몇 시인지는 모르겠다. 주위는 아직도 적막에 덮여 있다. 그때 인기척을 들었는지 쿠추가 머리를 돌려 세영을 보았다.

"어떠냐? 얼음송곳 맛이?"

그 순간 다시 얼굴이 홍시처럼 된 세영이 양털 덮개로 몸을 가리면서 상반신을 일으켰다. 다시 다리 사이에 짜릿한 통증이 왔지만 지금은 부끄러움으로 정신이 없다. 쿠추의 얼굴에 웃음이 띠어졌다.

"나하고 몸을 합치니까 마귀가 된 것 같지 않느냐?"

이를 악문 세영은 일일이 대꾸하지 않기로 했다. 옷을 집어 입으려고 손을 뻗었을 때 쿠추가 다시 말했다.

"그대로 벗고 있어."

세영의 손이 주춤 물려졌다.

"겨우 축시(새벽 2시)가 지났을 뿐이다."

이제 양털 덮개로 알몸을 가린 채 세영은 듣기만 한다. 쿠추가 말을 이었다.

"밤이 아직 남았다."

"⋯⋯."

"우리가 얼마나 엉켜 있었는지 아느냐? 한시진(2시간) 가깝게 된다."

"⋯⋯."

"넌 그동안 다섯 번 혼절을 했고, 그래도 끈질기게 매달리더구나."

"그만요."

마침내 세영이 말을 뱉었지만 부끄러워서 양털 덮개를 머리 위로 뒤집어썼다. 그때 쿠추가 낮게 웃었다.

"글쎄 얼음송곳이 어떻더냐고 내가 묻지 않느냐?"

세영은 얼음송곳이 아니라 뜨거운 불기둥이라고 대답하고 싶었다. 그렇다. 그렇게 큰 불기둥은 처음 받았다.

다음 날 저녁 해시(10시) 무렵, 강화도의 상장군 박성일의 누추한 저택에 손님 둘이 찾아왔다. 몰래 찾아온 방문객이어서 박성일도 목소리를 낮추고 맞는다.

"아이구, 대장군이 어려운 걸음을 하셨소."

손님은 전(前)대장군 양수와 부장 오관수다. 오관수가 밖을 경계하려고 반쯤 문을 연 채로 문가에 앉았고 박성일과 양수는 마주 보고 있다. 양수가 바로 바다를 건너온 용건을 꺼내었다.

"세영궁주께서 외삼촌 유성규, 유방선 형제에게 밀서를 보냈습니다. 곧 두 분이 개경으로 상경하여 각하를 뵙게 될 것입니다.

"어허."

입을 딱 벌렸다가 닫은 박성일이 이가 여러 개 빠진 입안을 드러내며 웃었다.

"마침내 각하께서 궁주 마음을 얻으셨군."

"지금 내륙에서는 최항 일당의 소탕이 계속되고 있습니다. 모두 상장군께서 힘을 써주신 덕분이오."

"이제 몇 년 안에 고려가 무신정권에서 벗어나겠군."

그러자 양수가 정색하고 박성일을 보았다.

"앞으로의 계획이 필요합니다. 상장군."

세영의 외삼촌 유성규, 유방선 형제가 몽골군 사령관의 진막 안으로 들어선 것은 그로부터 7일이 지난 후였다. 전라도 나주에서 나흘 만에 이곳에 온 것이다. 세영의 전갈을 지닌 하인은 몽골 기마군의 도움을 받아 사흘 만에 내려갔지만 유성규 형제는 수하 10여 명과 함께 말을 달려 상경했다. 대단한 기동력이다. 김산이 여덟 보 거리에서 엎드린 두 장년을 보았다. 유성규, 유방선은 각각 45, 42세로 건장한 체격이다. 직접 선단을 몰아 왜국을 왕래했던 터라 얼굴이 검게 탔고 강한 기운이 느껴졌다.

"내 이름은 김산, 고려인의 아들이다."

불쑥 김산이 고려말로 말한 순간 둘은 숨을 들이켜며 굳어졌다. 몽골 사령관 쿠추가 고려인이라는 것은 들었다. 그러나 기라성 같은 몽골 장군들이 둘러선 가운데 거침없이 고려말을 하리라고는 예상하지 못했다. 보료에 상반신을 기댄 김산의 목소리가 넓은 진막을 채웠다.

"내 부친은 개경부의 비장 김영, 몽골군과 싸우다 전사 하셨으며 내 모친은 몽골군 장수에게 몸을 팔아 포로로 끌려가던 나에게 고기조각을 먹이시다가 살해당하셨다."

김산이 가라앉은 시선으로 둘을 보았다.

"내 어린 두 동생은 내 눈앞에서 몽골군에게 몸통이 쪼개져 죽었으며 나는 7살 때부터 몽골군에게 끌려가 개처럼 길러졌다."

그리고는 김산이 이를 드러내고 소리 없이 웃었다. 둘러선 장수들은 숨을 죽이고 있다. 고려어를 모르는 몽골 장수들은 분위기에 위축되었으며 고려인 항장들의 눈은 붉게 충혈되었다. 그때 유성규가 번들거리는 눈으로 김산을 보았다.

"각하, 배가 몇 척이나 필요하십니까?"

유방선이 말을 이었다.

"수군은 5백 명까지 모을 수 있습니다."

강화 섬은 몽골군이 감시하고 있지만 배를 타면 출입이 용이하다. 오후 미시(2시) 무렵, 교정별감 최항은 정방의 청 안에서 경상도 동경(東京)에서 달려온 전령을 맞는다. 동경유수(留守) 조찬수가 보낸 장교가 소리쳐 보고했다.

"상주목사 박주광은 치암산 골짜기에 숨어있다가 잡혀 죽었으며 식솔들과 하인 3백여 명은 포로가 되었소이다."

최항은 눈동자만 굴렸고 장교의 보고가 이어졌다.

"몽골군은 골짜기에 숨겨놓은 공물과 양곡, 재물을 다 강탈해 갔기 때문에 올해의 세수는 내기 어렵다고 합니다."

"……."

"또한 상주목에 속한 2개 군이 모두 기습을 받았는데 몽골군은 군수가 숨어 있는 곳을 귀신같이 찾아내어 재물을 약탈해갔습니다."

이제 최항은 외면하고 있다. 장교가 품고 온 상소문을 꺼내 바쳤으므로 최항 대신 상장군 백준도가 받았다. 이로써 15일 동안 전국의 20여 개 군현이 몽골군의 기습을 받아 재물을 빼앗겼고 포로가 되어 끌려갔다. 엄청난 양의 재물이다. 최항이 헛기침을 했는데 마치 맹수가 으르렁대는 소리 같다. 몽골군은 마치 족집게처럼 최항의 측근으로 지방 수령이 되어있는 관리들만 친 것이다. 그것도 은신처를 귀신처럼 알아내어 습격했으니 분통이 터져 죽을 노릇이다. 그리고 이번 동경유수의 상소문을 보면 강화도의 실세 장군들이 경작하는 농장도 습격을 받았다. 이제는 강화도의 밥줄이 끊기게 되었다. 이윽고 최항이 신음처럼 말했다.

"이곳에 배신자가 있어."

최항의 번들거리는 시선이 아래쪽에 둘러앉은 무장(武將)들을 훑고 지나갔다.

"어떤 놈이 그 자료를 모두 몽골군에게 넘겨 준 것이야."

"대감."

부르는 소리에 모두의 시선이 모여졌다. 상장군 박성일이다. 주름진 얼굴을 든 박성일이 최항을 보았다.

"대장군 이공주가 몽골군에 잡혔을 때 자백을 한 것 같습니다."

최항은 눈만 껌벅였고 박성일의 말이 이어졌다.

"이공주만큼 정방 무신들의 내막을 알고 있는 사람이 없습니다. 그렇지 않습니까?"

"과연 그렇습니다."

대장군 김인준이 맞장구를 쳤고 유경이 말을 이었다.

"이번에 궁주를 모시고 갔을 때 통역 이모라는 놈한테서 들었습니다. 대장군 이공주가 강화도 내부 사정을 다 털어놓을 테니 목숨만 살려달라고 했다는 것입니다. 몽골군이 사정을 다 듣고 나서 죽인 것 같습니다."

최항은 길게 숨을 뱉었다. 그럴듯한 해명이어서 후련하긴 했지만 얼굴은 아직도 어둡다. 지금까지 네 번 몽골군의 침입을 받았지만 이번처럼 창자를 파내듯이 강탈당하는 것은 처음인 것이다.

그날 저녁에 박성일의 누옥으로 대장군 유경과 김인준이 암행해왔다. 오후에 갑자기 박성일이 어지럼증이 일어나 마차에 실려갔기 때문이다. 떳떳하게 문병을 와야 정상인데도 의심증이 많은 최항의 눈을 피해서 몰래 온 것이다. 이마에 물수건을 얹어놓은 박성일이 머리맡에 앉은 두 대장군을 번갈아 보면서 탄식했다. 박성일이 두 장군을 부른 것이다.

"김 씨를 고려왕으로 모시면 몽골제국과 어깨를 맞대고 뻗어 나갈 텐데."

"상장군, 몸조리나 잘하시오."

김인준이 나섰다가 박성일의 잔소리를 들어야 했다.

"이보게, 이게 무슨 꼴인가? 우리가 명색이 무장인데 이게 몇 년인가?"

"무엇이 말입니까?"

유경이 묻자 박성일이 눈을 가늘게 떴다.

"최씨 자손의 권력이 말이네."

둘은 입을 다물었고 박성일의 말이 이어졌다.

"최충헌이 이의민을 제거했을 때가 명종 26년, 지금부터 55년 전일세.

내가 겨우 16살 때지."

쓴웃음을 지은 박성일이 말을 이었다.

"이제 내 나이 71살, 관직에 올라 최충헌, 최이, 최항까지 3대를 겪고 있구만, 이런 부끄러운 일이 있나?"

"상장군, 좀 쉬시오."

김인준이 말했을 때 박성일이 눈을 크게 떴다.

"김씨 왕조를 세우기는 틀린 것 같아. 그분은 이 좁은 고려땅이 양에 차지 않는 모양이야. 하긴 그분이 총독을 맡은 서부령은 고려땅의 15배라던가?"

이제 둘은 시선만 주었고 박성일의 말이 이어졌다.

"하긴 부모 형제가 몰사당한 이 땅에 발을 딛기도 싫겠지. 제 욕심만 챙기는 무장 놈들을 보면 누구라도 환멸이 날 테니까 말야."

"……"

"세영궁주가 뭍에서 그분의 대리인 역할을 할 것 같네."

"예에?"

잠에서 깬듯한 얼굴을 짓고 유경이 외마디 소리로 물었을 때 박성일이 목소리를 낮췄다.

"궁주는 최씨 일족이나 최씨 일족의 폭정을 끝낼 수 있는 인물이네, 그분이 궁주를 중심으로 일을 추진시키고 계시네."

"그, 그분이라면 사령관 말씀이오?"

김인준이 묻자 박성일이 얼굴을 일그러뜨렸다.

"몽골군 사령관 호칭이 싫어서 그래. 이제 궁주는 그분의 부인 역할이니 자네들이 보필해서 대업을 완성하기 바라네."

"상장군께서도 도와주셔야지요."

유경이 말했더니 박성일이 웃음 띤 얼굴로 머리를 끄덕였다.

"혼령이라도 돕지."

다음날 오전 오시(12시) 무렵에 물에 흠뻑 젖은 고려군 장교 하나가 개경의 몽골군 사령관 진막 안으로 들어왔다. 몽골군 위사들의 부축을 받은 장교가 땅바닥에 엎드려 김산을 보았다. 낯익은 장교다. 바로 고려군 상장군 박성일의 호위무사다. 장교를 본 김산의 얼굴이 굳어졌다.

"무슨 일이 있느냐?"

김산이 직접 고려말로 묻자 장교는 땅바닥에 이마를 붙이고 나서 대답했다.

"어젯밤 상장군께서 돌아가셨소이다."

"무엇이? 어떻게?"

놀란 김산이 소리치듯 물었더니 장교가 주르르 눈물을 쏟았다.

"어제 오후에 갑자기 어지럼증이 일어나 댁에 가셨는데 저녁에 유경, 김인준 두 대장군을 불러 이야기를 하시고 나서 밤에 주무시다가 돌아가셨소."

그러더니 품에서 양초로 밀봉을 한 대나무 통을 꺼내더니 두 손으로 바쳤다.

"상장군께서 주무시기 전에 각하께 전하라고 쓰신 글이올시다. 아마밤에 돌아가실 줄 알고 계셨던가 봅니다."

장교가 흐느낌을 참고 말을 이었다.

"내일 아침에 집안에 무슨 일이 있건 각하께 달려가 바치라고 하셨거

201

든요."

머리를 끄덕인 김산이 눈짓을 하자 3천인장 오관수가 다가와 대나무통을 받았다. 김산이 오관수에게 지시했다.

"읽으라."

밀봉한 양초를 뜯어낸 오관수가 통 안에서 둥글게만 종이를 꺼내었다. 서신이다. 오관수가 종이를 펴고 읽는다.

"각하께 고려국 상장군 박성일이 드립니다. 고려에 김씨 왕조를 건립하고 국호를 대한(大韓)이라고 짓겠다는 꿈을 꾼 며칠간이 제 70 인생에 가장 행복한 날이었소이다. 허나 일장춘몽이 되었습니다. 각하시여, 저, 박성일은 오늘 밤을 넘기지 못할 것 같사오니 소원을 들어줍시오. 오늘 저녁에 제 누옥으로 대장군 유경, 김인준을 불러 세영궁주를 주축으로 무신정권을 절멸시키라고 당부를 했습니다. 궁주께서 밖의 세력을 모으시고 유경, 김인준이 직접 나서면 최항 일족은 수명을 다할 것입니다. 그러나 후사가 있어야 됩니다. 각하시여, 소원이오니 부디 세영궁주께 후손을 남기시어 기반을 굳히도록 해주소서. 그것이 이 늙은이의 마지막 소원이며 이 땅의 백성들을 위한 마지막 봉사올시다. 박성일이 영혼으로 떠서 각하의 건영을 돕겠소이다."

한 구절씩 소리 내어 읽던 오관수의 목소리가 떨리더니 마지막을 읽고 나서는 머리를 떨구었다. 울고 있는 것이다. 주위에 둘러선 몽골 장수들은 내막을 알 수 없었지만 분위기는 짐작한 것 같다. 모두 입을 다물었고 그래서 아직도 엎드린 장교가 훌쩍이는 소리가 들렸다. 장교는 밀서를 가슴에 품고 바다를 헤엄쳐 육지로 나온 것이다. 그래서 온몸이 흠뻑 젖었다.

그날 저녁 유시(6시) 무렵, 김산이 진막 안으로 들어서자 놀란 세영이 자리에서 일어섰다. 시녀 분은 재빨리 밖으로 도망치듯 나갔으므로 안에는 둘이 남았다. 김산의 시선을 받은 세영의 얼굴이 순식간에 빨개졌다. 이제 엿새째 합방을 하는 터라 저녁 무렵이면 몸을 씻고 옷을 갈아입는 세영이다. 그런데 오늘은 이르다. 잠자코 자리에 앉은 김산이 아직도 서 있는 세영을 보았다.

"이리 와서 이것을 보라."

세영은 그때서야 김산이 손에 대나무 통을 쥐고 있는 것을 보았다. 김산의 옆으로 다가가 앉은 세영이 대나무 통을 받았다.

"안에 상장군 박성일이 나에게 보낸 유서가 있어. 그대도 읽어야겠다."

김산이 가라앉은 목소리로 말을 이었다.

"그 유서를 쓰고 어젯밤에 자는 듯이 죽었다는군. 난세에 편히 죽은 것이지."

세영이 유서를 꺼내어 읽기 시작했으므로 김산은 입을 다물었다. 사흘 전에 찾아왔던 세영의 외삼촌 둘은 다시 나주로 돌아갔다. 각각 김산으로부터 지시를 받았고 지키겠다는 약속을 한 것이다. 진막 안에 한동안 정적이 덮였다. 이곳은 사령관 침소여서 사방 2백 보 안으로는 아무도 들어올 수 없다. 이윽고 유서를 내려놓은 세영이 김산을 보았다. 다시 얼굴이 붉어졌고 두 눈은 번들거린다. 그때 김산이 세영에게 물었다.

"그대, 내 자식을 잉태하고 싶은가?"

6장
어사총감(御師總監)

　"아아, 낭군!"

　절정에 오른 세영이 소리치며 김산에게 매달렸다. 사지로 빈틈없이 김산을 감으면서 오열하기 시작하는 것이다. 김산은 세영을 부둥켜안은 채로 절정의 쾌락이 가라앉기를 기다렸다. 세영이 폭발한 순간 같이 분출했으므로 김산의 몸도 쾌락으로 가쁜 상태다. 이윽고 세영이 사지를 늘어뜨리면서 김산의 몸에서 떼어졌다. 그러나 아직 가쁜 숨소리에 섞인 신음이 진막 안을 울린다. 울음이 그쳤지만 얼굴은 땀과 눈물로 범벅이 되어있다. 천장을 보며 누운 김산이 팔을 뻗어 세영의 어깨를 당겨 안았다. 둘은 알몸이다. 자시(밤 12시)가 조금 넘은 시간이다. 진막 안의 양초 불을 끄지 않아서 주위는 환하게 드러났다. 김산이 세영의 젖가슴을 한 손으로 움켜쥐며 말했다.

　"너는 요부다."

놀란 세영이 눈을 크게 떴다가 곧 김산의 표정을 보고는 눈을 흘기는 시늉을 했다.

"모두 낭군께서 가르쳐주셨기 때문이오."

"너는 끝없이 빠져 들어가는 뜨거운 수렁 같다."

"낭군을 끝없이 빨아들이고 싶습니다."

"너는 요부가 맞다."

"낭군을 따라가고 싶습니다."

문득 세영이 말했으므로 김산이 입을 다물었다. 그것이 실현성이 없는 말인 줄은 세영도 아는 터라 말을 잇지는 않는다. 이윽고 세영의 어깨를 더 당겨 안은 김산이 말했다.

"너는 최항이 나한테 보낸 화평(和平)의 상징이며 이제 내 부인 역할이다."

세영은 시선만 주었고 김산의 말이 이어졌다.

"다시 강화 섬으로 돌아간다고 해도 최항은 너에게 내 부인 대접을 해 줘야 할 것이다."

김산의 가슴에 볼을 붙인 세영이 눈을 감았다. 속눈썹이 눈을 덮듯이 가지런히 깔려져 있다.

"최항을 제거하고 조정을 뭍으로 끌어내어 백성들을 보살펴야 한다."

김산이 말하자 세영이 눈을 떴다.

"만일 내가 자식을 낳으면 이름을 무엇으로 할까요?"

세영의 검은 눈동자가 마치 보석처럼 반짝이고 있다.

"아들이면 성(星), 딸이면 강(江)으로 해라."

"그 뜻이 있습니까?"

"별을 보고 애비를 떠올리라는 뜻이야. 그리고."

김산의 얼굴에 희미하게 웃음이 떠올랐다.

"강은 발원지는 작지만 수만 리 대륙을 돌아 마침내 바다로 들어간다. 언젠가는 만날 수 있다는 뜻이다."

"다시 만날 수 있습니까?"

"그렇다."

김산이 자르듯 말했더니 세영은 길게 숨을 뱉는다. 더운 숨결이 김산의 가슴을 훑고 지나갔다.

"기다리겠습니다. 우리 자식과 함께요."

"새 세상에서."

"외삼촌들과 두 대장군이 도와주면 최씨 정권을 처단할 수 있습니다."

"서둘지 말고 신중하게."

그때 세영이 김산의 허리를 당겨 안으면서 말했다.

"낭군께서 배후에 계신데 감히 누가 가로막겠습니까?"

김산의 양물을 두 손으로 감싸 쥔 세영의 얼굴이 다시 상기 되었다. 양물이 나무토막처럼 단단해져 있는 것이다.

"낭군."

세영의 목소리가 떨렸으므로 김산은 몸을 일으켰다. 얼굴에 웃음이 떠올라 있다.

"늦게 배운 도둑질에 밤이 새는 줄 모른다더니 네가 그 짝이다."

닷새 후에 김산이 이끄는 몽골군은 개경을 떠나 북상했다. 원정군의 사기는 전리품의 물량에 의해 결정이 된다. 북상하는 몽골 기마군의 사기는 하늘을 찌를 듯이 높았다. 그 이유는 뒤를 따르는 전리품 마차와 포로들의 숫자에 비례했다. 수백 대의 마차와 1만 명 가까운 고려인 포로가 모두 전리품인 것이다. 마차에 실린 재물은 최항과 측근 탐관오리들이 숨겨놓은 것을 빼앗은 것이며 포로들은 그 일족과 위세를 부리던 고용인들인 것이다. 몽골군은 고려땅을 청소해주고 떠나는 것이나 같다. 김산의 옆으로 부사령관 실루가이가 다가온 것은 기마군이 서경(西京)을 지날 때였다.

"각하, 황제 폐하께서 사신을 보내셨다는 전령이 왔습니다."

김산의 시선을 받은 실루가이가 말을 이었다.

"요동성주 자리트가 보낸 전령입니다."

요동성은 여진 땅의 중심에 박힌 요지로 1만인장 자리트가 성주 겸 지방장관이다. 곧 1백인장 차림의 전령이 등에 전령 깃발을 꽂은 모습으로 달려오더니 말에서 뛰어내렸다.

"요동성주 자리트의 전령이오."

말을 세운 김산이 말에 앉은 채 전령을 보았다. 그때 전령이 소리쳐 말했다.

"황제 폐하의 사신이 사흘 후에 요동성에 닿습니다. 사령관 각하께서는 시각에 맞춰 사신을 맞아주시기 바란다고 하셨습니다."

개경을 떠나기 전에 카라코룸의 몽케 황제께 내막을 보고하고 철군 허락을 받은 터라 김산이 머리를 기울이며 물었다.

"사신으로 누가 오시느냐?"

"예, 자문관 하란시크님이 오십니다."

김산이 이맛살을 모았다. 하란시크는 몽케 황제의 최측근인 것이다. 대신급보다도 격이 높다.

"알았다."

머리를 끄덕인 김산이 부사령관 실루가이를 보았다.

"부사령, 아무래도 내가 먼저 가야겠네."

"그러셔야 합니다."

당연한 일이라는 듯 실루가이가 머리를 끄덕였다.

"철군은 소장한테 맡겨 주시지요. 그럼 요동성에서 뵙겠습니다."

몽케 황제 즉위 2년 차가 되면서 정국은 안정을 찾게 되었지만 오고데이 가문과 결탁했던 한족들의 반발이 조직적으로 변했다. 한족(漢族)은 대륙 주민 대다수를 차지하는 터라 주인 행세를 해왔다. 금(金)과 몽골제국에 대륙의 패권을 빼앗겼지만 아직도 남송(南宋)의 명운은 끊기지 않았으며 몽골제국도 한인(漢人)과의 친화정책을 써서 끌어들이려고 노력하는 중이다. 그러나 오고데이, 구유크 황제 치하에서 권력과 결탁한 한족 무림(武林) 세력들에게 몽케 정권은 적이었다. 20년간 쌓아놓았던 기득권을 빼앗길 수는 없는 것이다. 위사군만 이끌고 내달려온 김산이 요동성에 도착했을 때는 저녁 유시(6시) 무렵이다.

"사신께서 기다리고 계십니다."

성문 앞까지 마중 나온 성주 자리트가 말했다. 자리트는 몽골족으로 김산과 안면이 있다.

"오전에 도착하셨습니다."

말머리를 나란히 하고 성으로 들어서면서 자리트가 말을 이었다.

"고려 원정에서 대공(大功)을 세우셨다고 들었습니다. 감축 드립니다."

40대 중반의 자리트는 남송정벌군에 속해 있었을 때 후방의 남송 비정

규군 소탕을 맡은 적이 있다. 그때 김산이 물었다.

"대공(大功)이라니? 무엇이 대공인가?"

"고려 대장군을 둘이나 유인해서 처단하시지 않았습니까? 소문은 빠릅니다."

"그렇군."

쓴웃음을 지은 김산이 자리트를 보았다.

"내가 고려왕의 후궁 하나를 부인으로 받았다는 소문은 이미 퍼져있겠군."

"소장은 듣지 못했습니다."

갑자기 자리트가 시치미를 뚝 떼고 말했으므로 김산이 실소했다.

"성주는 거짓말을 잘 못하는군, 그렇지 않은가?"

"예, 실은 그렇습니다."

자리트의 눈 흰창이 붉어졌다.

"총독 각하께서 고려왕의 후궁을 빼앗아 부인으로 받아들였다는 소문이 다 났습니다."

김산이 천천히 머리를 끄덕였다. 바라는 바다. 그런데 소문이라 그런지 내용이 달라졌다.

"어서 오시오."

청에서 기다리던 하란시크가 반색을 하고 김산을 맞는다. 하란시크하고는 김산이 오랜 인연이 있다. 지금은 황제 옆에서 황군 사령관 겸 위사장을 겸하고 있는 바시크와 함께 셋은 몽케가 어려웠던 시절부터 생사를 같이한 사이다. 하란시크가 주름진 얼굴을 펴고 웃으면서 김산의 절을 받는다. 황제의 사신이니 황제의 대리인이다. 요동성의 청 안이다. 다가온 하란시크가 김산의 손을 잡았다. 그리고는 자리로 안내하면서 뒤를 따르는 요동성주 자리트에게 말했다.

"각하와 둘이 밀담을 나누려고 한다. 둘만 남기고 모두 자리를 비켜라."

누구의 명이라고 토를 달겠는가? 순식간에 넓은 청은 텅 비었다. 위사도 남지 않아서 무거운 적막이 덮였다. 그때 하란시크가 옆에 앉은 김산을 보았다. 어느덧 얼굴이 굳어져서 피부가 거북이 등처럼 보였다.

"총독, 남송이 남부 지역을 기반으로 광범위한 항몽 반란을 획책하고 있소."

김산은 시선만 보냈고 하란시크의 말이 이어졌다.

"이것이 현재의 몽골제국에 닥친 가장 큰 문제요. 이것이 정규 전쟁이라면 기마군 몇만으로 대번에 처리하겠지만."

하란시크가 길게 숨을 뱉었다.

"소림사를 비롯한 5대문파가 연합했다는 것이오. 그놈들을 배후에서 지원하는 남송의 수괴는 황군태감 위황으로 황실의 최고 권력자요."

"……."

"지금 안휘, 하북성은 말할 것도 없고 그 위쪽의 하남, 협서, 강소성까지 놈들이 준동하고 있는데 꼭 관의 관리나 부유한 상인을 죽일 뿐만 아니라 재물을 나눠주기도 해서 민심을 교란시키기 시작했소. 이렇게 해서 놈들은 제국 안에 기반을 굳히고 항몽 투쟁을 하려는 것이오."

머리를 든 하란시크가 김산을 보았다.

"몽케 황제 폐하께서는 물론이고 쿠빌라이 황자, 훌라구 황자께서도 이 대업을 맡을 적임자는 쿠추 님뿐이라고 하셨소."

하란시크가 품에서 아이 손바닥만 한 둥근 마패를 꺼냈는데 안에 보석이 박혔고 둘레에 글자가 새겨져 있다. 어사총감이다.

"황제 폐하께서는 쿠추 님을 어사총감(御師總監)으로 임명하셨소. 어사총감은 제국 내의 모든 병력을 응용할 수 있으며 모든 지방장관도 부릴 수가 있소. 대장군일지라도 목을 벨 수 있으며 지방관의 삭탈관직도 가능하오. 폐하께서는 쿠추 님이 어사총감으로 항몽 반란 세력을 소탕해주기를 바라고 계시오."

하란시크가 마패를 내밀었으므로 자리에서 일어난 김산이 무릎을 꿇고 받았다. 거부할 수도 토를 달 수도 없는 명이다.

"신 쿠추가 명을 받습니다."

"수행원은 누구라도 대동할 수 있으며 장군, 지방수령 임명도 하실 수가 있습니다. 어사총감은 신설된 직책이나 황제 대리인의 역할이오."

"명심하겠습니다."

"지금부터 명을 시행해 주시기를 바라오."

하란시크가 내처 말했으므로 김산이 길게 숨을 뱉었다.

"명을 따르겠습니다."

머리를 숙여 보인 김산이 자리에서 일어서자 하란시크가 쓴웃음을 지어 보였다.

"원정에서 돌아오셨으니 영지로 돌아가 쉬셔야 할 텐데 또 무거운 짐을 맡게 되셨습니다."

하란시크가 주름진 얼굴을 펴고 웃었다.

"고려 궁주를 부인으로 맞으셨다는 말을 들었소. 그 궁주가 왕의 후궁이었다니, 무슨 내막이 있겠지요?"

그러자 김산이 따라 웃었다.

"그렇습니다. 이제 그 궁주를 중심으로 최씨 정권에 대한 숙정 작업이 시작될 것입니다."

김산의 머릿속에 궁주 세영의 모습이 떠올랐다. 떠나는 날 외면한 채 눈물을 보이지 않으려고 했던 모습도 눈앞에 아른거렸다. 이제 수천 리 떨어진 땅이다.

안휘(安徽)성 태호(太湖)는 가구 수가 10만에 주민이 70만 가까운 대도(大都)다. 태호에는 부사(府使)가 지휘하는 부청(府廳)이 있고 남송과의 국경과 가까웠기 때문에 남송정벌군에서 파견된 방위부(府)도 설치되었다. 방위부의 지휘관은 1만인장 큐이란으로 기마군 대장으로만 전전하다가 처음으로 한직을 맡았다. 그렇다. 남들은 대도(大都)의 방위부장이 되면 영전인 줄로 알지만 큐이란에겐 좌천이요, 한직(閒職)이다. 풍류를 싫어하는데다 침상이 딸린 저택도 혐오하는 큐이란은 성 밖의 황야로 진지를 옮겨놓았다. 그러니 휘하 장수들도 죽을 맛이었다. 큐이란이 방위부장으로 부임한 지 석 달이 되도록 성안으로 들어가 본적이 두 번뿐이었던 것이다. 저녁 무렵, 그날 밤 태호 동문 밖 경비를 맡은 1천인장 호광이 동료 장수 차리타시에게 말했다.

"이봐, 동문 안 용화방에 기녀가 다섯이 들어왔어. 자시(12시)에 방을 잡아 놓을 테니까 늦지 말고 오게나."

"그러지, 술은 내가 살 테니까 내 몫의 기녀나 챙겨놓도록 해."

솔깃한 차리타시가 대번에 응낙했다. 차리타시는 여진족이고 호광은 한족이다. 아직 술시(8시)가 조금 넘었을 뿐이어서 조급증이 난 차리타시

212

가 진막을 나가면서 투덜거렸다.

"지난 부장 때는 성안 여관에서 숙식을 했는데 이게 무슨 꼴이란 말인가?"

"옳지, 두 놈 걸렸다."

나무 둥치에서 몸을 뗀 등천이 웃음 띤 얼굴로 말했다.

"오늘 밤에 1천인장 두 놈을 잡겠다."

"이번에도 직접 처리하시려오?"

사경문이 묻자 등천은 훌쩍 허공으로 뛰어올랐다. 놀라운 경공술이다. 1장이나 뛰어오른 등천의 몸이 옆쪽 나뭇가지에 걸리는 것 같더니 금방 보이지 않았다. 그러나 사경문은 쓴웃음을 짓더니 몸을 구부렸다가 솟구쳤다. 그러자 사경문의 몸은 1장 반이나 허공으로 날아가는 것이다. 그리고는 곧 등천의 뒤를 따라 잡았다. 둘은 화살처럼 황무지를 날아간다. 잠깐씩 땅바닥에 발을 디뎠지만 탄력을 받자 보폭은 더 길어졌으며 높이는 3장이나 높아졌다.

"우리 둘이면 돼, 아우."

날아가면서 등천이 말했다.

"먼저 가 숨어있다가 목만 떼어 들고 나오자구."

"태호에서 벌써 네 번째 처형이 되겠소."

사경문이 등천의 앞장을 서며 말했다.

"방위부를 건드리면 남부군사령부에서 긴장할 것이오."

"그때는 태호를 떠나 있을 거네. 아우."

이제 둘은 개울을 따라 달리고 있었는데 앞쪽에 울창한 숲이 나타났다.

그곳에 둘의 은신처가 있는 것이다.

"해시(10시) 무렵에 출발하면 될 것이야. 너무 일찍 가 있어도 발각될 염려가 있어."

그렇게 말한 등천은 소림파의 10승 중 제6위라고 자칭했지만 아직 공인을 받지 못했다. 다만 나이가 40대여서 30대의 사경문을 아우라고 부를 뿐이다. 사경문은 사천성 점창파라는 것만 밝혔을 뿐 직책이나 서열에 대해서는 입을 열지 않아서 그저 이름으로만 불린다. 이윽고 숲 속의 공터로 내려앉은 둘이 호흡을 조정했다. 울창한 나뭇가지 사이로 보름달이 비치고 있다. 이윽고 등천이 심호흡을 하고 나서 말했다.

"내가 사흘 전에 객사에서 부청(府廳)의 판관을 죽인 것을 방위부장 놈이 조사하려고 나왔다는군. 이제야 눈치를 챈 것 같아."

"당연하지요."

사경문이 땅바닥에 가부좌를 하고 앉아서 말을 받는다.

"보름 사이에 관리 셋을 죽였으니 이미 카라코룸에까지 보고가 되었을 것이오."

"앞으로 더 죽일 거네."

등천이 눈을 가늘게 뜨고 주위를 둘러보며 말을 잇는다.

"세상이 시끄럽게 될수록 천인회로서는 득이 될 테니까."

"저놈은 소림사 파계승으로 서열에는 들지도 못한 놈입니다."

삼관필이 입술도 달싹이지 않고 말을 잇는다

"본명은 법구(法口), 지금은 등천이라는 가명을 사용하고 있는데 유부녀를 강간 살해한 흉악범이라는 소문이 났습니다."

"……."

"어깨너머로 배운 검술, 창술의 달인이고 특히 암습에 능하다고 합니다. 태호에서의 관인(官人) 살인은 모두 이놈의 짓입니다."

김산이 잠자코 머리만 끄덕였다. 둘은 등천과 사경문으로부터 3백 보쯤 떨어진 바위 밑에 앉아있는 것이다.

"나리, 어떻게 하시렵니까?"

삼관필이 조심스럽게 묻자 김산의 시선에 초점이 잡혔다. 김산은 무명 바지저고리에 가죽조끼를 입었고 가죽신을 신었다. 먼 거리를 가는 상인처럼 먼지와 햇살을 막는 헝겊 모자를 썼는데 영락없는 남부(南部) 상인이다.

"우선 더 이상의 살인은 막아야겠지."

김산이 낮게 말했다.

"하지만 네가 애써서 찾은 천인회의 일당이야. 다 죽일 수는 없다."

"악랄한 등천만 없애지요. 사경문은 사천성의 점창파에서 왔다는 것만 알려졌을 뿐인데 놈은 등천의 조수 역할입니다."

삼관필이 태호에 온 것은 엿새 전이다. 그때는 두 번의 관리 살인이 일어난 때였는데 두 번 다 부중(府中)에서 암습을 당했던 것이다. 그래서 부중 안에 잠복했던 삼관필이 사흘 전에 판관을 죽이고 또 도망치는 등천을 찾아낸 것이다. 그리고는 김산이 올 때까지 미행하면서 등천의 주변을 조사해놓았다. 그때 김산이 귀를 기울이더니 쓴웃음을 짓고 말했다.

"두 놈이 잠이 들었다. 잠깐 쉬었다가 용화방에 갈 모양이야."

천인회(千人會)라는 명칭도 이곳에서 들은 김산과 삼관필이다. 등천이 이야기하는 도중에 천인회라는 명칭을 자주 썼기 때문인데 무림고수들의 모임을 말하는 것 같았다. 그렇다면 김산은 천인회의 둘을 만난 셈이 되었다.

"등 형."

누군가가 어깨를 건드리는 바람에 등천은 눈을 떴다. 나무 둥치에 기대 앉아 깜박 잠이 들었던 것이다. 머리를 든 등천은 앞에 서 있는 사경문을 보았다.

"왜 그러나?"

"분위기가 이상하오."

사경문이 굳어진 표정으로 말하더니 어둠에 덮인 주위를 둘러보았다.

"주변에 무엇인가 돌아다니고 있소."

"무엇이?"

몸을 일으킨 등천이 잠깐 숨을 죽였다가 어깨를 늘어뜨리며 말했다.

"쥐새끼 같군."

등천의 눈동자가 흔들리더니 말을 이었다.

"아니, 노루 같다."

"그런데 이상하오, 주위를 돌아다니고만 있지 않소?"

"소굴이 이쪽인 게지."

그때 나뭇가지 부러지는 소리가 났으므로 둘은 몸을 굳혔다. 짐승들은 나뭇가지를 부러뜨리지 않는다.

"이런."

등천이 허리에 찬 칼을 빼 들었을 때다. 왼쪽 숲에서 두 사내가 나타났는데 하나가 앞장을 섰고 하나는 뒤를 따른다.

"누구냐?"

침착하게 물은 것은 사경문이다. 사경문은 아직 칼도 빼지 않았다. 그때 앞장선 사내가 말했다. 어둠 속에서 뿜어 나오는 눈빛이 강하면서도 부드럽다.

"나는 어사총감 김산이다. 김산이란 이름은 들었느냐?"

목소리도 자연스럽다. 아랫사람에게 뭘 묻는 것 같다.

"무, 무엇이?"

먼저 반응한 인간이 등천이다. 눈을 치켜뜬 등천이 칼을 고쳐 쥐더니 사내를 노려보았다.

"김, 김산이라구? 그렇다면 쿠추, 서부령 총독, 고려 원정군 사령관……."

"아닌 것 같으냐?"

사내가 웃음 띤 목소리로 다시 물었을 때 뒤에 호위하듯 서 있던 사내가 말했다. 목소리가 위압적이다.

"이놈들, 무릎을 꿇어라. 어느 안전이라고 아직도 서 있는가?"

두 사내의 몸이 굳어졌다. 눈 깜박하는 순간이었지만 망설였던 것이다. 여기서 무릎을 꿇으면 적은 아니라는 표시가 될 것이지만 그렇지 않으면 죽는다.

다음 순간 김산은 등천의 몸이 조금 작아지는 느낌을 받고는 빙그레 웃었다.

"앗!"

짧은 기합과 함께 등천의 몸이 솟아오른 것은 그때였다. 2장이나 솟은 등천의 몸은 마치 검은 운무처럼 보였다. 소리도 없고 무게도 없는 검정 덩어리가 이제는 떨어져 내린다. 그때였다.

"으아악!"

허공에서 처절한 비명이 울려 퍼지더니 등천의 몸이 거대한 바위처럼 떨어져 내렸다.

"쿵!"

굳어진 등천의 몸이 땅바닥에 부딪히는 소리가 숲을 울렸다.

"어엇!"

이것은 뒤쪽에 서 있던 사경문의 놀란 외침이다. 등천은 이제 두 손으로 목을 움켜쥔 채 사지를 버둥거리고 있다. 그때 김산이 사경문에게 한 걸음 다가섰다.

"네가 무공은 쓰지 않았지만 기운이 느껴진다. 너는 세 종류의 독물을 가슴에 품고 있구나."

"그렇습니다."

고분고분 대답한 사경문이 발밑에서 몸부림을 치는 등천을 내려다보았다. 등천의 몸부림은 더 격렬해졌다. 입가에 게거품이 일어났고 눈알이 반쯤 튀어나온 상태다.

"나리께선 이자에게 독을 마시게 하셨군요. 그런데 그 수단을 모르겠습니다."

"네가 마시게 한 것이다."

놀란 듯 사경문이 시선만 주었을 때 김산은 한 걸음 다가갔다.

"네 옷자락에 독을 묻혔고 그것을 이놈이 흡입한 것이야."

이제 등천의 발버둥이 약해지더니 두 다리가 뻗쳐졌다. 본인은 자꾸 오므리려고 했지만 팔다리가 뻗쳐지면서 경련이 일어나기 시작했다. 이미 두 눈은 밖으로 튀어나왔고 악물린 이가 다 드러났다. 처참한 몰골이다. 숨을 죽인 사경문을 향해 김산이 말을 이었다.

"너는 내 기척을 들었을 때부터 적대적이 아니었다. 그사이에 내가 호레즘에서 가져온 독을 네 옷에 뿌렸고 동시에 너한테는 해독제도 흡입시켰던 것이다."

그때 등천이 두 다리를 쭉 뻗더니 몸이 굳어졌다. 절명한 것이다.

"이놈은 처절한 고통을 받고 죽었다. 죗값을 받은 것이지. 너는 지금까지 이놈이 암살할 때 옆에서 지켜만 본 것이냐?"

김산이 묻자 사경문이 땅바닥에 무릎을 꿇었다.

"소인은 점창파의 제자 도림이라고 합니다. 사경문은 가명입니다."

"점창파도 천인회에 가담했느냐?"

"사숙 웅조와 함께 가담했지만 아직 손에 피를 묻히지는 않았습니다."

"변명이 궁색하다. 점창파의 씨를 말리기 전에 이실직고해라. 내가 황제 폐하의 어사총감이다."

김산의 눈빛이 강해졌지만 목소리는 여전히 낮다.

"사천성 점창파 본산을 모조리 불태우고 가족은 물론이고 인연이 있는 인근 현까지 몰사시켜 개 한 마리 돌아다니지 않는 무덤으로 만들 것이다. 말하라."

"예."

도림이 김산을 올려다보았다.

"점창파 장문인 유옥구가 지금 남송의 임안에 있습니다."

어둠 속에서 벌레 우는 소리가 들렸다. 잠깐 도림이 말을 멈췄기 때문이다. 도림이 말을 이었을 때 벌레 소리가 멈췄다.

"황군태감 위황과 함께 있으면서 점창파에 항전 지시를 내린 것입니다."

이곳은 태호부(太湖府) 변두리의 저택 안이다. 밤 자시(12시) 무렵, 청 안에는 10여 명의 사내가 모여 있었는데 상석에 앉은 사내는 어사총감 김산이다. 아래쪽 좌우에 삼관필, 비호수가 시립했고 벽에는 위사들이 둘러섰는데 중앙에 꿇어앉은 사내가 도림이다. 김산이 이곳으로 도림을 데려온 것이다. 그때 문득 머리를 든 김산이 비호수에게 말했다.

"지금쯤 용화방에서 방위부의 1천인장 두 놈이 주색에 빠져있을 것 같다."

김산의 얼굴에 웃음이 떠올랐다.

"방위부장 큐이란에게 그 사실을 알려주도록 해라. 내가 목숨은 구해주었지만 군율을 어긴 벌은 받아야지."

비호수가 청을 나갔을 때 김산의 시선이 도림에게로 옮겨졌다.

"자, 네 사연을 듣자."

도림이 머리를 들었다. 흰 얼굴에 이목구비가 뚜렷한 용모였지만 눈의 흰창이 붉다. 실핏줄이 가득 깔려 있기 때문인데 불빛에 반사되는 눈이 번들거리고 있다.

"장문인 유옥구는 작년 말에 강소성 백상현의 분가로 떠났는데 지금은 임안에 있습니다."

김산은 기다렸고 도림이 말을 이었다.

"임안에서 서신을 보내 남송과 연합하여 몽골제국을 멸망시키자는 합의를 했다고 했습니다. 장문인 수결까지 분명히 찍혔고 동행한 장로 태함, 교위기의 수결까지 확인된 터라 하자는 없었지만 본가에 남은 장로 웅조, 국행보는 그것이 미심쩍었던 것입니다. 본래 점창파는 그 어떤 세력에도 기울지 않고 중립을 취해왔기 때문입니다."

"말하라."

"그래서 제가 사숙인 장로 웅조와 함께 천인회에 가담하여 내막을 살피는 중이었습니다."

"웅조라는 네 사숙은 어디 있느냐?"

"천인회는 둘씩 짝을 지어 움직이게 하되 지시는 서신으로 내려서 윗선을 알 수도 없고 다른 조를 만날 수도 없습니다. 그래서 어디 있는지 알 수가 없습니다."

"서신은 어떻게 받는가?"

"이번 서신은 내일 태호부의 유동각 다실에서 받습니다. 매번 받는 장소가 바뀌어서 종잡을 수 없습니다."

천천히 머리를 끄덕인 김산이 지그시 도림을 보았다.

"네 말이 진실인 것은 알겠다. 그럼 앞으로 내 수하가 되겠느냐?"

"저와 사숙 웅조가 천인회에 가담한 것은 장문인을 만나 진의를 알려는 수단이었습니다. 받아주시면 충성을 바치겠소."

도림이 이마를 청에 붙였으므로 김산이 머리를 끄덕였다.

"네 무공은 잔인하기는 하나 뛰어났다. 언젠가 인정받을 때가 있을 것이다."

아직 보지도 않았으면서 그렇게 말했는데도 도림은 놀라지 않았다. 청바닥에서 이마를 뗀 도림이 김산을 보았다.

"주위에 짐승 기척을 내신 것은 소인의 옷에 극독을 묻히시고 해독제를 흡입시키려는 위장이었습니다. 대감께서는 절세의 무공을 지니고 계십니다."

"난 짐승처럼 단련되었을 뿐이다."

자르듯 말한 김산이 도림을 향해 빙그레 웃었다.

"너는 내 선봉으로 적격이다."

유동각은 태호부 중심지인 부청(府廳)거리에 위치하고 있었는데 오전 사시(10시)에 문을 열고 오후 해시(10시)에 문을 닫는다. 오전 진시(8시)가 조금 지났을 때라 하인 팽달이 의자를 바로 세우고 있을 뿐 다실 안은 종업원도 오지 않았다. 그때 사내 하나가 입구로 들어섰으므로 팽달이 소리쳤다.

"청소 중이요! 사시가 되어야 차 팝니다!"

"아네."

사내가 다가오면서 말했다.

"뭐 맡길 것이 있어서 왔어."

"안 맡습니다."

건성으로 대답하면서 머리를 든 팽달은 장삼을 걸친 중을 보았다. 머리에 잿빛 헝겊 모자를 썼고 손에 박달나무 지팡이를 쥐었다. 시선이 부딪치자 중이 얼굴을 펴고 웃었다.

"오늘 중에 누가 동오한테로 온 서신이 있느냐고 할 거야. 그럼 이 서신을 전해주겠나?"

"글쎄 여기는 서신 전해주는 곳이 아니란 말씀이오."

그때 중이 소매 속에서 은화 두 닢을 꺼내 내밀었다.

"이게 서신 전해주는 값이네."

놀란 팽달이 숨을 들이켰다. 한 냥짜리 은화다. 저 은화 두 냥으로 돼지 다리 한 짝을 살 수가 있고 쌀은 한 섬이다. 그때 중이 종이에 싼 서신을 내밀었다. 앞면에 동오(東五)라고 적혀져 있다.

"이게 동오한테 전해주는 서신일세. 부탁하네."

저도 모르게 손을 내민 팽달이 서신을 받아 가슴에 넣었고 곧 은자를 받아 사타구니에 쑤셔 넣었다.

그 시간에 김산은 태호의 방위부장 큐이란과 마주앉아 있었는데 옆에는 삼관필과 부장(副將)만을 불러들였다. 큐이란의 진막 안이다. 미리 기별은 했지만 큐이란은 아직 긴장이 풀리지 않았다. 김산에게 상석을 권하고 자신은 다섯 발짝 떨어져서 꿇어앉았다가 여러 번 부르고 나서야 마주앉았다. 그러니 삼관필은 부장과 함께 멀찍이 떨어져 앉아야 했다.

"1천인장 두 놈은 바로 현장에서 체포, 지금 옥에 가둬놓았습니다. 군율을 어겼으니 오늘 중으로 목을 베겠습니다."

어깨를 편 큐이란이 말하자 김산이 시선을 주었다.

"당직 근무 중에 유곽에 가서 술을 마신 죄는 군율에 사형인가?"

순간 큐이란이 숨을 들이켰는데 얼굴이 누렇게 굳어졌다. 전시(戰時)에는 당연히 사형이다. 그러나 평시에는 지휘관 재량이어서 엄격한 벌을 내린다고 해도 사형한 예는 없다. 그때 김산이 말했다.

"내가 지적했다고 극형을 주면 안 되네, 더구나 근무 중이 아닌 1천인장은 죄가 없는 것 아닌가?"

"예, 옳으신 말씀이오."

큐이란이 바로 시인했다. 풍류를 싫어하는 자신의 성격을 인정한 것이다.

"근무 중이었던 자는 채찍질 열 번을 하고 5백인장으로 강등시키고 근무 중이 아니었던 자는 꼬임에 넘어갔기는 하나 근무 중인 동료를 선도하지 못했으니 채찍질 다섯 번을 하고 풀어주겠습니다."

"적당한 판결이네."

"감사합니다."

숙였던 머리를 든 큐이란이 김산을 보았다.

"대감, 이제 관리를 못 한 소인을 죄주십시오."

"내가 죄주려고 온 것이 아냐."

쓴웃음을 지은 김산이 뒤쪽에 서 있는 삼관필을 보았다.

"5천인장, 네가 방위부장한테 상황을 설명해주도록 해라."

찾아온 이유는 이것 때문이다.

"저놈이 저곳에 묵고 있는 모양이군."

비호수가 혼잣소리처럼 말했을 때 도림은 머리를 기울였다.

"장군, 저놈이 한 번도 뒤를 돌아보지 않았습니다."

"그것이 어쨌단 말인가?"

"저는 그것이 수상합니다."

둘은 지금 거리 모퉁이의 과일가게 앞에 서 있었는데 옆쪽으로 50보쯤 떨어진 곳의 봉화장 여관을 두고 말한다. 유동각에서 나온 장신의 중이 바로 봉화장으로 들어갔기 때문이다. 유동각에서부터 둘은 중을 미행해온 것이다. 오전 사시(10시)가 되어있어서 거리는 혼잡했다. 이곳은 시장통인데다 가장 번화가다.

"내가 들어가 보겠네."

비호수가 말했을 때 도림이 머리를 끄덕이며 대답했다.

"장군께서는 정문으로 들어가시지요. 저는 후문에서 감시하고 있겠습니다."

"이보게, 장군, 장군 해쌓지 말어. 난 5천인장이야. 장군이라면 1만인장은 되어야지."

"시중에서는 1천인장만 되어도 장군 행세를 합니다."

"글쎄, 그런 허세는 싫다니까?"

걸으면서 주고받던 둘의 이야기가 곧 그쳤다. 여관 정문이 다가왔기 때문이다.

정문으로 들어선 채서가 곧장 마구간으로 다가갔다. 봉화장은 중급(中級) 여관이지만 규모가 컸다. 규모가 큰 상단(商團)을 전문으로 받는 여관이어서 마구간도 커서 2백여 필 정도나 수용한다. 말 부리는 하인도 많았기 때문에 마구간 앞은 언제나 떠들썩하다. 마구간 왼쪽으로 돌아간 채서가 머리를 돌려 현관 쪽을 보았다. 상제 두건을 쓴 사내가 현관 앞에서 하인 하나를 붙잡고 마악 이야기를 나누는 참이다. 한 놈은 보이지 않는데 여관 밖에 있는 모양이다. 쓴웃음을 지은 채서가 심호흡을 했다. 두 놈이 미행해 온 것이 분명해졌다. 그렇다면 연락처가 탄로 난 것이 맞고 동오(東五)의 생사는? 채서가 입을 오므리고 잔뜩 숨이 들어간 폐의 공기를 뱉어내려는 참이다.

"퍽!"

낮고 둔탁한 충격음이 그렇게 들렸다. 뒤통수를 강타당한 채서가 여관 이 층으로 휘파람 신호를 보내기 직전에 크게 벌려진 입으로 거친 신음을 토했다.

"억!"

다음 순간 채서의 양쪽 겨드랑이에 사내 하나씩이 끼어들어 들어 올렸고 곧장 여관 정문으로 다가간다. 그 뒤를 서생 차림의 사내가 따르고 있다. 채서는 머리를 건들거리고 있었지만 두 사내가 옆에 딱 끼고 있어서 술에 취한 동료를 데려가는 것 같다. 더구나 둘은 싱글벙글 웃는 모습이었으니 자연스럽다. 이렇게 넷이 순식간에 봉화장을 빠져나갔다.

잠시 후에 현관을 나오던 비호수에게 손님으로 보이는 사내 하나가 다가왔다. 상인 차림의 30대다. 다가선 사내가 웃음 띤 얼굴로 말했으므로 둘은 아는 사이로 보였을 것이다.

"어서 나가시지요. 미행당하고 계셨는데 우리가 잡았습니다."

놀란 비호수가 시선만 주었을 때 사내가 말을 이었다.

"저희들도 총감 대감님을 모시고 있습니다. 자, 가시지요."

몸을 돌린 사내가 앞장을 섰으므로 비호수는 저도 모르게 발을 뗐다.

"아니, 감찰관 나으리."

놀란 비호수가 눈을 크게 뜨고 불렀고 뒤를 따르던 도림은 몸만 굳혔다. 이곳은 봉화장에서 2백여 보쯤 떨어진 저택의 별채 안이다. 별채 청으로 안내되었던 비호수는 청 안에 앉아있는 서생을 본 것이다. 그러나 서생이 빙그레 웃었다.

"오랜만에 만납니다."

서생의 목소리는 낭랑한 여자다. 놀란 도림이 그때서야 자세히 서생의 얼굴을 보았다. 섬세한 윤곽이 드러났고 빼어난 미모다. 서생은 바로 채화진이다. 채화진의 시선이 도림에게로 옮겨졌다.

"그 중놈은 뒤에 그물을 치고 다녔소. 그 그물에 그대가 걸려든 셈이오."

"제가 방심했습니다."

비호수가 정직하게 시인했다. 상대는 태자당 태위 출신의 감찰관이며 지금은 김산에 의해 1만인장에 임명된 장군급 거물이다. 그 거물이 뒤를 씻어 준 것이나 같다. 그때 채화진이 웃음 띤 얼굴로 말을 이었다.

"나도 총감 대감의 명으로 이번 대업(大業)에 참여하게 되었소. 내 직책도 어사총감 휘하의 감독관이오."

"모시게 되었습니다. 감독관 나리."

"조금 전에 잡은 중놈의 그물 역할이 자백을 했소. 그 중놈은 오늘 밤까지 봉화장에 묵을 것이오."

"그렇습니까?"

"그 중놈의 이름은 조양주, 무당파의 법사로 아미파의 염파하고 둘이서 연락을 맡고 있다는 것이오. 염파란 여승은 지금 북쪽 양지현에 갔다는데 그년도 연락을 하는 것 같소."

그리고는 채화진이 쓴웃음을 지었다.

"이건 대군(大軍)을 상대하는 것보다도 더 복잡하고 어렵구려."

무당파는 본래 호북(湖北)성 군현의 무당산(武堂山)에 근거지를 두고 발현한 강호 무림 정파로서 소림사에서 갈라져 나온 장삼봉이 세운 문파다. 소림, 무당, 화산, 아미, 곤륜, 점창, 또는 공동, 모산, 전진교에 개방에 이르기까지 10대 문파라고 일컫지만 허명(虛名)이 많다. 한때 번성했던 문파가 도둑떼가 되는가 하면 신(新)문파가 일어났다가 열흘도 안 되어서 장대에 머리통들이 꿰어져 거리에 세워지는 꼴을 당하기도 한다. 이젠 부잣집이 망하면 그래도 3년은 간다는 말은 옛말이다. 바로 거지가 된다. 문파도 마찬가지다. 간판은 그대로 붙여져 있지만 초창기의 엄정하고 도의(道義)와 정의(正義)를 숭상하던 기운은 어느덧 증발하고 사욕(私慾)만 좇는 무리가 득세했다. 특히 구 왕조의 멸망과 새 왕조의 건국 시기가 되면 야망을 품은 문파의 실력자들이 뛰쳐나와 권력을 잡았다. 문파가 권력과 축재의 수단이 되기도 한 것이다. 무당파의 법사 조양주가 그렇다. 무당파의 2열(列) 법사로 검법도관의 사범이었던 조양주에게 몽골의 천하정복과 남송의 항전은 자신의 능력을 드러낼 절호의 기회였던 것이다.

"나무관세음."

짧게 불호를 외우고 난 조양주가 앞에 놓인 양다리를 들었다. 삶아진 어린양 다리 두 쪽이 커다란 쟁반 위에 놓여 있다. 오후 술시(8시) 무렵, 여관 주위는 소란스럽다. 손님들의 웃음소리, 마당 건너편 유곽에서 여자들이 재잘대는 소리까지 들린다. 조양주는 양다리 한 짝을 들고 뜯어먹기 시작했다. 중의 가사만 걸쳤을 뿐이지 육식은 물론 주색(酒色)을 즐기는 조양주다. 다리를 거의 다 뜯어먹은 조양주가 술병을 들더니 병째로 벌컥벌컥 삼켰다.

"크어."

술병을 내려놓은 조양주가 만족한 얼굴로 탄성을 뱉은 순간이다.

“윽.”

놀란 조양주가 숨을 들이켰다가 딸꾹질을 했다. 한 사내가 바로 옆에 서 있었기 때문이다.

“어억.”

반사적으로 몸을 솟구쳐 일어나려던 조양주는 뒷머리를 바늘로 찔린 것 같은 느낌을 받고는 그대로 몸이 굳어졌다. 손에 양다리 한쪽을 들었고 놀라 눈과 입이 딱 벌어진 상태다. 그때 사내가 앞쪽 의자에 앉았다. 조양주는 자신의 몸이 나무토막처럼 굳어져 있다는 것을 느낀 순간 온몸에서 식은땀이 솟아났다. 그러나 몸만 움직일 수 없을 뿐 오감(五感)은 다 살아 있다. 눈앞의 사내는 젊다. 20대 후반쯤 되었을까? 장신에 호남형 용모, 눈빛이 맑고 강해서 공력의 깊이를 측량할 수가 없다. 무명 바지저고리에 소가죽 조끼를 걸쳤고 머리에는 여행자용 두건을 썼다.

“누구냐?”

조양주가 물었지만 목구멍에서 숨만 나갔다. 성대가 움직이지 않았기 때문이다. 사내는 오감은 살려놓고 성대는 막았다. 그때 사내가 술병을 들더니 잔에 술을 따랐다. 그리고는 한 모금 술을 삼키고 나서 조양주를 보았다. 무표정한 얼굴이다.

“나는 두 번 말하지 않는다.”

사내가 한마디씩 말을 이었다.

“네 공력의 차이를 보았을 테니 이제 선택만 남았다. 이 자리에서 그냥 죽을 것인지, 아니면 천인회에 대해서 다 털어놓고 살아갈 것인지를 결정해라.”

그때 방문이 열리면서 한 사내가 들어섰는데 방안의 장면을 보더니 놀란 표정이다. 조양주는 다시 식은땀을 쏟아내었다. 얼굴은 하얗게 굳어져 있다.

"자, 입을 열게 해줄 테니 말해라. 좋다 싫다 한마디만 해라. 싫다면 이 자리에서 이렇게 만들어주마."

사내가 술병을 집어 병째로 한 모금을 마시더니 다시 안에 뱉었다. 그리고는 병에 든 술을 한짝 남은 양다리에 조금 부었다. 그 순간 양다리가 녹기 시작했다. 지글거리며 줄어들기 시작한 것이다. 그때 사내가 손을 들어 조양주의 뒷머리를 손끝으로 툭 치면서 말했다.

"자, 한마디만 해라."

사내는 바로 김산이다. 김산이 의자에 등을 붙였다. 조양주의 뒤쪽에 선 사내는 삼관필이다. 그때 조양주가 입을 열었다.

"좋소."

"어사총감 김산의 소행이야."

안휘성 분조장(分組長) 곽천이 말했다. 곽천은 먹물을 칠한 것 같이 얼굴이 검어서 흑수(黑獸)라고도 불린다. 그래서 평상시에는 눈만 내놓은 방풍용 두건을 쓰고 지내는데 오늘은 얼굴을 다 내놓았다. 곽천이 붉은 눈으로 앞에 앉은 지홍과 양경귀를 보았다.

"본부에서는 우리 안휘성 분조에서 김산을 죽여 몽골의 기를 꺾으라는 결정을 내렸어."

"조장."

지홍이 곽천을 보았는데 쓴웃음을 띠고 있다. 지홍은 곽천과 대조적으로 흰 얼굴에 수려한 용모다. 비단 장삼을 걸쳤고 늘씬한 키에 항상 손에 부채를 쥐었다. 지홍이 말을 이었다.

"천인회가 전력투구를 해야만 합니다. 우리 안휘성 분조만 나서라는 것은 아니겠지요?"

"당연하지, 12개 분조 전체의 지원을 받을 것이네."

곽천의 시선이 양경귀에게 옮겨졌다.

"사흘 전에 들어와야 할 본부의 지시가 끊겼어. 연락원도 당한 것 같다. 그렇지 않은가?"

양경귀는 40대 중반쯤의 나이에 수염이 짙고 어깨가 넓은 건장한 체격이다.

"그렇소, 등천과 사경문에 이어서 연락원도 당했소."

굵은 목소리로 양경귀가 말을 이었다.

"아마 셋 중 한 놈이나 두 놈을 잡아 고문을 하든지 회유를 시켜 우리 조직을 파악하려고 할 것이오."

"등천과 사경문은 제 윗선도 모르는 입장이야. 연락원은 나도 모른다."

어깨를 편 곽천이 검은 얼굴에 웃음이 떠올랐다.

"천인회는 위에서부터 까지 않으면 내막은 1백 년이 지나도 알 수가 없어. 나도 내 윗선을 본 적이 없으니까."

양경귀는 감숙성 공동산이 발원지인 공동파 17대 호법이 맞다. 공동파가 한때 정파, 사파를 휩쓸고 무림을 재패한 적도 있었지만 지금은 허명만 날리는 신세인 것도 맞다. 그러나 실력자는 있는 법이다. 안휘성 조장 곽천이 공동파의 장로인 것이다. 장로는 공동파의 두 번째 서열이지만 곽천은 실질적인 장문인 역할이다. 장문인 용화가 10여 년 전에 병으로 죽고 나서 그동안 장문인은 공석이었기 때문이다. 양경귀가 법당에서 나와 제 처소로 돌아왔을 때는 자시(12시)가 다되었다. 안휘성 분조는 태호부에서 1백여 리 떨어진 고연산의 선불사에 자리 잡고 있다. 요사채가 3동이나 있는데다 대웅전도 깨끗해서 1년 전에 곽천은 이곳으로 안휘성 분조를 옮겼다. 그리고는 절에 있던 중 20여 명을 모조리 죽여 묻고는 부하들을 중으로 위장시킨 것이다. 지금 선불사에서 목탁을 치고 염불을 하는 1백여 명의 중은 모두 천인회 안휘성 분조의 무림인들이다. 실로 거대한 무림인 집단이다. 1백여 명에는 무림 10대 문파는 물론이고 녹림의 무리, 당문에서 나온 고수들까지 포함되어 있는 것이다.

"형님, 무슨 회의요?"

방에 들어와 앉은 양경귀는 불쑥 들리는 목소리에 쓴웃음을 지었다. 광견(狂犬) 모영이다. 그 순간 천장에서 사내 하나가 툭 떨어져 내렸지만 기세는 흉흉했는데도 바늘 떨어지는 소리도 안 났다. 큰 체격이 마치 가죽 안에 바람만 들은 것 같다. 희고 둥근 얼굴, 찐 손은 물에 부은 것 같고 몸에서는 술 냄새가 났다. 앞쪽 의자에 앉은 모영이 지그시 양경귀를 보았다.

"분조장 이야기를 엿듣고 싶었지만 지홍까지 있는 바람에 접근하지 않았소."

"쓸데없는 짓 하지 마라."

양경귀가 나무랐다. 모영은 녹림 18채 중 하나인 동보채(東保寨)의 부채주다. 모영이 말을 이었다.

"등천과 사경문이 어사총감 김산이 이끄는 몽골 측 무림인들에게 잡혀 죽었다는 소문이 이미 천 리 사방으로 퍼진 상황이요. 이제 전쟁 준비를

232

해야 되는 것 아닙니까?"

"전쟁은 무슨 전쟁?"

"전쟁이 있어야 썩은 곳이 정리되고 새 피가 수혈되오. 수천 년 동안 천하가 그렇게 굴러온 것이오."

"허어, 녹림 산채에서 공자가 나왔구나."

"김산이 이곳 고연산을 알아내는 건 이제 머지않았소. 아니, 이미 알아냈는지도 모르오."

얼굴을 굳힌 모영이 양경귀를 보았다. 둘은 천인회에 가담하기 전부터 형제의 의(義)를 맺은 사이다. 그러나 둘만이 아는 사실로 하고 다른 사람에게는 알리지 않았다. 천인회는 각양각색의 무림인들을 끌어모은 조직인 것이다. 이 조직을 잘만 응용하면 정규 조직의 1천 배가 넘는 위력을 발휘할 수가 있다.

"형님, 김산의 무공은 천하무적이라고 들었소. 형님도 아시지 않소?"

모영의 말에 양경귀가 머리를 끄덕였다.

"모르는 무림인이 있느냐? 정, 사파를 막론하고 김산과 대적할 수 있는 인간은 몇 명 되지 않는다."

"그럼 이제 우리 안휘성 분조가 김산의 표적이 되었으니 어찌하시려오?"

"천인회에 가입할 때의 맹세를 지켜야지."

그때 모영이 피식 웃었다. 얼굴이 찐 빵처럼 부풀었고 몸까지 둥근 공 모양이 되었다. 모영이 혼잣소리처럼 말했다.

"단속할 수 없는 맹세는 깨지기 마련이오, 형님."

"본부에서 12개 분조를 모두 안휘성을 지원하도록 한다는 거다."

마침내 양경귀가 사실을 털어놓았다.

"그러니 이곳이 김산과의 결전장이 될 것이야."

"그렇군요."

머리를 끄덕인 모영이 말을 이었다.

"그럼 12개 분조에 어떤 상통들이 모였는지 이제야 알 수 있겠습니다."

"다 보여주지는 않을 거야."

"하지만 좁은 바닥이라 서로 냄새만 맡아도 알아냅니다."

머리를 든 모영이 눈을 가늘게 뜨고 웃었다.

"당분간은 맹세를 지켜보지요, 형님."

천인회의 가입 시에 배신 시에는 목숨을 내놓겠다는 맹세를 한 것이다. 배신에는 27가지 항목이 있었는데 지금 둘이 말한 조직 내부를 알리고 시도하는 항목도 들어가 있다.

"아미파의 요승(妖僧) 염파는 변신술에 능하다는군."

삼관필이 말하자 비호수가 코웃음을 쳤다.

"여승이 변신을 하면 무엇이 되겠소? 고작 할머니나 여종이겠지."

"이 사람아, 옛날 당나라 때 여중 이설은 새로 변해서 사모하는 명채공의 침실 창문까지 날아갔다네."

"옛적으로 돌아갈수록 무림야사가 허무맹랑해진다니까."

비호수가 투덜거렸을 때 북문에서 주종 둘이 다가왔다. 이곳은 태호부의 북문 안에 위치한 광호장의 이 층 다실이다. 이 층 다실에서는 북문이 50보 거리인데다 길이 바로 다실 아래여서 손가락 놀림까지 다 관찰할 수가 있는 것이다. 오후 미시(2시) 무렵이다. 말에 탄 주인은 수염이 좋은 30대쯤의 서생이었고 말고삐를 쥔 종은 20대의 사내다. 가까운 성 밖 마을에

다녀오는 모양으로 말 등에는 보퉁이 하나만 실렸는데 옷에는 먼지도 앉지 않았다. 삼관필과 비호수가 거의 동시에 주종으로부터 시선을 떼었을 때 옆에서 목소리가 들렸다.

"여자 냄새가 나는군."

놀란 둘이 머리를 들었다. 옆쪽 식탁에 앉아있던 30대 장사꾼이 웃음 띤 얼굴로 말했다. 그런데 목소리는 여자다.

"말에 탄 주인이 여자요."

채화진이다. 숨을 들이켠 삼관필과 비호수의 얼굴이 동시에 붉어졌다. 변장을 한 채화진이 옆자리에 앉아 있는 것도 모르고 있었던 것이다. 주종이 다가온다. 이제 다실 앞 10보쯤 거리다. 그때 다시 채화진이 말했다. 다실은 손님들로 떠들썩했지만 채화진의 말은 독음(獨音)으로 선명하게 들린다.

"여자는 여자 냄새를 맡을 수 있지요. 그대들은 미행하면 발각이 될 것 같으니 이곳에 앉아 계시도록."

옆자리의 장사꾼이 일어났으므로 둘은 시선을 주었다. 참지 못하고 다시 한 번 얼굴을 본 것이다. 곧 머리를 돌렸지만 두 사내의 얼굴은 일그러져 있었다. 장사꾼한테서 채화진의 어떤 흔적도 찾을 수 없었기 때문이다. 삼관필은 마지막에 가슴까지 보았지만 밋밋했다. 채화진이 아래층으로 사라졌어도 둘은 입을 열지 않았다. 어느덧 말에 탄 주인과 말고삐를 쥔 종은 뒷모습을 보이고 있다.

"천인회라."

입술 끝을 비튼 황제 몽케가 밀서를 들고 서 있는 자문관 하란시크를 보았다.

"송이 마지막 발악을 하는군."

카라코룸의 정청은 백관 1천 명도 수용할 수가 있다. 붉은색 기둥은 셋이 팔을 벌려야 닿을 만큼 컸고 10여 개씩 사방으로 뻗은 기둥만 봐도 위압감이 든다. 그러나 지금 황제 몽케는 정청 안쪽 깊숙한 황제의 접견실에 앉아있다. 이곳은 최측근만 불러 국사(國事)를 결정짓는 장소로 이런 곳이 있다는 것을 아는 관리도 드물다. 하란시크는 방금 어사총감 김산이 보내온 밀서를 읽은 것이다. 접견실에 모인 면면을 보면 몽골제국의 수뇌부는 다 모였다. 몽케의 아래쪽에 두 동생이며 각각 남송정벌군사령관에 막남한지(漠南韓地) 대총독에 임명된 쿠빌라이, 그리고 서방원정군 대총독 홀라구, 황군총사령관 바시크, 병부대신 발라, 자문관 하란시크까지 다섯이다. 몽케가 혼잣소리처럼 말했다.

"그 이 같은 놈들을 없애는 가장 좋은 방법은 송을 멸망시키는 거야. 그럼 시체에서 도망 나오는 이처럼 그놈들도 빠져나올 테니까."

"폐하."

쿠빌라이가 부르자 몽케가 머리를 들었다. 오고데이 가문과의 3년간의 치열한 투쟁을 거쳐 황제위에 오른 지 2년, 아직 대륙의 정리는 끝나지 않았다. 양자강 이남의 임안을 수도로 정한 남송이 끈질기게 항쟁하고 있기 때문이다. 남송은 꺼져가는 촛불이라고는 하나 대륙의 남부는 엄청난 인력과 풍부한 식량을 가진 부국(富國)이다. 쿠빌라이가 조심스럽게 말했다.

"천인회는 무림 10대 문파를 비롯한 사파까지 끌어모은 반역세력이나 무시할 수는 없습니다. 무림 무리에게는 무림 무리로 대결을 시키는 것이 낫습니다."

"그렇습니다."

하란시크가 바로 동의했고 훌라구도 끄덕였다. 쿠빌라이가 말을 이었다.

"무림의 정사 모든 문파에게 어사총감 김산의 명을 따르라는 칙명을 내려주시면 힘이 모아질 것입니다."

"그리하라."

몽케가 바로 허가했다. 머리를 든 몽케가 병부대신 발라를 보았다.

"즉시 칙령을 보내도록 해라."

임안은 남송의 수도였지만 대륙의 중심이었다. 몽골제국의 수도인 카라코룸이나 연경보다 더 번창했고 인구도 많았으며 풍족했다. 임안은 대륙의 경제수도나 마찬가지였다. 언제나 수백 척의 무역선이 고려나 왜, 남방과 인도, 호레즘까지 왕래하면서 물자를 실어 나르는 터라 개도 금화를 물고 다닌다고 했다. 자금력으로는 남송이 대몽골제국보다 더 풍성한 것이다. 임안 황궁의 내궁(內宮)에 황군태감 위황이 사용하는 별궁이 있다. 황제친위군 총사령을 겸하고 있는 황군태감 위황의 위용을 나타내는 별궁이다. 황제 외에는 누구도 황궁 안 별궁을 사용할 수 없는 것이다.

"안휘성 태호부가 무림의 전장으로 변할 것 같습니다."

대장군 요성이 위황에게 보고했다. 별궁의 청 안에는 위황과 요성 둘뿐이다. 뒤쪽에 석상처럼 서 있는 위사 셋은 위황의 측근 경호원이다. 셋다 장군급 무림인(武林人)이며 위황의 수족이나 같다. 어느 곳에든 셋이 따라붙는데 위황의 1백 명 위사단 소속으로 두시진(4시간) 마다 교대를 하는 것이다. 위황이 시선을 주었고 요성이 말을 이었다.

"어사총감 김산이 제 꼬리를 보이고 있는 것이 그 증거입니다. '내가 태호부에 있으니 안휘성 천인회는 소탕할 것이다.' 하고 소리치는 것이나 같습니다."

"안휘성 분조장 곽천이 지휘하기에는 역량이 모자란다."

위황이 두꺼운 입술을 들썩이며 말했다. 입술만 두꺼운 것이 아니라 눈시울도, 콧날도 두껍다. 피부도 나무껍질 같고 금박을 입힌 비단옷을 입었지만 거대한 몸은 마치 바위 같다. 그와 대조적으로 대장군 요성은 몸이 가늘고 얼굴이 해사해서 여자 같다. 눈에 열기가 띠어서 붉은 기운이 번진 것을 보면 요염한 모습이다. 그러나 가죽 갑옷에 황금 손잡이가 달린 지휘봉을 쥐고 있다. 요성은 위황이 아끼는 책사인 것이다. 그때 요성이 웃음 띤 얼굴로 대답했다.

"각하, 곽천은 추어주면 목숨도 내놓을 위인입니다. 겉으로는 총지휘를 맡기고 은밀하게 정예군을 따로 보내시지요."

"그 정예군 지휘를 누구한테 맡기는 것이 좋겠느냐?"

"점창파 장문인 유옥구가 적당합니다."

"옳지."

위황의 얼굴에 웃음이 떠올랐다.

"유옥구만 한 인재가 없지."

"하지만 보좌역으로 소림파의 재성을 옆에 두겠습니다."

이제는 위황이 두꺼운 눈두덩을 펴고 웃었다.

"곽천은 깃발을 흔들다가 표적이 되겠구만, 좋다. 그렇게 시행해라."

요성의 숙소는 별궁 안이다. 위황과 헤어진 요성이 숙소에서 잠이 들

었을 때는 해시(10시) 무렵이다. 침상에 누워있던 요성이 문득 눈을 뜨더니 창밖에 대고 말했다

"안으로 들어오너라."

그 순간 창문이 열리면서 사내 하나가 미끄러지듯이 방안으로 들어왔다. 위사 복장의 사내다. 사내가 요성을 향해 머리를 숙여 보이면서 말했다.

"나리, 태감이 별궁을 나가 제3궁에 들어갔습니다."

요성이 침상에서 일어나 의자로 다가와 앉았고 사내의 말이 이어졌다.

"3궁의 시녀가 태감을 안내해서 명비의 침소로 가더군요."

"……."

"제가 방의 불이 꺼지는 것을 보고 돌아왔습니다."

"태감이 명비에게 빠졌군."

요성이 혼잣소리처럼 말했다. 명비는 남송황제 이종(理宗)의 셋째 후궁으로 절세미인이다. 이종의 신임을 이용해서 위황은 후궁까지 건드리고 있는 것이다. 요성이 붉은 기운이 강해진 눈을 가늘게 뜨고 웃었다.

"이제는 태감이 황제 노릇을 한다."

요성의 시선이 위사에게로 옮겨졌다.

"안휘성에서 곧 남송의 명운이 걸린 전쟁이 일어날 것이야."

요성의 두 눈이 어둠 속에서 번들거렸다. 요성은 위황의 심복으로 친척도 된다. 위황의 여동생 아들이 요성이다. 의심이 많은 위황은 친척이라도 감시를 붙였는데 바로 방에 들어온 위사 주전이 감시자였다. 요성은 주전을 매수한 것이다.

"나리, 어떻게 하실 겁니까?"

"난 내 분수를 아는 놈이야. 음모나 술수는 뛰어나지만 제후가 될 자질은 없고 그리고 싶지도 않아."

요성이 위사 주전을 향해 빙그레 웃었다. 주전은 평범한 인상이지만 전진교의 고수(高手)다. 죄를 짓고 전진교에서 파문을 당한 후에 위황의 위사가 된 것이다. 위황은 1백 명 친위 위사에게 한 달의 녹으로 금화 1냥씩을 주었으니 후한 대우였다. 태감 별궁에서 매일 고기를 배불리 먹고 옷과 침소도 제공이 되는데다 금화 1냥을 받는 것이다. 금화 1냥이면 쌀이 10석이다. 그러나 요성은 금화 1백 냥으로 주전을 매수했다. 요성은 인간의 본성을 꿰뚫어 보는 능력이 있다. 그때 요성이 주전에게 말했다.

"주전, 네가 아파서 휴가를 내야겠다."

젓가락을 내려놓은 염파가 힐끗 창문으로 시선을 주었다. 오전 진시(8시) 무렵, 태호부의 여관 아진관은 떠들썩한 분위기다. 창을 통해 마당에서 하인들이 싸우는 소리가 들려오고 있다. 손님 말이 그릇을 깨뜨렸다는 것이다. 그때 방문이 열리더니 고경이 들어섰다. 고경은 20대 하인 행색이다.

"나리, 유동각 하인 팽달이라는 자가 사흘째 보이지 않는답니다."

고경이 말하자 염파가 머리를 끄덕였다.

"조양주가 당했군."

"예?"

놀란 고경이 묻자 자리에서 일어선 염파가 창밖을 보았다. 마당의 싸움은 그쳤고 당사자들도 보이지 않는다. 다른 곳으로 간 모양이다. 창밖을 둘러보면서 염파가 말을 이었다.

"서신을 하인한테 준 모양이다."

"그, 그렇다면……."

"하인은 서신을 빼앗겼고 조양주는 잡혔겠지. 그러니까 연락이 끊긴 게다."

조양주와 연락이 끊긴 지 이틀째다. 이미 어제 임안으로 연락은 했지만 서신까지 발각되었다면 임무는 실패다.

"나리."

고경이 불안한 얼굴로 염파를 보았다.

"그렇다면 우리도 위험하지 않겠습니까?"

"이미 널 따라온 놈들이 있어."

놀란 고경이 숨을 죽였을 때 염파가 얼굴을 펴고 웃었다. 단정한 수염을 손바닥으로 쓸어내리면서 염파가 말을 이었다.

"네가 여관 마당을 지나올 때 여관 하인과 손님의 종이 싸우지 않았느냐?"

"예, 말이 그릇을 깼다고……."

"그건 네 주의를 그쪽으로 돌리기 위해서다. 그사이에 네 옆으로 다가온 자가 네 몸에 연향을 뿌리고 갔다."

"연, 연향이라니요?"

"연향(燕香)이란 말 그대로 제비 향이다. 그건 특별한 미각을 갖춰야만 맡을 수가 있지. 그 미각의 소유자는 5리 밖에서도 그 냄새의 진원지를 찾아낸다."

"그, 그러면……."

"아마 지금 문밖에서 내 이야기를 듣고 있을지도 모르겠다."

말을 멈춘 염파가 문을 주시했고 놀란 고경이 숨을 죽였다. 그러나 숨을 세 번 들이켜고 났지만 문밖은 조용했다. 머리를 기울인 염파가 고경을 바라보며 숨을 깊게 마셨다. 다시 냄새를 확인하려는 것이다. 그 순간 염파의 얼굴이 일그러졌다.

"아차."

탄식한 염파가 두 손으로 북을 치듯이 가슴을 두드리며 말했다.

"내가 오만했구나."

"네? 나리, 무슨 말씀이신지?"

"연향 밑에 독을 깔았구나."

얼굴이 파랗게 변하기 시작한 염파가 두 손으로 목을 감싸 쥐며 말했다.

"고경, 내가 쓰러지고 나서 누가 들어오면 내 얼굴을 건드리지는 말라고 전해라. 그럼 타협하겠다고."

"예? 누가 말입니까?"

당황한 고경이 주위를 두리번거리는 시늉을 했을 때 염파는 스르르 방바닥으로 쓰러졌다. 시퍼렇게 변했던 얼굴이 곧 원상으로 회복되었지만 의식은 끊긴 것이다.

"나, 나리."

엉거주춤 다가간 고경이 염파를 불렀을 때 뒤에서 인기척이 났다. 질색을 한 고경이 펄쩍 뛰어 물러났을 때 뒤쪽에 우두커니 서 있던 사내가 혼잣말을 했다.

"얼굴을 건드리고 타협하는 방법은 없을까?"

7장
무림전쟁

사내는 김산이다. 고경은 몸이 굳어져서 입도 떼지 못했고 그때 다시 방안으로 사내 둘이 들어섰다. 삼관필과 도림이다. 김산이 그들에게 말했다.

"이놈을 데리고 나가라."

고경을 눈으로 가리킨 김산이 방바닥에 쓰러진 염파를 내려다보았다.

"내가 부를 때까지 방안으로 들어오지 말아라."

삼관필이 파리를 잡는 것처럼 고경의 뒷머리를 툭 치더니 둘이 나무토막처럼 뻣뻣해진 고경을 끌고 방을 나갔다. 김산이 방바닥에 쓰러진 염파를 내려다보았다. 30대쯤의 서생이 천장을 바라보고 누워있었는데 수염이 잘 다듬어졌고 눈썹도 짙다. 선이 굵은 용모였다. 한동안 바라보던 김산이 쓴웃음을 짓고 나서 염파의 얼굴에 손을 뻗쳤다.

"내가 네 얼굴을 건드린다."

혼잣소리처럼 말한 김산이 염파의 얼굴을 손바닥으로 덮는 것 같더니 곧 비틀어 당겼다. 그 순간이다. 얼굴 가죽이 뜯겨 나가면서 새 얼굴이 드러났다.

"으음."

김산의 입에서 탄성이 터졌다. 보라. 천하절색가인(天下絶色佳人)이 누워있는 것이다. 그림처럼 고운 얼굴이다. 초승달 같은 눈썹, 오뚝 선 콧날, 윤기가 흐르는 입술은 꽃잎 같고 피부는 티 한 점 없이 매끄럽다. 한동안 넋을 잃은 것처럼 염파의 얼굴을 내려다보던 김산이 가슴속에서 비단 주머니 하나를 꺼내더니 안에서 흰 분말을 손톱만큼 꺼내 쥐었다. 두 손가락에 분말을 묻힌 김산이 염파의 코에 붙였다. 그러자 분말을 흡입한 염파가 턱을 세우더니 재채기를 했다. 상반신이 일으켜진 염파가 재채기를 세 번이나 하더니 호흡을 가누면서 앞쪽에 앉은 김산을 보았다. 눈을 치켜뜬 염파가 손바닥으로 볼을 쓸고는 아랫입술을 물었다. 그리고 김산을 노려보며 말했다.

"가면을 벗겼군요."

이제 염파의 입에서 여자의 낭랑한 목소리가 울렸다.

"당신이 내 얼굴을 보았군요."

"그럼 타협하지 않겠는가?"

쓴웃음을 지은 김산이 지그시 염파를 보았다.

"그대의 선녀 같은 모습을 본 것으로 족하다. 타협도 다 필요 없다."

젓가락을 내려놓은 모영이 하인을 불러 국수 값을 계산했다. 이곳은 태호부 남문 근처의 시장거리 안이어서 식당 안은 떠들썩했다. 이곳 손님은 시장 상인들이 대부분인 것이다. 자리에서 일어선 모영도 영락없는 시장 상인이다. 허리춤에 파리채를 꽂았고 전대를 찬데다 때 묻은 수건으로 머리를 감싸 매었다. 식당을 나온 모영이 휘적이며 걷다가 문득 멈춰 서더니 허리를 조금 굽혔다. 얼굴도 조금 찌푸린 것이 배가 아픈 시늉이다. 모영은 주위를 두리번거리다가 다시 발을 떼었다. 사람들을 헤치고 왼쪽 좁은 골목 안으로 들어선 모영이 문이 반쯤 열린 집안에다 대고 말했다.

"소변이 급한데 화장실 좀 씁시다."

"기다려."

삼관필의 부하 공준이 동료 원장삼에게 말했다. 둘은 골목 입구의 생선가게 앞에 서 있었는데 시선이 조금 전에 모영이 들어간 집으로 모여져 있다.

"곧 나올 테니까."

위장을 아무리 완벽하게 했다고 본색까지 바꿀 수는 없는 것이다. 본래 남송 황실 수호단 소속이었던 삼관필은 김산의 심복이 되고 나서 전(前)에 인연이 있었던 수호단 소속 무림인을 부하로 끌어들였는데 공준과 원장삼이 그중에 속한다. 공준과 원장삼은 화산파 아류인 중서파 무림 고수들인 것이다.

"저놈이 다른 놈들은 속일 수 있어도 우리는 못 속인다. 그럴듯하게 꾸미고 있었지만 전대 속에 든 것은 극독을 묻힌 편장이야."

공준이 다시 제 자랑을 했다. 주위를 시장 손님들이 스치고 지났으므로 둘은 이리저리 밀리면서 서 있어야 했다. 공준은 전(前)에 하북성에서 오색파라는 무리의 부두목을 지냈다. 오색파는 곧 행인들의 주머니를 터는 강도단이었는데 무리가 5백여 명이나 되었고 한때는 하루 수입이 금화 1천 냥이 된 적도 있었던 것이다. 오색파 부두목 공준은 목표가 10보 안으로 들어오기만 하면 몸 안에 지닌 물건을 다 알아맞혔다. 금화와 은 화 숫자까지 맞췄고 독을 지니고 있으면 독의 종류까지 가려내었다. 공준 의 후각이 개만큼 예민하다고 해서 견공(犬公)으로 명성을 떨쳤던 것이다.

"안 나오는데? 그놈이 배가 아픈 시늉을 하더니만······."

원장삼이 혼잣말을 하더니 힐끗 공준을 보았다. 원장삼은 검술의 달인 이다. 둘 다 30대 중반으로 삼관필과 인연이 있는 사이인 것이다.

"좋아, 네가 가봐. 집 앞을 지나면서 보란 말이다. 앞쪽이 막혔으니 도 망가지는 않았어."

"들켰으면 잡는 수밖에."

허리에 찬 칼집을 추켜 올리면서 원장삼이 골목 안으로 들어섰다. 오전 사시(10시) 무렵이어서 시장 안은 손님들로 가득 차있다.

"끌어들인 겁니다."

채화진의 보좌역 유주상이 말했다. 유주상은 40대 장신으로 등에 말린 약초를 매고 있다. 유주상의 시선이 앞쪽 공준에게로 옮겨졌다.

"공준의 옆쪽에 두 명, 그리고 제 왼쪽에 두 명이 있습니다."

"그리고 또 있다."

쓴웃음을 지은 채화진은 은자 두 잎을 유주상에게 건네주면서 말을 이 었다.

"내 뒤쪽에 비단가게 안에 서 있는 하인 행색의 사내, 그리고 어물전 앞 의 농부 차림이다. 그놈들이 또 다른 추적조다. 놈들도 이중 추적을 한다."

"아이쿠, 그렇습니까?"

유주상이 약초 짐을 내려놓더니 흥정하려는 듯이 머리를 저으며 독음으로 말했다.

"그렇다면 감독관께서도 발각이 되신 것입니까?"

채화진은 유주상이 건네주는 약초를 받으면서 더 달라는 듯이 손을 내밀었다.

"윗선을 없애는 수밖에 없다. 그럼 골목 안으로 들어간 저 비대한 미끼 놈은 뒤의 엄호대가 다 처리한 줄 알고 마음을 놓을 테니까."

"공준을 철수시키면 처리한 줄 알겠습니다. 나리."

더 이상 못 준다는 듯이 손을 내저은 유주상이 약초 짐을 메고 발을 뗐고 채화진은 약초를 자루에 담았다. 쪼그리고 앉은 채화진은 병약하게 보이는 노파다.

원장삼은 열린 문 앞을 지나 골목 안쪽으로 들어갔는데 도로 나올 것이었다. 문 앞을 지나면서 안을 들여다보았지만 그 비대한 놈을 발견했는지 어떤지는 알 수가 없다. 그때 공준의 귀에 목소리가 울렸다.

"너, 삼관필의 부하 공준, 들어라."

놀란 공준의 몸이 굳어졌다.

"난 어사총감의 감독관이다. 잘 들어라."

그러더니 귓속으로 말이 박혔다.

"넌 지금 미행당하고 있다. 미끼를 물고 함정에 빠지기 전이다. 그러니 네 동료가 골목에서 나오면 모른척하고 이곳을 떠나도록, 알았느냐?"

공준은 어금니를 물었다. 어쩐지 놈이 허술하다는 생각이 들었다. 등에서 식은땀이 솟아났으므로 머리를 든 공준은 이쪽으로 돌아오는 원장삼을 보았다. 얼굴이 찌푸려져 있는 것이 놈을 보지 못한 것 같다.

머리를 든 염파가 김산을 보았다.

"어사총감이십니까?"

"그렇다."

김산의 표정도, 대답도 담담했다. 이제 둘은 여관방의 의자에 마주 보고 앉아있다. 오전이어서 여관 마당은 소란해지고 있다. 손님들은 대개 아침밥을 먹고 떠나기 때문이다. 염파의 시선을 받은 김산이 호흡을 가누었다. 지금까지 숱한 미녀를 만났지만 이런 절세가인은 처음이다. 가늘고, 청초하면서 색향(色香)이 풍기는 풍모, 목소리도 꿀처럼 달콤하게 울리고 있다. 그윽하게 응시하는 이 눈빛은 어떤가? 와락 달려들어 안고 싶은 욕정이 꿈틀거린다. 그렇다. 이 모습은 요부로도, 선녀로도 변할 수가 있다. 그때 염파가 다시 입을 열었다.

"제 수하한테 한 말씀을 들으셨습니까?"

"들었다."

"이제 제 모습을 보셨으니 협조는 못 합니다."

시선을 내린 염파의 모습에서 비 오는 날의 처연한 연꽃 같은 분위기가 일어났다. 저절로 가슴이 축축해진 느낌이 들었고 입에서 긴 숨이 뱉어졌다. 시선을 내린 채 염파가 말을 이었다.

"저는 이제 폐인입니다. 속세를 떠나 절로 들어가든지 이승을 하직해야 됩니다."

봄날의 빗속에 연꽃이 지는 느낌이 된다. 김산이 숨을 죽였다. 손을 뻗고 싶은 충동이 일어났기 때문이다. 그때 염파가 머리를 들고 김산을 보았다.

"나리, 저를 죽여 주시지요."

"……"

"아니면 저를 범해서 환속을 시켜 주시든지요. 이제 제 몸은 나리의 것이 되었습니다. 나리가 제 본색(本色)을 보신 첫 남자이기 때문입니다."

그때 의자에서 일어선 염파가 저고리를 벗어 바닥에 떨어뜨렸다. 숨을 죽인 김산이 시선만 주었고 이제는 염파가 치마끈을 풀자 치마가 스르르 발밑으로 흘러내렸다. 염파의 둥근 어깨가 드러났다. 대리석 같은 피부, 속치마 밑으로 미끈한 다리도 보인다. 그때 염파가 속치마를 벗으면서 말했다.

"나리, 이제 제 알몸을 보시지요."

김산의 두 눈이 번들거리기 시작했다. 심장 박동이 빨라지면서 혈류가 빠르게 운행되었다. 그때 염파가 속치마를 아래로 떨어뜨렸다. 치마가 발밑으로 흘러내리면서 염파의 알몸이 드러났다. 둥글고 미끈한 어깨, 조각처럼 빚어낸 팔과 가는 손가락, 그리고 보라. 풍만한 젖가슴이 솟아올랐고 젖꼭지는 선홍빛이다. 아래쪽 배꼽으로 흘러난 곡선이 엉덩이 옆에서 퍼져 풍만한 하반신을 형성했다. 아랫배는 숨결에 따라 움직이면서 아래쪽의 짙은 숲과 검붉은 골짜기까지 살아있는 것처럼 흔들린다. 김산의 시선이 천천히, 그리고 빈틈없이 염파의 알몸을 훑어 내려갔다. 이윽고 머리를 든 김산이 얼굴을 펴고 웃었다. 소리 없는 웃음이다.

"내가 말로만 듣던 색술(色術)을 보고 있구나."

"나리, 오세요."

염파가 꿈꾸는 것 같은 표정으로 말했다.

"요염하다."

김산이 말하자 염파는 다리를 벌렸다. 선홍빛 골짜기가 더 선명하게 드러났다. 골짜기 위쪽의 작고 앙증맞은 돌출부는 염파의 가장 은밀한 부분이다. 염파가 허리를 흔들었다.

"나리, 오세요. 기다리고 있습니다."

김산의 두 눈이 충혈되기 시작했고 염파가 다리를 더 벌렸다.

"나리의 물건을 힘껏 넣어주세요. 제 그곳에서 나리를 받아들이려고 용수가 솟아오르고 있습니다."

염파의 얼굴이 상기되었고 눈동자의 초점이 흐려졌다. 염파가 엉덩이를 흔들면서 선 채로 신음을 뱉어내기 시작했다.

"아, 아, 아, 아."

김산은 염파를 응시하고만 있다. 몸이 불덩이가 되어 있는 것 같기도 하다.

"아, 아, 나 죽어. 나 죽어."

염파가 머리를 젖히며 비명 같은 탄성을 뱉는다. 허리가 격렬하게 흔들렸고 벌려진 골짜기 안에서 용수가 흘러 떨어지기 시작했다.

"아아, 나리, 더 세게, 더 세게."

염파가 두 손으로 젖가슴을 움켜쥐면서 소리쳤다. 두 다리가 어지럽게 비틀렸고 허리는 상하로 흔들린다. 그때 김산이 의자에서 일어섰다.

"미친년."

일어선 김산이 딱 한마디 했다. 눈빛이 강했고 어느덧 붉은 기운도 지워졌다. 얼굴에는 옅은 웃음기까지 띠어 있다. 그 순간이다. 김산의 눈빛을 받은 염파가 움직임을 멈췄다. 젖가슴을 움켜쥐었던 두 손도 스르르 내려갔다. 그리고는 머리를 숙여 제 알몸을 보았다. 벌려진 다리 사이로 정액이 뚝뚝 떨어지고 있다. 그때였다.

"으아악!"

방안이 떠나갈 것 같은 비명이 울리더니 염파가 쓰러졌다. 이제는 알몸을 짝 벌린 채 기절해버린 것이다. 김산은 염파의 옷을 집어 몸 위에 덮었다. 그리고는 밖에 대고 말했다.

"들어오너라."

한 호흡도 끝나기 전에 삼관필과 도림이 들어섰는데 염파를 보더니 둘 다 숨을 삼켰다. 두 번 놀란 것이 분명했다. 첫째는 미모에 놀랐고 두 번째는 알몸이었기 때문이다. 김산이 눈으로 염파를 가리키며 말했다.

"나한테 색술을 쓰려고 옷을 벗었다."

김산의 얼굴에 쓴웃음이 번져졌다.

"옷을 벗으면서 사천성의 미혼분을 나한테 뿜었는데 내가 도로 뱉은 미혼분을 제가 마시고 정액을 질질 흘리더니 저 꼴이 되었다."

"나리, 어떻게 할까요?"

너무 아름다운 것의 몰락은 너무 끔찍해질 수도 있다. 삼관필이 염파의 알몸을 외면하면서 묻자 김산이 대답했다.

"그대로 두면 제가 깨어나 옷을 입을 것이다."

김산의 시선이 염파에게 돌려졌다.

"저 용모는 너무 뛰어나 강호에 얼굴을 내밀 수가 없다. 미색(美色)이 오히려 불행이다."

"가면을 써야만 하겠습니다."

오직 한 번 보았을 뿐인데도 가슴이 벌렁거린 삼관필은 감히 두 번 볼

엄두가 나지 않는 것이다. 김산이 말을 이었다.

"염파의 얼굴을 본 사람은 이제 셋이 되었다. 그대로 두고 떠나기로 하자."

그리고는 삼관필과 도림을 번갈아 보며 웃었다.

"너희들에게 미색을 보여주고 싶었다."

그 시간에 모영이 골목을 나와 다시 시장 거리를 걷고 있다. 뒤도 돌아보지 않고 휘적이면서 파리채를 들고 가끔씩 가게 기둥이나 처마에 붙은 파리를 잡는 시늉을 했다.

"없어?"

화산파 문중의 육견이 마침내 묻자 동료 장오기가 입맛을 다셨다.

"없는 것 같어."

"그놈들이 포기한 거야? 아니면 놓친 거야? 알 수가 없네."

육견이 투덜거렸다. 둘은 지금 모영의 뒤쪽 30보쯤의 거리를 따라가고 있었지만 시장통이라 가끔 보이지 않는다. 모영이 파리채를 흔들지 않으면 더 가깝게 붙어야 될 것이었다. 모영을 미행하던 두 놈이 골목 입구에서 얼쩡거리다가 한 놈이 안까지 탐색하고 돌아오더니 돌아가 버린 것이다. 어쨌든 모영은 미행을 떨군 셈이었지만 작전은 실패다. 미행을 잡으려는 작전이었기 때문이다.

"좋아."

마침내 육견이 결정했다.

"모영한테 그냥 돌아가라고 해. 우리도 돌아간다."

"저놈들이 우리는 눈치채지 못한 것 같습니다."

시장통에서 나온 모영과 미행 추적반이 제각기 갈라섰을 때 유주상이 말했다.

"그럼 저놈들은 놔두겠습니다."

유주상이 둘씩 짝을 지어 왼쪽 길로 접어든 넷을 눈으로 가리키며 말했다. 모영은 오른쪽 길로 걷고 있었는데 이제는 걸음이 빠르다. 파리채는 벌써 내던졌고 머릿수건도 풀어 던져서 다른 모습이 되었다. 그 모영의 뒤쪽으로 두 사내가 따르고 있다. 채화진의 뒤쪽에 있던 이중 추적조다. 놈들은 모영의 직속인 것 같다. 모영은 뒤에 3개 조 6명을 깔고 있었던 것이다. 그것도 이중이었다. 채화진이 알아채지 않았다면 맨 뒤쪽의 추적조에게 꼬리를 잡힐 뻔했다.

양경귀가 분조장 곽천과 같은 공동파 출신인데다 천인회에도 같이 가입했기 때문에 위황은 둘을 안휘성에 같이 보냈다. 그러나 의심이 많은 위황은 양경귀에게 비밀 감찰역의 지위를 주었는데 곧 분조장 곽천의 감시역이었다. 그러나 양경귀도 마음 놓을 처지는 못 된다. 위황이 자신의 감시역을 심어 놓았을 것이었고 곽천 또한 감시당하고 있다는 것을 알고 있을 것이기 때문이다. 천인회는 막강한 무공인의 집단이지만 한 번도 한데 모인 적이 없다. 또한 서로 감시하고 감시받는 입장이어서 충성심보다 통제와 재물로 모자란 부분이 채워져 왔다.

"미행을 떨구고 왔어?"

모영의 보고를 들은 양경귀가 시큰둥한 표정으로 물었다. 고연산 선불사의 요사채 안이다. 오후 술시(8시) 무렵, 모영은 비대한 몸으로 퍼질러 앉아 보고했다.

"글쎄, 미행하다가 지친 모양이오. 내가 원체 위장을 잘하거든, 영락없는 시장 상인이었으니까 따라오다 만 것 같습니다."

"두 놈이 따라왔고?"

"그렇소."

그런데 이쪽은 뒤를 3개 조가 이중으로 그물을 펴고 따라갔다. 입맛을 다신 양경귀가 혼잣소리를 했다.

"태자당 태위였던 채화진이 어사총감 자문관이 되었어. 채화진은 추적의 명수로 소문이 난 년이다."

"날 따라온 건 큐이란의 밀정인지도 모르지요."

건성으로 대답한 모영이 부풀어 오른 얼굴로 양경귀를 보았다.

"형님, 나를 시장에 내보낸 이유가 있지요?"

"이유?"

양경귀가 되묻자 모영이 피식 웃었다.

"나처럼 한 번 보면 영 잊히지 않을 상통을 시장에 내보내어 함정을 만드는 이유를 오면서 곰곰이 생각해 보았소."

"……."

"형님이 날 죽일 리는 없고 김산의 무림군(武林軍) 수하를 잡아 죽이려고 한다는 생각도 들지 않는구려."

방안에는 둘 뿐이지만 모영이 목소리를 낮췄다.

"형님, 곧 이곳이 전장으로 변할 터인데, 여기서 한 달에 금자 10냥씩 받다가 그냥 끝내시려오?"

"닥쳐라."

낮게 꾸짖은 양경귀가 곧 얼굴을 일그러뜨리며 소리 없이 웃었다.

"불씨는 내가 일으킨 셈이다."

"여기로군."

고연산 중턱의 나뭇가지 위에 앉은 채화진이 선불사를 내려다보면서 말했다. 300보쯤 아래쪽의 선불사는 요사채에 불이 드문드문 켜져 있었는데 삼면이 바위로 둘러싸인 요지였다. 그때 나무 아래쪽에 서 있던 유주상이 말했다.

"나리, 순찰대가 옵니다."

경계도 삼엄해서 3인 1조의 순찰대가 수시로 주변을 순찰하고 있는 것이다. 나무에서 뛰어내린 채화진이 발을 떼며 말했다.

"이곳까지 놈들이 우리를 끌어들인 느낌이 든다."

"아니, 어째서 그렇습니까?"

뒤를 따르던 유주상이 놀라 옆으로 붙으며 물었다. 둘은 이제 좌측 숲을 빠져나가고 있다. 모영을 따라 이곳까지 온 것이다. 이제 경공을 펼쳐 풀숲 위를 달리면서 채화진이 말했다.

"저 비대한 놈이 이곳까지 오면서 펼친 경공을 보니까 고수(高手)다. 그런데 시장거리에서는 얼간이 행세를 했다."

채화진의 경공은 눈이 부실만큼 빠르다. 그래서 유주상이 기를 쓰고 달리면서 다음 말을 듣는다.

"더구나 그놈 인상은 한번 보면 잊히지 않을 만큼 기괴하다. 그런 놈을 미끼로 내놓은 저의가 의심스럽다."

말문이 막힌 유주상은 채화진의 옆을 놓치지 않으려고 달리기만 한다.

점창파 장문인 유옥구는 50대 초반이었지만 40대쯤으로 보였다. 단정한 용모에 몸집도 가늘어서 서생처럼 보였지만 유옥구의 무공은 '천하제일'이라는 명성을 받아왔다. 특히 실전에 강한 '쌍검술'은 점창파에서 전해 내려온 36검법을 모두 포용한데다가 유옥구가 개발해낸 12식(式)까지 합하여 48검기(劍技)라고 알려져 있다. 지금까지 공식, 비공식 대전이 128회, 그중에서 한 번도 패한 적이 없으며 살상한 목숨만 해도 2백여 명에 이른다는 검귀(劍鬼)다. 그 유옥구가 강소성 백상현에서 실종이 되었는데 온갖 소문이 다 났다. 그중 죽은 영혼을 위로하려고 불가(佛家)에 귀의했다는 말이 가장 유력했는데 이제 천인회의 감찰관이 되어 안휘성의 성지현에 들어섰다. 휘하에 거느린 부하는 10여 명, 모두 잡상인으로 위장해서 상단의 행차 같다.

"태호부까지는 이제 사흘 길이 되었습니다. 감찰관."

보좌역 재성이 다가와 말했지만 유옥구는 창밖을 내다본 채 대답하지 않았다. 저녁, 유시(6시) 무렵이다. 이곳은 현청 거리에 위치한 용봉장 여관 이 층이다. 재성이 말을 이었다.

"석구와 동표 둘을 태호부에 먼저 보내 정보원들을 모으도록 하지요."

"그러지."

이 층에서 마당을 내려다보던 유옥구가 차분한 목소리로 말을 이었다.

"김산은 이미 천인회 실체를 알고 있을 거야. 태호부에 우리가 올 것도 예상하고 있을 것이고."

"천하 무림에 몽골제국에 협조하라는 공문이 나간 것은 그것 때문이겠지요."

쓴웃음을 지은 재성이 유옥구의 옆에 나란히 섰다. 재성은 40대 후반으로 소림사 4대 금강 중 하나였다가 역모에 연루되어 남송으로 도망쳐왔다. 6척 장신에 우락부락한 용모였지만 생김새와는 딴판으로 지략과 병법에 통달해서 위황은 재성에게 남송군(軍) 중랑장 지위까지 주었다. 재성은 중랑장까지 겸하고 있는 것이다. 재성이 생각난 것처럼 문득 물었다.

"나리, 태호부에서 점창파 제자가 하나 실종되었지요?"

유옥구는 다시 입을 다물었고 재성이 말을 이었다.

"시체가 발견되지 않았다니 도주했거나 투항했을 것 같습니다."

"……."

"무당파 법사와 아미파 여승도 실종되었는데 그쯤 되면 안휘성 분조는 정체가 드러났다고 봐야 됩니다."

"……."

"태감께서 나리께 전권을 위임하셨으니 저는 나리 지시만 따르겠소."

"김산은 몽골제국의 총독이며 어사총감이야. 군권을 장악하고 있어."

창에서 비껴선 유옥구가 똑바로 재성을 보았다. 맑은 두 눈이 번들거리고 있다.

"제국령 안의 모든 무림 파벌은 김산의 명에 따라야만 하고 제국군(軍)도 마찬가지야. 이건 무림 간의 전쟁이 아냐."

"제국군을 끌어들이지 말아야지요."

재성이 정색하고 말했다.

"병균처럼 안에서 파먹고 들어가는 것입니다. 정공법은 안됩니다."

"김산은 이미 정공법으로 시작했어."

"끌려 들어가지 않으면 됩니다."

그러자 유옥구가 천천히 머리를 끄덕였다.

257

"사천왕, 그대는 과연 인재일세."

"예? 사천왕이라고 하셨습니까?"

되물었던 재성이 이를 드러내고 웃었다.

"소문대로 나리께선 덕을 갖추신 무림인이올시다. 제가 사천왕 시절을 그리워하고 있다는 것을 알고 계시군요."

"다 옛날이 그립지."

다시 어둠에 덮인 창밖에 시선을 주면서 유옥구가 말을 이었다.

"나도 장문인 시절이 그립다네."

나무 위에 선 김산이 선불사의 요사채를 내려다보고 있다. 밤 자시(12시) 무렵, 산속은 무거운 정적에 덮였고 가끔 벌레 소리가 귀를 울린다. 김산의 옆에 선 채화진도 숨을 죽인 채 아래를 주시한다. 요사채에는 30여 명의 고수(高手)가 있는 것이 확인되었다. 술시(8시)부터 선불사 주위를 돌면서 오가는 머릿수를 헤아렸고 들어간 위치를 머릿속에 넣었기 때문이다. 이윽고 김산이 머리를 돌려 채화진을 보았다. 어둠 속에서 두 눈이 짐승처럼 번들거리고 있다.

"함정이다."

"네?"

놀란 채화진이 눈을 크게 떴으므로 김산은 쓴웃음을 지었다.

"요사채에 들어간 놈들을 보면 말굽 모양이야. 그리고 그 말굽이 두 겹으로 되어있다."

채화진은 눈만 깜박였다. 이곳에서 요사채와의 거리는 3백여 보, 채화진은 흔들리는 그림자와 기척으로 겨우 숫자만 세었을 뿐이다. 김산이 입술도 달싹이지 않고 말했다.

"말굽형 이중 포위진에 들어가면 숫자가 많을수록 불리하다. 놈들은 본진이 발각된 것을 미리 알고 대비한 거야."

"나리, 그렇다면."

"저곳에 있는 놈들은 침입자를 맞아 몰사시킬 수도 있겠지만 하지만 놈들도 빠져나갈 수가 없어."

김산의 얼굴을 일그러뜨리며 웃었다.

"같이 죽도록 만들어 놓았다. 요사채 안에 있는 놈들은 그것을 모를 것이야."

그때서야 채화진이 천천히 머리를 끄덕였다.

"나리, 그렇다면 우두머리는 저 안에 없겠습니다."

"이미 피했겠지. 남은 건 죽어도 좋을 만한 놈들이다."

김산의 시선을 받은 채화진의 얼굴에도 웃음이 떠올랐다.

명색이 사찰이었고 불당에다 중행세를 하는 무리가 수십 명 거주하는 터라 선불사에서는 매일 인시(오전 4시)면 예불의 종을 친다. 선불사의 종은 수백 년간 울려 왔던 터라 천인회 안휘성 분조가 자리 잡은 후에도 번을 세워 타종을 한 것이다.

"두웅!"

5척짜리 구리종이 깊고 굵은 소리를 내면 15리(5.89km) 밖의 마을까지 들린다.

"두웅!"

두 번째 종소리가 울렸을 때 안쪽 요사채 방안에 앉아있던 육견이 코를 쿵쿵거렸다. 벽에 등을 붙이고 앉아있던 육견은 깜박 잠이 들었다가 종소리에 깨었다.

"이게 무슨 냄새냐?"

"난 신발 냄새밖에 안 나는데요."

부하 유광이 코를 벌름거리면서 대답했다. 입맛을 다신 육견이 몸을 일으켰다.

"두웅!"

세 번째 종이 울렸다. 선불사 종은 여덟 번 울린다. 애초에는 열여덟 번을 쳤는데 곽천이 시끄럽다고 열 번을 줄였다. 육견이 코를 쿵쿵거리다가 창문을 열었다. 방안에는 넷이 대기했고 바깥채는 열둘, 그리고 말굽형 진의 또 한 면은 장오기가 맡았다. 따라서 모두 서른둘, 이곳은 안쪽 진이어서 함정의 바닥이다. 육견과 장오기는 함정을 지키는 수장 역할인 것이다.

"냄새가 바깥쪽에서 나는 모양이다."

육견이 어두운 창밖을 내다보며 혼잣말을 했다. 모두 방안에 신발을 신고 들어와 대기하고 있는 것이니 신발 바닥에 묻힌 온갖 냄새가 진동을 했다.

"두웅!"

네 번째 종소리가 울린 순간이다. 육견은 왼쪽 요사채 근처에서 반짝이는 불빛을 보았다. 누가 부싯돌을 치는 것 같다. 다음 순간이다.

"꽈꽈꽝!"

천둥과 벼락이 한꺼번에 때리는 것 같은 굉음이 울리더니 조금 전 불꽃이 반짝이던 요사채가 폭발했다. 붉은 섬광과 함께 검은 허공으로 요사채가 부서져 흩어지는 것이다.

"아앗!"

놀란 육견이 뒤로 물러서다가 자빠졌고 방안에서 소동이 일어났다.

"나가라!"

육견이 아우성을 쳤을 때였다.

"꽈꽈꽈꽝!"

육견은 자신이 불덩이에 휩싸여 허공으로 솟아오르는 것을 느꼈다. 고통은 없다. 몸이 새털처럼 가벼워진 느낌이 들었을 뿐이다.

"꽈꽈꽝!"

여섯번째 대폭발이 일어났을 때 선불사 요사채는 불길에 휩싸였다. 폭발이 일어나면서 요사채는 말굽형으로 불길에 휩싸였다. 이제 불길 속에 뛰는 사내도 두어 명뿐이다. 모두 직격탄을 맞아 폭사했기 때문이다. 김산이 다시 철궁에 화살을 재고는 요사채의 맨 앞쪽을 겨누었다. 3동의 요사채는 말굽형으로 놓여서 좌우가 벌려진 형태였지만 이미 출구는 다 폭파되었다. 채화진은 숨을 죽였다. 이런 대폭발은 처음 구경한다. 김산이 겨눈 화살 끝에 어린애 팔뚝만 한 대나무 통이 붙여졌고 안에는 화약이 들어 있는 것이다. 그때 김산이 시위를 놓았다.

"휙!"

2백 보 거리에서 쏜 화살이 날아가더니 요사채 입구의 대문에 맞았다.

"꽈꽈꽝!"

대문이 폭발하면서 담장까지 허물어졌다. 이제 선불사는 화광이 충천해서 대낮처럼 밝아져 있다. 요사채 안에서 온몸이 불길에 쌓인 사내 하나가 뛰어 나왔다가 곧 마당에 쓰러졌다. 김산이 철궁을 내려놓으면서 혼잣소리처럼 말했다.

"지금부터 시작이야."

"나리, 수뇌부는 어디로 옮겨갔을까요?"

채화진이 묻자 김산은 불길에 시선을 준 채로 대답했다.

"나 같으면 태호부로 옮겼을 거야. 그곳이 적의 심장부인데다 결전장으로는 딱 맞는 곳이지."

"도전해 올까요?"

"아마 지금 시작했는지도 모르지."

머리를 돌린 김산이 채화진을 보았다. 아래쪽에서 비친 화광으로 김산의 얼굴 윤곽이 드러났다. 10장 높이의 전나무 가지 위에 나란히 선 둘은 마치 한 쌍의 독수리 같다. 둘 다 검정색 바지저고리 차림이었기 때문이다. 그때 김산이 말했다.

"오늘 밤이 지나면 놈들은 흔적을 남길 거야. 가만있을 수는 없을 테니까."

삼관필의 부하 공준과 원장삼은 태호부의 광한장 여관을 연락처로 삼았는데 이곳은 여행자가 많아서 하루종일 찻방과 식당을 운영한다. 묘시(오전 6시) 무렵, 찻방에 들어온 공준이 구석 자리에 앉아있는 원장삼에게로 다가갔다.

"사형이 곧 오신다고 했어."

털썩 앞자리에 앉은 공준이 충혈된 눈으로 안을 둘러보았다. 어젯밤 태호부 위쪽 지역을 순찰하고 돌아온 것이다. 잠도 한시진(2시간) 정도밖에 자지 못한 터라 표정도 찌뿌듯하다.

"남쪽 지역은 어때?"

공준이 묻자 원장삼은 머리부터 저었다.

"여관이 스무 개가 넘는 터라 어느 놈이 어느 놈인지 알 수 있어야지. 방위부 병력을 풀어서 하나씩 짐 검사라도 하지 않는 한 찾아내기 힘들겠어."

삼관필과 비호수는 수하를 풀어 태호부의 숙박업소, 유흥업소를 훑고 있었지만 역부족이다. 여행자만 수천 명이 들락이는 데다 태호부 주민이 10만여 명인 것이다. 교통의 요지여서 유동인구까지 합하면 2, 3만 명이 더 붙는다.

"하지만 민심이 흉흉해지고 있어."

원장삼이 목소리를 낮추고 말했다. 찻방 안에는 서너 명씩 여행자 두 무리가 둘러앉아 있을 뿐이다. 아침 일찍 길을 떠나려는 것 같다.

"곧 태호부에서 무림전쟁이 일어난다는 소문이 돌고 있단 말야."

그것은 공준도 들은 터여서 머리만 끄덕였다. 하인이 엽차잔을 내려놓고 돌아갔으므로 공준이 두 손으로 감싸 쥐었다.

"하인 저놈은 품속에 은자를 닷 냥이나 넣고 있구만."

하인의 뒷모습을 응시하며 공준이 쓴웃음을 지었다.

"전 같았다면 내가 가만두지 않았을 텐데 아깝다."

"이봐, 곧 총감께서 부른 무림고수 20여 명이 이곳으로 온다는군. 들었나?"

"아, 그럼."

엽차를 한 모금 삼킨 공준이 입맛을 다셨다.

"천인회도 이곳에서 결전을 한다는 거야. 그놈들도 공공연히 소문을 내는 것 같아."

다시 한 모금 엽차를 삼킨 공준이 원장삼을 보았다. 그 순간이다. 두 손으로 감싸 쥔 엽차잔을 떨어뜨리면서 공준이 입을 딱 벌렸다. 두 눈이 부릅떠졌고 얼굴빛이 금방 시뻘겋게 변했다.

"아, 아니, 이봐."

놀란 원장삼이 벌떡 일어난 순간이다. 공준의 벌려온 입에서 피가 뿜어졌다.

"우웩!"

핏발이 화살처럼 앞으로 쏟아졌지만 원장삼은 몸을 틀어 피했다.

"으왁!"

공준이 두 손으로 목을 움켜쥐고 눈을 부릅떴는데 반쯤 돌출되었다. 그때서야 원장삼은 상황을 알아차렸다. 공준이 독을 마신 것이다. 허리에 찬 장검을 뽑아든 원장삼이 하인을 찾으려고 머리를 돌렸을 때다.

"쓰내ㄱ!"

대기를 가르는 소음이 울린 순간 원장삼은 껑충 뛰어올랐지만 늦었다.

"으윽!"

머리에 수십 개의 바늘이 박힌 원장삼이 땅바닥으로 사지를 뻗고 쓰러졌다.

이곳은 태호부 외곽 백상호(白裳湖)가 세워진 작은 오두막이다. 본래 어부가 살던 곳인데 물고기가 줄어들면서 버린 집이어서 문짝도 떼어졌고 방안까지 잡초가 무성했다. 묘시 끝 무렵(7시), 햇살이 무너진 담장 끝을 비추고는 있었지만 아직 마당까지는 들어오지 않았다. 방안으로 들어온 바람에 물비린내가 맡아졌다.

"나리, 태호부는 내버려 두십니까?"

김산의 팔에 안긴 채화진이 물었다. 둘은 방안에 김산의 겉옷을 깔고 누워있었는데 고연산 선불사에서 바로 이곳으로 온 것이다. 김산이 채화진의 어깨를 당겨 안았다.

"놈들이 선불사에서 함정을 판 것처럼 우리는 태호부로 놈들을 끌어들이려는 거야."

"선불사의 두목급 놈들이 태호부로 옮겨 갔을까요?"

"내가 삼관필과 비호수에게 수하들을 넓게 분산시키라고 했어."

그러면 공격받기가 쉬워진다. 채화진은 다시 얼굴을 김산의 가슴에 붙였다. 이미 방안이 환한 아침이지만 채화진은 부끄러워하지 않았다. 몸을 더 밀착시킨 채화진이 더운 숨을 뱉으면서 말했다.

"나리, 안아주세요."

김산이 잠자코 채화진의 바지 끈을 풀었다. 바지와 함께 속옷까지 내려가자 곧 채화진의 하체는 알몸이 되었다.

"나리, 그리웠습니다."

다리를 벌린 채화진이 상기된 얼굴로 몸 위에 오른 김산을 보았다. 김산이 잠자코 바지를 내리더니 채화진을 안았다.

"아아."

몸이 합쳐진 순간 채화진의 신음이 오두막을 울렸다. 그러나 호숫가의 외딴 집이다. 물고기가 없으니 새도 날아오지 않는 곳이다.

"아아, 나리."

이제 희고 늘씬한 두 다리를 뻗어 올린 채화진이 마음껏 탄성을 뱉는다. 김산은 탄력 있는 채화진의 몸에 빨려 들어가는 것 같은 자신을 느꼈다. 머리를 숙인 김산이 채화진의 입술을 빨았다. 기다렸다는 듯이 채화진이 혀를 내밀어 받는다. 오두막의 방안은 이어서 신음 같은 탄성으로 가득 찼다.

"내 수하는 넷이 당했소."

비호수가 말하고는 이를 악물었다가 풀었다. 두 눈이 충혈되었고 얼굴은 하얗게 굳어져 있다.

"둘씩 조를 짜 내보냈는데 기습을 당한 거요."

"이제 시작이야."

삼관필이 길게 숨을 뱉었다. 오전 사시(10시) 무렵, 둘은 태호부 중심부인 인화장 여관의 2층 객실에 들어와 있다.

"어젯밤 대감께서 선불사에 가셨어."

목소리를 낮춘 삼관필이 말을 이었다.

"감독관과 두 분이 놈들의 본진을 기습하신 것 같네."

"두 분이 말씀이오?"

숨을 들이켰던 비호수가 곧 머리를 끄덕였다.

"대감은 말할 것도 없고 감독관의 무공도 독보적이오. 하북성 북공파의 후계자 아닙니까?"

그러더니 다시 어금니를 물었다.

"내 수하 소룡, 양천, 기동, 곽위해는 모두 내가 아끼는 놈들이었소. 분하오."

삼관필은 숨을 뱉으며 외면했다. 어젯밤 비참하게 죽은 공준과 원장삼

또한 10년 가깝게 교류가 있었던 수하였기 때문이다. 여관 마당이 떠들썩해지는 것을 보면 손님이 온 모양이다.

"아이구, 오늘은 대상단이 많구나."

하인 하나가 투덜거리는 소리도 들렸다.

"도대체 어디를 가는 건지 요즘은 웬 장사꾼들이 이렇게 많아?"

서로의 얼굴을 본 둘이 자리에서 일어나 창가로 다가가 섰다. 그때 뒤에서 굵은 목소리가 들렸다.

"강소성에서 온 비단 장사꾼이다. 하지만 일행 중에 괴한 셋이 섞여 있다."

머리를 돌린 둘은 앞에 서 있는 김산을 보았다. 둘이 허리를 굽혀 인사를 했다.

"대감께서 오셨습니다."

"어젯밤부터 천인회가 공격을 시작한 것 같다."

의자에 앉은 김산이 차분한 표정으로 둘을 보았다.

"그것은 안휘성 분조 뿐만 아니라 본부의 주력군이 모였다는 표시일 것이야."

"대감, 저희들의 지원군은 언제 옵니까?"

삼관필이 묻자 김산이 얼굴을 펴고 웃었다.

"이미 와있다."

둘의 시선을 받은 김산이 말을 이었다.

"소림사 8대호원 중 두 분 유담, 방차옥, 그리고 화산파의 법사 장기평, 모산파 방장 허담이 제자들을 데리고 태호부 동북쪽 모장산에 머물고 있다."

둘의 시선을 받은 김산이 말을 이었다.

"먼저 태호부 안에 들어온 천인회의 규모와 역도들의 면면을 알아야겠다. 그러니 수하들을 모두 부 외곽으로 철수시켜라."

"철수시키다니요?"

비호수가 묻자 대답은 삼관필이 했다.

"곡식의 벌레를 잡으려면 먼저 곡식부터 빼내면 되지."

"서역에서 가져온 화약이요."

지홍이 얼굴을 일그러뜨리며 말했다.

"아직 중원에서는 이런 화약을 만들어내지 못하고 있습니다."

모두의 시선이 탁자 위에 놓인 한 줌의 검은 재로 모여져 있다. 숨을 들이켤 때마다 화약 냄새가 맡아졌다. 오늘 오전, 선불사에서 가져온 잿더미다. 머리를 든 곽천이 지홍을 보았다.

"시체는 확인했는가?"

"잿더미가 되어서 세지는 못했다고 합니다. 하지만 다 죽은 것은 확실하오."

"……."

"워낙 화약이 강력해서 요사채 기둥이 다 뽑혔다고 합니다."

"……."

"놈들은 함정을 눈치채고 밖에서 화약을 던진 것입니다."

이곳은 태호부 남동쪽 주택가의 청 안이다. 청에는 천인회의 안휘성 분조장 곽천과 부장(副將)격인 지홍과 양경귀까지 수뇌 셋이 둘러앉아 있었는데 방금 선불사에 남겨두었던 수하 30여 명이 몰사했다는 보고를 들은 참이다. 그때 양경귀가 말했다.

"허나 우리도 태호부 안에서 김산 휘하의 여섯 놈을 없앴습니다. 수적으로는 비율이 적으나 비중이 큰 놈들이니 상쇄할 수가 있습니다."

"이보게, 그 판단은 우리가 내리는 게 아냐."

차갑게 말을 자른 곽천이 길게 숨을 뱉고 나서 말했다.

"조금 전에 내가 전언을 받았어."

"누구한테서 말입니까?"

지홍이 묻자 곽천이 이사이로 말했다.

"태감각하가 보내신 밀사야."

놀란 둘이 숨을 죽였고 곽천의 말이 이어졌다.

"본대의 지원군이 이미 태호부에 들어와 있다고 했어. 김산의 몽골놈들을 소탕하려면 손발을 맞춰야 할 테니 안휘성 분조는 미끼 역할을 하라는 것이야."

"미끼라니요?"

눈을 치켜떴던 지홍이 곧 얼굴을 일그러뜨리며 웃었다. 금방 알아들은 것이다.

"이젠 우리가 미끼가 된단 말입니까?"

선불사의 말굽형 함정을 만들고 32명을 남겨놓은 작전은 지홍의 계략이었다.

그 시간에 유옥구는 태호부 중심부에 위치한 영고장 여관의 객실에 앉아 있었는데 앞쪽 탁자에 놓인 검은 재는 선불사에서 가져온 것이었다.

"이런 화약은 처음 보았습니다."

앞쪽에 앉은 부장 재성이 말했다.

"어사총감 김산이 서부령 총독을 지냈다니 그때 서역에서 가져온 것 같습니다."

"곽천에게 밀사를 보냈으니 경솔히 움직이지는 않을 거야."

유옥구가 낮게 말하고는 문득 머리를 들어 주위를 둘러보는 시늉을 했다. 오후 신시(4시) 무렵이다.

"이제 태호부 안에는 김산과 우리뿐이야. 김산의 지원군은 아직 들어오지 않았고 곽천의 분조는 움직이지 않을 테니까 말이야."

"알겠습니다."

머리를 끄덕인 재성이 쓴웃음을 지었다.

"김산이 다시 화약을 사용하지 말도록 해야 될 것입니다."

"부 안에서는 사용하지 못할 거야."

유옥구가 말을 이었다.

"이젠 누가 먼저 상대방을 찾아내느냐가 승부의 관건이다."

유옥구는 이미 곽천 주위에 10여 명의 고수를 배치 시켰다. 그리고 본대의 주력군은 언제라도 출동이 가능하도록 자신이 장악하고 있는 것이다.

도림이 마구간 옆을 지날 때 말이 푸르럭 거리며 콧김을 불었다. 오후 술시(8시) 무렵, 태호부 서남쪽의 경화장 여관 안이다. 이미 주위는 어두워서 불을 켰고 여관 안의 기방에서는 노랫소리가 흘러나오고 있다. 걸음을 멈춘 도림이 마구간 안을 들여다보았지만 어두워서 말떼는 보이지 않았다.

"말이 몇 마리냐?"

도림이 뒤를 따르는 수하 둘에게 묻자 하나가 열린 마구간 안으로 들어 갔다가 곧 나왔다.

"여섯 마리 올 시다."

"먼 길을 온 것 같다."

도림이 발을 떼면서 말했다.

"말의 땀 냄새가 진하구나."

마당에는 저녁 준비를 하는 하인들의 왕래가 잦았고 손님들이 어울려 떠들썩했다. 마당 구석으로 다가가 선 도림이 지나는 손님들을 보았다. 도림도 손님 행색이어서 이상하게 보이지는 않는다.

"나리, 주석이를 들어오라고 할까요?"

도림의 분위기를 눈치챈 수하 요공이 조심스럽게 물었다. 이제 도림은 어사총감의 측근으로 기용되어서 부장(副將)급 대우를 받는다. 요공의 시선을 받은 도림이 머리를 저었다.

"말이 먼 길을 왔다고 해서 다 의심할 수는 없지, 나가라."

도림이 다시 발을 떼자 둘은 뒤를 따른다. 지금까지 여관 여덟 개를 훑 었으나 소득이 없다. 어젯밤 여섯 명이 참살당한 후에 총감 휘하의 각 부 장은 구역을 나누어 순찰을 하고 있지만 아직 단서를 잡지 못했다. 오직 천인회 소행이라는 것만 알 뿐이다.

"저놈이 김산의 휘하 무장이다."

모영이 비대한 몸을 일으키며 말했다.

"지금까지 졸개를 잡았지만 오늘은 머리를 잡는다."

모영은 지금 경화장의 지붕 위에 앉아있다. 옆에 수그린 수하 둘은 숨을 죽이고 있다.

"너희들은 거추장스럽다. 이곳에서 기다려라."

어둠 속에서 일어선 모영의 거대한 체구는 마치 지붕에 곰이 서 있는 것 같다. 모영의 시선이 마악 여관 밖으로 나가는 도림의 뒷모습에 박혀 있다. 분조장 곽천 이하 양경귀, 지홍 등은 은신처에 박혀 있었지만 모영은 구속을 받지 않는다. 이윽고 도림이 문밖으로 사라지자 모영은 몸을 날렸다. 거대한 체구가 마치 검은 솜뭉치처럼 허공으로 떠오르더니 담장 위에 걸쳐졌다가 사라졌다. 숨이 막힐 것 같은 경공술이다.

여관을 나온 도림이 곧장 행인 속에 섞여 거리를 걷다가 곧 골목으로 꺾어져 들어갔다. 이곳은 행인이 뚝 끊겨서 갑자기 조용해졌다. 앞장서 가던 도림이 뒤를 따르는 수하에게 말했다.

"너희들은 먼저 여관으로 돌아가거라."

"예."

대답한 수하들이 몸을 돌렸을 때 도림이 말했다.

"내 앞쪽으로 달려가도록 해라."

머뭇거리는 수하에게 도림이 말을 이었다.

"여관에서부터 뒤를 한 놈이 따라오고 있어서 그런다."

위쪽 지붕 위에서 그 소리를 들은 모영이 빙그레 웃었다. 수하 둘이 곧장 앞으로 달려가 어둠 속으로 사라졌을 때 모영은 나뭇잎이 떨어지듯이 골목 안으로 내려왔다. 이제 골목은 끊겼고 앞쪽은 강가다. 왼쪽 2백 보쯤 거리에 나무다리가 있었지만 건너는 사람은 보이지 않는다. 도림이 이곳으로 모영을 유인해온 것이다. 그러나 그것을 모영이 모를 리가 없다.

"자, 강가로 가겠느냐?"

모영이 앞쪽에 멈춰선 도림에게 물었다. 흰 얼굴에 웃음을 띠고 있었지만 얼굴이 부풀어 올라서 기괴했다. 도림이 웃음 띤 얼굴로 머리를 끄덕였다.

"강가는 피를 씻어내기가 좋지."

"그렇구나."

이제 모영은 도림과 나란히 강가를 향해 걷는다. 도림이 숨을 들여 마시더니 말했다.

"숨결에 술 냄새가 진동을 하는구나. 생김새에 경공을 보니 녹림 18채의 동보채라는 거지 소굴에 있던 모영이란 놈이 떠오르는군."

"넌 아무래도 안면이 많은 것 같다."

"일전에 무당파 법사 흉내를 내던 조 아무개란 놈하고 또 한 놈이 실종되었다고 들었는데 말야."

"......."

"그놈은 도무지 얼굴을 보이지 않아서 아무도 모르지만 특징이 있다고 했어. 눈에 핏발이 섰고 계집 같은 용모라는 것."

어느덧 둘은 강가의 벌판에 나란히 섰다. 강바람이 불어와 옷자락을 날렸다. 사방은 짙은 어둠에 덮여 있었고 멀리서 소음이 밀려오고 있다. 거리가 오백여 보쯤 떨어져 있기 때문이다. 모영이 머리를 돌려 도림을 보았다.

"네가 혹시 우리 천인회를 배신한 그놈이 아니냐?"

"벌레 같은 놈."

이사이로 말한 도림이 모영을 향해 정면으로 섰다. 거리는 칠팔 보밖에

되지 않는다.

"자, 승부를 내자."

도림이 말했을 때 모영이 빙그레 웃었다. 다시 얼굴이 부푼 찐빵처럼 되었다.

그 순간 모영이 몸을 띄웠다. 솟아오른 것이다. 동시에 도림도 몸을 솟구쳤는데 허공에서 둘이 부딪쳤다.

"쨍!"

날카로운 쇳소리가 들렸다. 어느새 둘의 손에는 장검이 쥐어져 있었기 때문이다.

"쨍!"

다시 떨어지면서 일합이 더 부딪쳤고 둘의 발이 땅을 디뎠다. 거리는 다시 여섯 보 정도, 서로 엇갈리며 부딪친 것인데 반동을 받아 뒤로 밀려 났다.

"이놈."

단 두 합을 부딪쳤지만 서로의 공력은 이미 알고도 남는다. 모영의 부푼 얼굴이 검게 변해졌다. 얼굴에는 웃음기도 가셔졌다. 도림의 공력은 자신보다 떨어지지 않는 것이다. 두 합을 마주쳤을 뿐인데도 자랑하던 명검의 이가 빠져 톱날처럼 되었다. 상대편의 검도 마찬가지일 것이다.

"이놈, 죽어라!"

버럭 소리친 모영이 도림의 얼굴을 향해 손바닥을 폈다. 그것은 손에 쥔 암기를 내뿜는 것이다. 모영은 항상 품에 네 종류의 암기를 지니고 있었는데 모두 맹독을 묻힌 바늘, 비수, 엽전, 그리고 분말이다.

274

"으윽!"

그 순간 도림이 기괴한 외침을 뱉으면서 솟아올랐다.

"앗하하하!"

모영의 웃음소리가 강가에 덮였다. 방금 모영의 손을 떠난 암기는 엽전과 분말이다. 엽전 다섯 개가 머리와 몸을 향해 일제히 날아가 박히는 것을 모영이 제 눈으로 똑똑히 본 것이다. 그리고 보라, 이어서 손바닥을 떠난 검은 분말이 도림의 몸을 감싸고 있다.

"으으악!"

도림의 비명이 울리더니 떨어져 내렸다. 그러나 다음 순간이다.

"어억!"

놀란 모영의 외침이 울렸다. 모영 또한 도림이 던진 암기에 맞았기 때문이다. 도림의 암기는 젓가락 모양의 표창이다. 표창 세 개가 날아가 모영의 팔과 다리에 각각 박힌 것이다.

"이, 이놈!"

분개한 모영이 악을 썼지만 팔과 다리 한쪽에 감각이 없어지기 시작했다. 그 순간 도림의 몸이 시야에서 사라졌다.

"어엇!"

모영이 기를 쓰고 다시 품 안에서 암기를 꺼내 쥐었다.

"이놈, 나오너라!"

모영의 목소리가 강변을 울렸다. 그 순간이다. 뒤쪽 잡초가 흔들리더니 도림의 몸이 떠올랐다.

"에잇!"

도림의 손에는 다시 장검이 쥐어져 있다.

"휙, 휙, 휙, 휙!"

도림이 휘두른 검법은 점창 36식으로 몸통의 상하좌우를 각각 두 번씩 후려치고, 찍고, 내려치며, 좌우로 올려치는 네 가지의 동작이 잇달아 펼쳐졌다.

"휙, 휙, 휙, 휙!"

장검이 대기를 가르는 날카로운 음향을 내는 것을 빗나갔기 때문이다. 도림의 장검은 단숨에 8식(式)을 전개했지만 모영의 거대한 몸통은 베지 못했다. 다리 한 짝과 팔 한 짝으로 서 있으면서 모영은 그림자처럼 검광에 흔들리기만 한다.

"에익!"

도림의 두 눈이 시뻘겋게 달아올랐다. 모영은 고수(高手)인 것이다. 자신보다 한두 등급이 높다. 도림은 모영에게 표창 두 개를 맞췄지만 자신은 이미 독바늘 10여 개가 박힌 상황이다. 기를 쓰고 혈류 흐름을 막고 있는데도 급격히 공력이 떨어지는 중이다. 그때 모영이 머리를 치켜들더니 어두운 밤하늘을 향해 기괴한 외침을 뱉었다.

"우우우오!"

마치 늑대와 곰의 외침을 섞은 것 같다. 그 순간 체구가 부풀려지면서 모영의 입에서는 검은 물줄기가 뿜어졌다. 피다. 모영은 몸 안의 독기를 피와 함께 뱉어내는 것이다. 엄청난 공력이 소모되는 이 기법은 내공을 쌓지 않으면 바로 절명하게 되는 터라 지금까지 도림은 본 적도 없다. 도림은 품 안에 있던 표창 여섯 개를 다 뽑아서 곰에게 던졌다. 마지막 기력까지 다 뽑아낸 것이다.

"으앗!"

저절로 도림의 입에서도 절규하는 것 같은 외침이 터졌다. 이 표창들은 이 년간 창독을 담가놓은 단지에 넣어서 독이 배이게 한 다음에 다시 안에는 평산 살모사의 독을 담았다. 표창에 찔리기만 하면 숨 네 번 마시고 쉴 사이에 즉사한다. 혼신의 힘을 넣어서 던진 표창이 모영의 몸에 박힌 것을 확인한 도림은 얼굴을 일그러뜨리며 웃었다.

"됐다."

인간의 목숨은 수억 년 이어가는 세상에서 흩날리는 한 점 먼지나 같다. 먼지 같은 인생이다. 내 뜻으로 오지 않았지만 내 의지로 가는 것이 기쁠 뿐이다. 조금 늦게 간다고 먼지가 변하겠느냐? 도림은 그 자리에서 구겨지듯 쓰러졌다.

"도림이 죽었어?"

놀란 김산의 얼굴이 굳어졌다. 드문 일이었으므로 삼관필과 비호수는 긴장했다.

"예, 대감, 상대는 천인회의 광견(狂犬)이라는 동보채주 출신 모영이라고 합니다."

시선을 내린 삼관필이 겨우 말했다.

"도림은 놈과 대결을 벌이기 전에 수하 둘을 내보냈다고 합니다. 그런데 수하 하나가 둘의 대결을 숨어 보았다는 것입니다."

"……."

"모영은 도림의 표창을 맞고도 경공을 펼쳐 어둠 속으로 사라졌다고 합니다."

"도림의 시신은 어떻게 되었느냐?"

김산이 가라앉은 목소리로 묻자 삼관필은 다시 외면했다.

"예, 팔다리가 녹아 문드러졌고 얼굴은 형체를 알 수 없을 정도로 부서져 있었습니다."

"……."

"모영은 제 몸에 박힌 표창을 도림의 시체에 박았다고 합니다."

"……."

"놈은 칼끝으로 '동보채주 모영'이라는 글자를 도림의 가슴에 새겨놓고 떠났습니다."

머리를 든 삼관필은 숨을 들이켰다. 김산의 얼굴에 웃음이 떠올라 있었기 때문이다. 둘의 시선을 받은 김산이 말했다.

"놈이 나를 유인하는 것이다. 하지만 가 보기로 하자."

영고장 여관의 방안에서 유옥구가 웃음 띤 얼굴로 재성의 보고를 듣는다.

"강가의 시체는 김산의 수하입니다. 무공이 높아서 모영도 부상을 입었지만 내일이면 회복이 된다고 하오."

"모영이 녹림 18채의 체면을 세웠군."

"수단이 악랄해서 김산 수하는 팔다리가 녹고 얼굴이 형체를 분간할 수 없을 정도로 쪼그라졌다고 합니다."

"허, 그래?"

찻잔을 든 유옥구가 창밖으로 귀를 기울이는 시늉을 했다. 유옥구는 요즘 자주 이런다. 다시 머리를 든 유옥구가 웃음 띤 얼굴로 재성을 보았다.

"모영이 창독을 쓰는 모양인가? 하긴 녹림 18채가 훔치지 않는 비기가 없을 테지."

쓴웃음을 지은 유옥구가 초점이 멀어진 시선으로 말을 이었다.

"창독을 맞으면 사지가 녹고 머리에 맞으면 뼈가 오그라지면서 형체를 알 수가 없어지지."

"모영은 상대가 던진 표창을 두꺼운 옷으로 막아 받았다가 시체에다 모조리 박았다고 합니다. 그래서 그렇게 된 것 같습니다."

"……."

"곽천과 양경귀, 지홍은 움직이지 않지만 모영이 나대는 건 우리에게 유리한 것 같습니다. 방주."

"그렇군."

이윽고 유옥구가 천천히 머리를 끄덕였다.

"김산이 제 수하가 그렇게 된 것을 듣고 가만있지는 않겠군."

소림사 8대호원 유담과 방차옥은 동문 사형과 사제 관계로 우의가 좋았다. 둘 다 40대 중반의 장년으로 소림사 방장 구선복 선사의 지시를 받아 이번 전쟁에 출전했는데 별로 의욕을 보이지 않았다. 소림사는 7대 문파, 또는 9대, 10대 문파로 나누어지는 무림정파에서 단연 제1이다. 명성뿐만이 아니라 무공 면에서도 타 정파가 범접할 수 없는 위치에 올랐고 의기와 자부심이 남달랐다. 그래서 이번 천하정파의 무림 고수를 몽골제국의 황제가 모았을 때 어쩔 수 없이 방장의 명에 따라 안휘성까지 왔지만 심기가 편치 않았다. 그것은 첫째, 황제랍시고 무림 지존인 소림사에게 이래라저래라 하는 권위에 대한 반발이요, 두 번째는 제국 황제의 대리인이라는 어사총감 김산에 대한 거부감이다. 김산이 서부령 총독, 폴란드 총독까지를 겪은 대장군, 전략가라고는 하나 고려인 포로 출신이다. 출신이 미천한데다 소림사 입장으로 보면 김산의 무공은 잡술을 섞어놓은 시장통 곡예나 같았다. 더구나 김산은 각지에서 모인 무림정파의 원로들에게 인사도 오지 않고 모장산 속 사찰에 머무르게 한 것이다. 시간이 지날수록 원로들의 심기가 불편해지고 있다.

"사형, 고기 맛을 잊은 지 오래되었소. 내가 낮에 멧돼지 몇 마리를 잡아오리다."

방차옥이 아침 일찍 나서면서 말했다. 이미 방차옥은 18나한 도한과 짐꾼으로 10계품의 수하 둘까지 셋을 거느리고 있다.

"저런, 돼지 같은 놈."

돼지 잡으러 가는 방차옥의 등에 대고 유담이 잔소리를 했다.

"좀 들어앉아서 수행이라도 하면 다리에 쥐라도 나느냐?"

"수행은 사형이 대신하시오. 나는 고기를 대리다."

떠들썩하게 소리치는 바람에 아침의 산사(山寺)가 울렸다. 다른 무림정파 인간들도 다 들었을 것이다.

"어사총감인지 대감인지가 오지도 않겠지만 와서 찾는다면 나는 산에서 불공드리려고 오지 않았다고 전하시오."

일부러 그러는 것이다. 목소리가 더 커진 것을 보면 알 수가 있다.

운기조식을 끝낸 모영이 청으로 들어서자 곽천이 웃음 띤 얼굴로 맞았다.

"그대가 공을 세웠다."

"아닙니다."

쓴웃음을 지은 모영의 시선이 옆쪽에 서 있는 양경귀에게로 옮겨졌다. 양경귀가 곽천에게 자랑하는 바람에 어쩔 수 없이 불려 온 것이다. 지금까지 모영은 곽천 앞에 대놓고 나타난 적이 없는 것이다. 곽천이 모영의 몸을 훑어보는 시늉을 했다.

"격전을 치렀다던데, 부상은 완치되었나?"

"예, 독기를 다 빼내었으니 되었습니다."

"상대가 누구라구?"

"소인도 알 수 없습니다. 얼굴이 녹아 버린데다 증표로 삼을만한 물건이 없었습니다."

"천하무적이라는 그대를 부상 입히기까지 했으니 고수임이 분명하다."

"과찬이시오."

"내가 곧 태감께 보고를 드릴 테니 상급이 내려올 것이야."

몇 마디 칭찬을 더 들은 모영이 둥근 몸을 부풀리며 청을 나왔을 때 양경귀가 따라왔다. 둘이 마당 가에 닿았을 때 양경귀가 불쑥 물었다.

"그놈이 연락원으로 실종된 점창파 놈이 분명했어?"

"분명했소."

목소리를 낮춘 모영이 말을 이었다.

"점창파 36식을 펼치는데 하마터면 내가 죽을 뻔했소."

"그런데 왜 그 말을 하지 말라는 거냐?"

"생각해보시오."

발을 멈춘 모영이 주위부터 둘러보았다.

"이번에 태호에 온 천인회 대장이 바로 점창파 장문인 유옥구요. 그자가 아무리 배신자라고 하지만 내가 제 문파를 처참하게 죽였으니 속이 편

하겠소?"

모영의 부푼 얼굴에 쓴웃음이 번져졌다.

8장
요녀(妖女)

찬잔을 내려놓은 유옥구가 문득 움직임을 멈췄다. 호흡도 끊고 눈동자도 고정시켰다. 자시(12시) 무렵, 옆쪽 유곽에서 비파로 흐느끼는 것 같은 곡을 연주하고 있다. 강가에서 선 여인, 바람결에 치마가 펄럭이고, 긴 머리칼이 얼굴에 휘감겼다. 강물이 출렁이면서 흰 물결이 일어났다. 여인의 고운 얼굴에 수심이 덮였고 눈에 눈물이 맺혔다. 아아 서청(徐靑), 너는 30년 전이나 다름이 없구나. 세월이 무슨 소용 있겠느냐? 30년 전에 박힌 너를 죽을 때까지 그대로 지니고 있을 것이다. 그때 비파 소리가 그쳤다. 유옥구의 어깨가 내려가면서 눈동자가 흔들렸다. 그리고는 창문을 향해 독음(獨音)으로 묻는다.

"웅조냐?"

그 순간 2층 창문이 열리더니 사내가 소리 없이 방으로 들어섰다. 검정 바지저고리를 입고 검정 두건을 썼지만 얼굴은 드러났다. 죽은 도림의 사숙인 웅조다. 유옥구를 향해 머리만 건성으로 숙여 보인 웅조가 창가에 서더니 외면한 채 말했다.

"장문인께서 이제야 저를 불러 주시는군요."

유옥구는 대답하지 않았고 웅조가 말을 이었다.

"도림이 처참하게 피살되고 나서야 저를 만나주십니다, 그려."

웅조의 목소리에 처연한 기색이 덮었다.

"도림은 어사총감 김산에게 잡혀 심복하게 되었습니다. 장문인을 찾으려고 천인회에 가입했던 터이니만치 위황에 대한 의리 따위는 지킬 필요도 없었지요."

"……."

"따라서 도림의 죽음에 대한 책임은 장문인에게 있습니다. 나는 이제 그 죄를 따져야 되겠습니다."

"……."

"첫째 죄는 장문인임에도 불구하고 점창산을 무단 이탈한 죄."

"……."

"둘째는 장문인을 찾으려고 도림과 내가 천인회에 가입한 것을 알면서도 모른척하고 피한 죄."

"……."

"세 번째는 도림을 죽게 만든 죄이니 장문인은 이제 정법당의 판결을 받아 죗값을 받게 될 것이오."

그때 유옥구가 손을 들었다. 유옥구의 눈동자가 번들거리고 있다.

"들어보아라."

유옥구가 독음으로 말했다.

"저 비파소리를, 들리느냐?"

웅조가 긴장한 듯 눈을 치켜떴다. 이제는 유옥구를 쏘아보고 있다. 어느덧 유옥구의 눈이 가늘어지면서 초점이 멀어졌다.

"저렇게 연주할 수 있는 사람은 서청뿐이다. 그렇지 않느냐?"

"사형, 실성했소?"

이제는 웅조가 유옥구를 사형이라고 부른다. 웅조의 목소리가 격정으로 떨렸다.

"사형, 30년 전에 그 계집 때문에 파문을 당할뻔한 것을 잊었소? 그런데 갑자기 서청이라니? 죽은 년이 환생이라도 했단 말이오?"

"들리지 않는단 말이냐?"

유옥구가 버럭 역정을 내었다.

"하긴 네 무공으로는 어렵지. 2백 보 밖의 기침 소리도 듣지 못하는 놈이니."

"사형은 실성한 체하거나 실성했소. 어쨌든 정법당의 판결을 받게 될 것이오. 나는 점창파 대리인으로 전(前) 장문인 유옥구에게 통보를 하는 것이오. 이제 나와 도림의 임무는 끝났소."

"도림이 아깝다."

갑자기 유옥구가 혼잣말을 했지만 웅조의 눈썹이 곤두섰다. 웅조가 불을 품는 깃 같은 시선으로 유옥구를 보았다.

"도림에게 진 죗값도 받게 될 것이오."

"사제, 이 비파 소리가 들리지 않는단 말이냐?"

다시 유옥구가 물었을 때 웅조가 몸을 날려 창밖으로 사라졌다. 머리부터 창밖으로 빠져나가는 것이 마치 연기처럼 사지가 흐늘거린다.

비파 소리가 들린다. 웅조는 들리지 않는다고 했지만 지붕 위에 앉은 김산에게는 비파 소리가 선명하게 들렸다. 이곳은 영고장 여관 건너편의 태호부 관(官) 창고 지붕 위다. 김산은 채화진과 나란히 앉아 있었는데 이곳에서 영고장 여관 2층의 유옥구 방까지는 직선거리로 1백 보쯤 되었다. 달도 없는 깊은 밤이어서 주위는 짙은 어둠에 덮여 있다. 그때 채화진이 머리를 돌려 김산을 보았다.

"들립니까?"

얼굴이 한 자밖에 떨어지지 않았는데도 채화진은 입술도 움직이지 않는 독음을 쓴다. 그만큼 조심하는 것이다. 둘은 유옥구의 방에서 웅조와의 이야기를 다 들었다. 그래서 비파 소리를 들었느냐고 묻는 것이다. 김산이 머리만 끄덕였더니 채화진은 놀란 듯 눈을 크게 떴다.

"저는 듣지 못했습니다."

"그런데 어디에서 비파를 뜯는지는 모르겠다."

"그렇다면 무공이 대단한 사람입니다."

채화진이 말을 이었다.

"아니면 웅조 말대로 유옥구가 실성을 했던지요."

"실성을 한 것 같지는 않아."

머리를 저은 김산이 지그시 유옥구의 창문을 보았다. 이제 창문은 닫혔고 안의 불도 꺼졌다.

모장산 사찰의 객방에 누워있던 방차옥은 발바닥이 간지러웠으므로 발을 오므렸다. 그러자 발바닥이 따끔거렸다. 바늘에 찔린 것 같다. 잠이 달아난 방차옥이 머리를 들었다가 대경실색을 했다.

"으악!"

뱀이다. 아이 팔뚝만 한 독사가 발밑에서 머리를 세우고는 방차옥을 노려보고 있는 것이다. 그 순간 독사가 펄쩍 뛰어오르면서 다시 발을 물었다. 그러나 그것은 독사 생각일 뿐이다. 몸이 아름드리 술통만 해도 어제는 산에서 멧돼지를 뛰어 잡은 방차옥이다. 손바닥으로 파리를 죽이듯이 내려쳐서 독사 대가리를 박살을 내버렸다.

"아이구."

그러나 이미 독사에게 발바닥은 물린 상태다. 발목을 움켜쥔 방차옥이 상처를 보더니 곧 내공을 일으켰다. 가부좌를 틀고 앉은 방차옥이 혈류를 무릎 밑에서 중단시키고 다시 역류시켜 독기를 물린 자리로 뽑아내었다. 그러나 바쁘게 서두르느라고 독사가 왜 방 안에 있었느냐는 생각을 하지 못했다.

"으아악!"

내공을 일으키던 방차옥의 입에서 다시 비명이 터졌다. 이번에는 독사 두 마리가 동시에 허리와 엉덩이를 문 것이다. 혈류를 운용하던 터라 움직일 수도 없는 상황이었다. 독이 급속히 전신으로 퍼졌고 방차옥을 절망했다.

"이런 염병을 할."

독이 들어가 혈류와 부딪치면서 격심한 고통이 왔다. 저절로 넘어진 방차옥이 다시 욕질을 했다.

"방에 웬 뱀이여! 개 같은!"

방차옥이 발견된 것은 그로부터 한식경(30分)쯤이 지난 후였다. 이미 전신에 독이 퍼진 방차옥의 몸은 시퍼렇게 되어 굳어졌고 맥박만 희미하게 잡힐 뿐이었다. 저녁 먹으라고 부르러 왔던 수하가 발견했는데 달려온 유담이 소림사 비전인 환단을 깨어 먹이고 기를 불어넣는 등 온갖 기법을 썼지만 곧 맥박도 끊기려고 했다.

"도대체 방에 독사가 세 마리나 있었다니!"

유담이 시체가 되어가는 방차옥의 옆에 앉아 분통을 터뜨렸다.

"누가 집어넣은 것이 아니냐?"

둘러서거나 앉은 일행은 말이 없다. 소림사 양대 거두 중 하나가 이 꼴이 되었으니 무림정파의 연합군이라고 은근히 자부했던 다른 파벌들도 언짢은 기색들이다. 그때 화산파 법사 장기평이 머리를 기울이며 말했다.

"내가 뱀을 좀 아는데 저 독사들은 북방의 찬 이슬을 먹고 산다는 청무사(靑霧蛇)요, 저놈들이 이곳 남방까지 내려온 것이 수상하오."

"누가 던져 넣었겠지."

모산파 장로 포척이 말했다.

"뱀이 세 마리나 문지방을 넘어서 객방에 들어갈 리는 없소."

"아니, 그렇다면 누가?"

방차옥 수하 18나한 도한이 눈을 부릅뜨고 소리쳤을 때 방차옥의 맥을 재던 부하가 머리를 들었다.

"맥이 끊겼습니다."

"이럴 수가."

낙담한 유담이 얼굴을 일그러뜨렸다. 방차옥의 죽음보다 소림사 체면이 이 땅에 떨어진 것이다. 소림사 8대 호원중 하나가 방에서 자다가 뱀에 물려 죽다니 앞으로 강호에 몇백 년간 웃음거리로 남을 개망신이다. 그때였다. 문 앞이 수선스러워지더니 수하 하나가 소리쳤다.

"어사총감께서 오셨습니다."

"이런."

유담이 눈썹을 치켜들었다. 때맞춰 나타난다는 생각이 들었기 때문이다. 미운 놈은 밥때에 맞춰 나타난다는 경우나 똑같다. 방안에 가득 모인 무림 고수들이 수선거렸고 곧 길이 트여지면서 한족 여행자 차림의 사내가 나타났다.

"제자 김산이 인사드립니다."

허리를 깊게 꺾은 김산이 제자라고 청했으므로 모두의 얼굴이 조금 풀렸다. 인간은 고수나 하수나 다 같다. 겸손한 상대에게는 긴장을 푸는 법이다. 허담이 대표로 인사를 받았다.

"어사총감께서 좋지 않은 때에 오셨습니다."

"아아, 저런."

김산의 시선이 이제는 시퍼런 바위처럼 굳어져 있는 방차옥에게로 옮겨졌다. 그러더니 곧 옆에 앉아 얼굴을 손바닥으로 덮었다.

둘러선 10여 명의 무림 각파 고수들은 입을 열지 않았어도 속으로 오만 가지 생각이 난무했을 것이다. 그 생각이 제각기 얼굴에 조금씩 나타나 있다. 모두 쓴웃음을 짓거나 찌푸린 표정이다. 유담만이 진지한 얼굴로 김산의 손바닥을 보고 있을 뿐이다. 그때 김산의 손바닥을 덮은 채로 말했다.

"맥박이 끊겼어도 기운은 남아 있습니다. 다만 분출하지는 못할 뿐이지요."

모두 김산의 입만 보았다. 그래서 어쩌란 말인가? 맥박이 끊기면 남아

있던 온기도 다 탄 숯불처럼 재가 되어 꺼지는 법이다. 그것이 생명이다. 그때 김산의 목소리가 이어졌다.

"독으로 맥박이 끊기면 그 독성으로 불씨를 일으켜 기운을 살릴 수가 있지요. 그 기운이 곧 독성을 뿜어냅니다."

그 순간 김산이 방차옥의 얼굴에서 손을 떼었다. 그 순간이다. 방차옥의 머리가 흔들리는 것 같더니 상체도 조금 흔들렸다. 이어서 다리가 움직였으므로 놀란 고수들이 일제히 숨을 들이켰다. 반대쪽에 쪼그리고 앉아 있던 18나한 도한은 놀라 몸을 젖혔다가 엉덩방아를 찧었다. 그때였다.

"우웩!"

방차옥이 입을 딱 벌리면서 검은 핏줄기를 뿜어내었다. 높이가 다섯 자나 되었으므로 모두 뒤로 물러났다가 뒤에 섰던 고수 몇 명은 문지방에 걸려 자빠졌다.

"우웩!"

또 한 번 검은 피를 분출한 방차옥이 몸을 뒹굴었을 때 김산이 손바닥으로 등을 쳤다.

"퍽!"

"으아악!"

엎드린 방차옥이 이제는 붉은 피를 토하더니 두 손으로 피바다가 된 방바닥을 짚고 상체를 세웠다. 그리고는 피로 범벅이 된 얼굴을 들고 김산을 보았다.

"각하, 시체가 되어가면서 각하의 말씀을 다 들었소."

방차옥의 눈에서 닭똥 같은 눈물이 떨어졌다. 다시 방차옥이 소리치듯 말한다.

"참으로 신인(神人)이시오!"

단숨에 분위기가 잡혀졌다. 지금까지 얼굴도 비치지 않았던 어사총감 김산에 대한 반감이 가셔진 것이다. 방차옥을 시작으로 김산은 무림 수뇌들과 분분히 인사를 나누었다. 모두 연장자인데다 문파의 장문인이나 대행 역을 맡는 고수들이어서 인사도 길어졌다.

"그런데 도대체 누가 독사들을 넣었단 말인가?"

화산파 법사 장기평이 정색하고 좌중을 둘러보았으므로 법당 안이 조용해졌다. 이제 모장산 법당에는 김산을 중심으로 수십 명의 무림정파 수뇌가 둘러앉아 있는 것이다.

"청무사가 날개가 달린 것도 아닐 테고 그것도 세 마리나 말이오."

장기평의 말에 유담이 나섰다.

"모장산의 경비가 철통 같은데 누가 법당 안까지 들어와 뱀을 던져 놓았단 말인가? 외부 인사는 아닌 것 같소."

"그렇습니다."

18나한 도한이 소리치듯 동의했을 때 모산파 장로 포척이 눈을 감고 주문을 외우는 시늉을 했다. 모두의 시선이 포척에게로 옮겨졌다. 모산파는 불가에서 분파된 무림 10대 문파 중 하나지만 전국을 탁발행으로 방랑하는 터라 정보력이 뛰어났다. 특히 주문으로 귀신을 부르고 부적을 붙여 액을 쫓고 부르는 신통력을 발휘했다. 포척이 모산파의 3대(大) 신승(神僧) 중 하나인 것이다. 이윽고 주문을 마친 포척이 눈을 떴다.

"암내가 난다."

코를 킁킁거려 냄새를 맡는 시늉을 하면서 포척이 말을 이었다.

"색향(色香)이다."

"이런 젠장맞을."

전진교 교두 황방이 투덜거렸다. 중머리에 회색 도복 차림의 황방이 포척을 흘겨보았다. 전진교는 유‧불‧도교를 혼합하여 서민적, 실천적 교리를 퍼뜨려왔지만 부적이나 주문은 배척했다. 모산파와는 수행 방법이 반대다. 황방이 손바닥으로 법당 바닥을 내려치며 말했다.

"무슨 뚱딴지같은! 이 사찰안에 여자가 어디 있단 말이냐! 부엌에 숨어 있는 암컷 쥐 냄새를 맡은 것 아닌가?"

"음부의 냄새가 독하다."

황방을 무시한 채 포척이 다시 코를 킁킁거렸다.

"이 사찰 안에 있어. 그 음부가 뱀을 넣은 거야."

그때 유담이 물었다.

"이보오, 포형, 그 음부가 사찰 어디에 있는지 말해 주실 수 있소?"

"부적값을 내야겠지."

황방이 쏘아붙였고 18나한 도한도 거들었다.

"이건 무공을 펼칠 필요가 없군. 주문만 외우면 다 끝나니."

"지붕 위에 있어!"

다시 포척이 말했을 때 대부분이 외면하거나 투덜거렸지만 서너 명이 법당 밖으로 뛰어 나갔다. 김산이 그들을 보았다. 장로들을 수행해온 도사들이었지만 붉은 가사를 걸친 포척의 부하도 끼어있다.

"지붕 위에서 무얼 하오?"

지금까지 잠자코 있던 방차옥이 물었을 때였다.

"아앗!"

밖에서 울린 외침 소리에 모두 긴장했다.

"옷이다!"

누군가 다시 외쳤으므로 성질이 급한 서너 명이 벌떡 일어나 뛰쳐나갔다. 그때 김산이 웃음 띤 얼굴로 유담과 장기평 등 연장자들을 보았다.

"대담한 여자입니다."

"여자라고 하셨소?"

장기평이 물었을 때다. 소림사 제자 하나가 손에 옷을 들고 왔는데 여자 속옷이다. 멀리서부터 향내가 맡아졌기 때문에 황방이 커다랗게 염불을 했다. 그때 갑자기 김산이 손을 휘저었다. 냄새를 없애려는 것 같다. 제자가 유담에게 다가가 앞에 옷을 놓았다. 흰옷이었으나 오래 입었기 때문인지 향내와 함께 체취가 배어있다. 더구나 속옷 바지다. 음부의 냄새가 맡아졌다.

"으음."

화산파 법사 장기평이 눈을 부릅떴다.

"이런 요망한 년, 이년이 우리를 우롱하고 있지 않은가?"

"그러고 보니 맞는 말씀이오."

눈을 치켜뜬 방차옥이 벌떡 일어났을 때였다. 김산이 손을 들고 말했다.

"뱀을 풀고 바로 떠났소."

모두의 시선이 모여졌고 김산이 말을 이었다.

"옷을 남겨놓은 것은 자신의 신분을 밝히려는 의도요."

"각하."

정색한 유담이 김산을 보았다.

"각하께선 누군지 짐작이 가십니까?"

293

"옛날 독과 향으로 무림을 떠돌던 여자가 있었습니까?"

김산이 되묻자 모두 제각기 옆 사람의 얼굴을 보거나 궁리하는 시늉을 했다. 그때 성급한 방차옥이 나섰다.

"7, 8년전에 하북성에서 독을 풀어 무림인들을 암살한 당문 소속의 계집이 있었소. 지금도 잡지 못했다는데."

"당문의 계집은 아니오. 무공은 보잘것없어서 감히 이곳에 올 수는 없소."

장기평이 바로 부정하더니 말했다.

"10년쯤 전에 제 동문을 10여 명이나 독살한 아미파의 도사가 있었소. 그년을 아미파에서 쫓다가 흐지부지되었다던데 색을 밝힌다고 했소."

"아니오."

주문을 그친 포척이 머리까지 저었다.

"내가 작년에 아미파 대사를 만났는데 그 도사 년은 진즉 잡아서 지금 지옥 굴에 넣어놓았다고 했소."

"하나 있는데."

그때 공동파 교주 이조경이 말했다. 이조경은 60여 세, 흰 수염이 가슴까지 늘어졌으나 얼굴은 붉다. 이조경이 눈을 가늘게 뜨고 말했다.

"30년 전 서청이란 점창파의 부교주가 있었소. 교주 서황의 딸로 절세미인인데다 아비의 무공을 이어받아 점창파 제일이라는 소문이 났었는데 색향(色香)이란 별명이 있었지."

그때 유담이 머리를 끄덕였다. 유담은 50대 중반이다.

"나도 들었습니다. 독을 써서 당의 원로 여섯을 죽이고 파문을 당했지요? 그런데 이 독사들하고는 무슨 관계가 있다는 것이오?"

"저 더러운 속옷은 뱀을 싼 것 같소. 뱀 비늘이 몇 개 보이는구려."

방 가운데 놓인 속옷을 눈으로 가리켜 보인 이조경이 말을 이었다.

"서청은 제 적수를 죽일 때 꼭 흔적을 남겼습니다. 그것도 여자의 속옷에 증거물을 넣었지요."

황방의 시선이 속옷으로 옮겨졌다.

"당의 원로들을 죽일 때도 여자의 속옷에 독이 든 돼지고기를 싸들고 갔다고 했소. 그리고……"

말을 멈춘 이조경이 갑자기 눈을 부릅떴으므로 모두 긴장했다.

"왜 그러시오?"

유담이 묻자 이조경이 손바닥으로 입을 막았다가 내렸다. 그러더니 운기로 끌어올려 보더니 머리를 기울였다. 그 동작이 괴이했으므로 모두 시선을 주었다. 그때 김산이 웃음 띤 얼굴로 물었다.

"그, 서청이란 분이 여자의 속옷에도 독을 묻혔지 않습니까?"

"그렇습니다."

이조경이 대답하자 법당 안에서 일제히 소동이 일어났다. 유담까지 숨을 멈추고 제 몸의 원기 점검을 했다. 그때 김산이 말했다.

"속옷에 극독이 배 있었소. 여자 음부 냄새가 바로 당산독(糖酸毒) 냄새를 막기 위한 수단이었소."

모두의 안색이 굳어졌다. 특히 황방의 얼굴이 시퍼렇게 되었다. 다시 김산이 말을 이었다.

"모두 안심하셔도 좋소. 내가 속옷을 법당 안으로 가져올 때 당산독을 제거하는 해독제를 방안에 뿌렸소. 그래서 여러분이 살아 계신 거요."

그때서야 숨을 참던 고수들이 하나둘씩 어깨를 올리거나 내렸다.

"각하께서 우리 목숨을 구하셨소."

먼저 유담이 인사를 했지만 건성이다. 긴가민가한 표정이 그것을 증명하고 있다.

"그렇다면, 서청이 우리 모두를 죽이려고 했단 말입니까?"

방차옥이 그렇게 물었는데 도무지 믿기지 않는다는 표정이다.

"도대체 그 여자는 나이가 몇입니까? 그리고 우리한테 무슨 원한이 있다고……."

"50대 중반쯤은 되었을 것이오. 당 원로들을 죽이고 종적을 감추었다고 들었소."

이조경이 대답하더니 다시 김산에게 돌아앉았다. 이제는 정색하고 있다.

"속옷을 법당 안에 가져올 때 갑자기 각하께서 손을 휘저으시길래 의아했습니다. 그것이 해독제를 뿌리시는 것이었군요. 과연 신인(神人)이십니다."

"제가 독(毒)에 민감했기 때문입니다."

김산의 시선이 다시 속옷으로 옮겨졌다. 저것이 과연 서청의 소행인가?

그날 저녁 무렵, 채화진이 태호부의 청사에서 방위부장 큐이란과 마주앉아 있다. 큐이란은 1만인장급 장수였지만 채화진을 상석에 안내했고 태도가 정중했다. 그도 그럴 것이 채화진은 구유크 황제 치하에서도 태자당 태위, 감찰관까지 지낸 터라 어지간한 고급 관리는 명성을 알고 있기 때문이다. 거기에 다시 몽케 황제치하에서 서슬이 시퍼런 어사총감의 감독관이 되었으니 긴장하지 않을 수가 없다.

"태호부의 178개 숙박업소는 모두 감시망을 설치했습니다. 이것은 감독관 나리의 덕분입니다."

큐이란은 지배층인 몽골인이지만 고려인 출신 김산은 물론이고 한족 채화진에게도 전혀 우월의식을 내보이지 않는다. 이것이 소수부족인 몽골 부족이 천하를 제패한 이유다. 큐이란이 말을 이었다.

"또한 태호부의 3,215개 가게를 10개씩 묶어 조장을 세웠습니다. 조장이 관리하는 10개 가게에 수상한 인물이 나타나면 바로 신고를 하도록 하고 만일 신고를 안 한 것이 드러나면 연대 책임을 물도록 했습니다."

채화진이 머리를 끄덕였다. 연대법은 서로가 감시하는 효과가 있다. 이번 태호부의 무림전쟁에 대비해서 채화진은 공적 기관까지 동원했다.

"여자 투숙객이나 가게에 들르는 여자 손님 중 이상한 사람이 발견되면 즉시 신고를 하도록 하세요."

채화진이 말하자 큐이란이 물었다.

"여자의 내력은 무엇입니까?"

"변장을 했겠지만 미모요. 나이는 상관이 없고 무공이 출중한 정도."

"알겠습니다."

"여자가 비파를 지니고 있을지 모릅니다."

"예, 지니고 있다면 찾기가 쉽겠습니다."

채화진이 찾는 여인은 바로 김산과 함께 유옥구의 방에서 들은 서청이다. 채화진은 듣지 못했지만 유옥구와 김산이 비파 소리를 들었다. 김산은 비파를 뜯는 장소를 모르겠다고 했다. 마치 꿈속의 인물을 찾는 것 같기도 하다. 큐이란과 헤어진 채화진이 청사를 나왔을 때 곧 뒤쪽으로 사내 둘이 붙었다. 채화진의 수하다.

"나리, 영고장의 유옥구가 방으로 사람들을 모으고 있습니다."

뒤에서 수하 한 명이 말했다. 오후 술시(8시) 무렵이다. 태호부의 번화한 청사 거리에는 오가는 행인이 많다. 수하가 말을 이었다.

"영고장에 오늘 손님이 30여 명이 들었는데 모두 유옥구의 수하들 같습니다."

채화진은 앞쪽을 향한 채로 쓴웃음을 지었다. 그런데도 큐이란은 모든 여관에 감시자를 붙였다고 해놓고서 영고장에 유옥구가 든 것도 모르고 수하들이 30여 명이 증가한 것도 모르는 것이다. 일당들의 변장술에 속았기 때문이다. 그리고 채화진의 수하들은 태자당 시절부터 단련된 추적의 고수들인 것이다.

젓가락을 내려놓은 웅조가 머리를 들었다. 이곳은 태호부에서 30리(15km) 정도 떨어진 소읍(小邑), 여관이 셋뿐인 곳이다. 저녁 술시가 조금 지난 시간이어서 여관의 식당은 손님들이 많았다. 손님의 절반 정도가 마을 사람들인 것이 대읍(大邑)과는 다른 점이다. 식당 안을 둘러본 웅조가 소리 죽여 숨을 뱉었다. 소음 속에서 비파 소리가 들려왔기 때문이다.

"환청이다."

쓴웃음을 지은 웅조가 다시 젓가락을 들었을 때다.

"사제, 나야."

여자의 목소리에 웅조는 대경실색을 했다. 손에 든 젓가락이 떨렸고 얼굴이 하얗게 굳어졌다. 웅조의 나이 52세, 지금까지 이렇게 놀란 적이 없다.

"사매, 사매가 맞아?"

웅조가 떨리는 목소리로 물었다. 식탁에 혼자 앉아있는 터라 겉모습은 입을 꾹 다물고 있다. 독음을 하는 것이다. 그때 다시 목소리가 귓속으로 파고들었다.

"그럼 내가 누구겠니?"

"서청?"

"건방지게, 누님 이름을 함부로 부를 거냐?"

웅조가 다시 식당을 둘러보았지만 손님들은 모두 남자다. 이쪽을 바라보는 사람도 없다. 어금니를 문 웅조가 다시 독음으로 말했다.

"오장산 절벽에서 떨어져 죽었다던데, 목소리를 들으니 산 것은 맞는 것 같군."

"내가 원통하게 죽을 리가 있나?"

"원통하다니? 원로 사숙 여섯을 독살하고 유 사형을 파문시키려다가 실패했지. 내가 모를 줄 알아?"

"네가 모르는 일이 많아."

"입 닥쳐!"

눈을 부릅뜬 웅조가 상반신을 세웠다.

"이곳은 시끄러우니까 내 방으로 와, 둘이 얼굴 맞대고 이야기를 하자구."

"네가 꼬리를 달고 있어."

그 순간 놀란 웅조가 몸을 굳혔지만 경솔하게 눈동자를 굴리지는 않았다. 목소리가 이어졌다.

"네 왼쪽 두 번째 식탁에서 마주 보고 앉아있는 상인 행색의 두 놈, 근처 가게 주인 행세를 하고 있지만 너를 미행해온 놈들이다."

웅조도 진즉 보았다. 식당 안의 17개 식탁 중에서 가장 안심해도 좋을 인간들로 분류해 놓았던 터여서 웅조의 심장 박동이 거칠어졌다.

"그럴 리가, 저놈들은 무공 공력도 보이지 않는데."

"감춘 것이지, 고수들이야."

여자가 짧게 웃었다.

"넌 30년 동안 외공(外功)만 쌓았구나. 내가 전에도 그랬잖니? 외내공(外內功)을 함께 닦으라고 말야."

"사매."

마침내 숨을 들이켠 웅조가 이사이로 물었다.

"사매, 정말 사매야?"

그때 여자가 짧게 웃었다.

"자, 이제 되었어. 네 방으로 가자."

그 순간 머리를 돌린 웅조는 왼쪽 두 번째 식탁에 앉은 사내 둘이 제각기 엎드려 있는 것을 보았다. 술을 마시던 중이라 취해서 엎어진 것처럼 보인다. 자리에서 일어선 웅조가 독음으로 물었다.

"속옷은 보이지 않는군. 이번에는 급해서 놔둔 건가?"

"아니, 왼쪽 놈 술잔 옆을 보아라."

머리를 돌린 웅조는 엎어진 왼쪽 사내의 술잔 옆에 흰 헝겊이 놓여져 있는 것을 보았다. 그때 여자의 웃음소리가 다시 울렸다.

"색향(色香)에 홀린 남자는 흠뻑 들이마시게 되지."

지금부터 31년 전, 점창파 교주 서황은 10원로 전원의 추대를 받아 딸 서청을 부교주로 임명했다. 서청의 나이 21세, 서황은 62세였으니 늦게 난

딸이다. 더구나 서청은 무남독녀여서 서황의 유일한 후계자였다. 서청은 5살 때부터 신기(神技)를 보였는데 기억력이 뛰어나 한 번 배운 공법(功法)은 결코 잊지 않았다. 더욱이 천하절색이어서 열네 살이 되었을 때부터 풍겨 나오는 색향(色香)으로 사내들의 애간장을 녹였던 것이다. 21세가 되었을 때에는 무공이 점창파 제일이었을 뿐만 아니라 비파를 손에 쥐면 비바람이 불고 꽃잎이 휘날리는 경지에까지 이르렀다. 그러나 서청에게 치명적인 약점이 있었으니 바로 색향(色香)이다. 열다섯 살 때부터 남자의 정기를 빨아들이기 시작한 서청은 욕구를 절제하지 못했다. 그래서 주변 마을의 남자들을 유혹하기 시작했는데 하룻밤 정기를 빨아들이면 남자는 말라 비틀어져 죽었던 것이다. 그것이 꼬리가 잡힌 것은 원로 중의 하나인 유원청이다. 유원청이 감숙성의 곤륜파에 다녀오다가 사천성의 황악산에 닿았을 때 근처 여관에 묵던 사내 하나가 밤사이에 장작개비처럼 말라 죽은 사건이 일어났다. 정기가 다 빠져나간 시체 옆에 여자 속옷 하나가 떨어져 있었을 뿐이다. 색향이 배어있는 속옷을 본 순간 유원청은 그것이 서청의 소행임을 알았다. 이미 부교주가 되어있던 서청이다. 점창산으로 돌아온 유원청은 10원로 중 일곱 원로를 모아 그 사실을 밝히고 서청을 제명할 것을 논의했다. 그러나 그날 밤 원로 여섯이 색향의 독을 마시고 시체로 발견되었고 하나가 살았다. 그것이 유옥구다. 유옥구는 서청의 색향독을 마셨지만 공력을 회복하여 물리친 것이다. 그날 밤 서청은 행방을 감췄고 교주 서황은 식음을 전폐하다가 열흘 후에 앉은 채로 스스로 목숨을 끊었다. 그리고 나서 살아남은 유옥구가 10년 후에 교주가 된 것이다.

방으로 돌아온 웅조가 정좌하고는 서청을 기다렸다. 해시(오후 10시)쯤 되었다. 시골 여관이지만 손님이 많았고 식당에서 시체를 처리하는 소음이 들려오고 있다. 관리들이 몰려왔고 하인과 손님들이 떠들어댄다. 일각(15분)이 지났고 한식경(30분)이 지났다. 그러더니 자시(오후 12시)가 되었어도 어떤 기척도 들려오지 않는다. 마음을 가라앉히고 있었지만 초조해진 웅조가 자리에서 일어나 창가로 다가가 섰다. 일부러 반쯤 열어놓은 창문 밖으로 마구간과 창고, 마당이 보였다. 이쪽은 유곽 반대편이어서 창에서 빠져나온 불빛이 희미하게 마당과 건물을 비추고 있다.

"나왔다."

모영이 이사이로 말했다.

"이제 잡았다."

마구간 지붕 위에 엎드린 모영이 지그시 웅조를 보았다. 거리는 70보 정도, 저놈은 김산의 일당임이 틀림없다. 숨을 죽인 모영이 주위를 둘러보았다. 매사에 용의주도한 모영이다. 저놈을 발견한 것은 나흘 전, 천인회의 현지 지휘관격으로 파견된 유옥구의 처소 근처였다. 놈은 상인 행세를 하고 있었지만 수상했다. 그래서 모영은 이곳 소읍 입구까지 미행했다가 아차 하는 순간에 놓쳤던 것이다. 분통이 터졌지만 그럴수록 투지가 불타오르는 모영이다. 어제부터 소읍을 샅샅이 훑다가 식당에 앉아있는 놈을 발견했던 것이다. 그래서 부하 둘을 먼저 옆쪽 자리로 내보냈더니 귀신같이 독을 먹여 죽여놓았다. 그리고는 제 방으로 들어간 것이다. 보통 놈이 아니다.

"사형, 저우와 고반의 시체를 현청으로 가져갔습니다."

소리 없이 옆으로 다가온 종배가 입술만 달싹이며 말했다. 그때 앞쪽 창문이 닫히면서 사내가 방안으로 모습을 감췄다. 종배는 귀신처럼 벽을 타고 집안에 침입한다고 해서 별명이 귀신이다.

"저우와 고반의 국수 그릇에는 독이 없었답니다. 엎어진 국수를 개가 먹었는데도 끄떡없었거든요."

종배가 말을 잇는다.

"고반 옆에 여자 속옷이 놓여서 관리가 혹시 강간범이 아닌가 의심했습니다."

"……."

"그놈이 어젯밤 유곽에서 놀다가 집어 온 것 같습니다."

"수하들을 모아라."

마침내 모영이 말했다. 이제 놈을 잡아야 할 때다.

웅조가 다시 방안의 자리에 앉았을 때다. 옆쪽에서 인기척이 났으므로 웅조는 소스라쳤다. 웅조는 10대 문파인 점창파에서도 다섯 손가락 안에 드는 고수(高手)다. 특히 정통 검술의 달인으로 진인(眞人) 칭호를 들었으니 그것은 정술로 사술을 누른다는 뜻이다. 술법을 부려 눈을 현혹시키는 사술도 웅조의 곧바로 내려치는 정통검법에 여지없이 무너지는 것이다. 그런데 유령처럼 나타난 인기척에 웅조는 속절없이 당한 꼴이 되었다. 사술에 당한 꼴이다. 모습을 드러낸 것은 사내였다. 장신에 호남, 웅조를 내려다보는 사내에게서 위압감이 풍겼다. 저도 모르게 웅조는 위축된 자신을 느낀다. 상대는 20대 후반쯤 되었으니 아들뻘이다. 이게 무슨 꼴인가?

"누구냐?"

웅조가 앉은 채로 그렇게 물었다. 일어나 손을 쓸 만큼 우둔한 웅조가 아니다. 일어나기도 전에, 아니 그럴 생각을 먹는 순간에 사내에게 간파당할 것이라고 예상을 했기 때문이다. 그때 사내가 앞쪽 의자에 앉았다. 창을 등지고 앉은 것이다.

"네 주변에 네 무리가 모여졌다."

사내는 입을 꾹 다물고 있었지만 목소리가 웅조의 귓속으로 파고들었다. 사내가 부드러운 얼굴 표정을 지었으나 목소리는 굵고 또렷하다.

"그 하나가 너하고 이 방에서 만나기로 한 속옷 여자, 그래, 나는 이 여자를 요녀(妖女)로 부르겠다."

웅조는 숨을 죽였고 사내의 말이 이어졌다.

"두 번째가 네 사형인 점창파 교주 유옥구, 지금은 천인회 지휘자가 되어 태호부에 왔지만 그 요녀와의 인연 때문에 이곳까지 끌려오게 되었지."

숨을 들이켠 웅조가 사내를 보았다. 그럼 사형 유옥구도 이곳에 와 있단 말인가? 그때 사내의 목소리가 칼끝처럼 귓속으로 파고들었다.

"세 번째는 네가 유옥구의 여관 근처에서 유인해온 놈, 너는 도림의 원한을 갚으려고 일부러 네 모습을 노출시켜 미행자를 끌고 이곳으로 온 것이다."

맞다. 웅조는 시선만 주었다. 모영이란 놈을 잡으려고 그랬다. 그놈이 안휘성 분조의 암살자로 도림을 죽인 장본인이다. 자신과 도림, 그리고 유옥구까지 점창파 인맥이니 그놈이 유옥구 근처에서 맴돌고 있으리라고 예상하고 함정을 팠던 것이다. 그때 사내의 얼굴에 쓴웃음이 뱄다.

"그런데 너는 미행을 끌어들였으면서도 누가 미행자인지 구별을 못 한 것 같더군, 그 요괴가 처리해주지 않았다면 너는 식당 안에서 그 두 놈한테 기습을 당했을 것이다."

맞다. 방심했다. 웅조의 얼굴이 굳어졌을 때 사내가 말을 이었다.

"그리고 네 번째가 나다. 너는 내가 누군 줄 알겠느냐?"

그때 웅조가 심호흡을 하더니 천천히 자리에서 일어섰다. 시선이 사내에게 박힌 채 떨어지지 않았다.

"어사총감 각하가 아니십니까?"

웅조가 정중하게 묻자 사내가 머리를 끄덕였다.

"그렇다."

김산이 똑바로 웅조를 보았다. 정통 검술의 진인답게 눈빛이 강하다. 진심이 묻어 있다. 김산이 다시 입을 열었다.

"도림은 내 수하가 되었다. 아느냐?"

"알고 있습니다. 각하."

"그렇다면 먼저 이곳을 노리고 있는 도림의 원수, 그자를 네가 죽여라."

"예, 각하."

"너와 이곳에서 약속을 한 그 요녀도 이곳을 주시하고 있을 것이다."

웅조의 시선을 받은 김산이 쓴웃음을 지었다.

"네 사형 유옥구도 마찬가지다. 그자가 천인회 소속이긴 하나 네가 복수를 하도록 놔둘 것이다."

"당연히 그래야지요."

웅조가 눈을 치켜떴을 때 김산이 말했다.

"마침 놈들이 너한테 몰려오고 있다. 모두 열여섯 명이나 되는구나."

이 층 계단을 소리 없이 올라온 종배가 손에든 장검을 고쳐 쥐었다. 뒤쪽에 부하 6명이 따르고 있다. 여관 안의 온갖 소음이 울리고 있다. 웃음소리, 다투는 소리, 남녀가 방사를 치르는 소리까지 들린다.

"자, 한꺼번에 밀고 들어간다."

종배가 입술만 달싹이며 말하고는 복도 끝방을 향해 다가간다. 뒤를 따르는 부하들은 제각기 흉기로 무장하고 있었는데 복도는 살기로 가득 찼다.

"자, 여기서 기다려라."

이 층 계단의 위쪽에서 멈춰선 구채정이 종배를 바라보며 말했다. 구채정이 2진인 셈이다. 종배의 1진은 이제 막 문 앞에 멈춰선 참이었다. 1진이 당할 리는 없지만 그 뒤를 받쳐 주는 것이 2진의 역할이다. 구채정이 이끄는 2진은 5명, 부하들이 소리 없이 벌려 섰을 때 구채정이 얼굴을 일그러뜨리며 웃었다.

"한 놈 잡으려고 대군을 동원했군."

호흡을 가눈 모영이 지그시 창문을 보았다. 이제 곧 종배가 이끄는 1진이 방문을 박차고 방안으로 들어갈 것이다. 그리고 나서 2진이 문앞을 막아설 것이며 2층 창문 아래쪽에는 모영의 심복 차진용이 부하 셋과 함께 막아서 있다. 완벽하게 둘러싼 것이다. 그때였다. 방문 부서지는 소리가 들리면서 아우성이 울렸다. 그렇다. 부하들이 들이닥친 것이다.

문을 박차고 들어선 종배가 숨을 들이켰다. 없다. 방안의 불은 켜져 있었는데 비었다. 촛불 세 개가 갑자기 들이닥친 서슬에 꺼질 듯이 일렁거렸다.

"어, 비었네!"

밀려 들어온 부하들이 엉키면서 소리쳤다가 방 안으로 퍼졌다.

"이놈이 어디로 나간 거야?"

그 순간 종배가 소리쳤다.

"밖으로 나가!"

그러면서 숨을 참았지만 갑자기 가슴이 녹아내리는 느낌을 받고는 입을 쩍 벌렸다. 몸을 돌린 종배가 문을 향해 발을 떼었다. 그러나 마음뿐이다. 두 발짝을 겨우 뗀 종배가 문 옆 기둥에 머리를 부딪치며 쓰러졌다. 머리를 비틀어 겨우 뒤를 본 종배의 눈이 뒤집혀졌다가 곧 초점이 멀어졌다. 방 안에는 이미 부하들이 모두 뒤죽박죽이 되어 쓰러져 있었던 것이다. 독을 마셨다. 놈은 독을 풀어놓고 도망쳤다.

"뭐야?"

이맛살을 찌푸린 구채정이 귀를 기울이는 시늉을 했다가 발을 떼었다. 방 안의 기척이 뚝 끊긴 것이다.

"따라와!"

뒤를 향해 손짓을 한 구채정이 몸을 날렸다. 방문까지는 20여 보, 세 걸음이면 닿는다. 두 걸음을 날았을 때 방문이 여섯 걸음 앞으로 다가왔다. 그 순간이다. 갑자기 목을 움켜쥔 구채정이 허공에서 사지를 비틀면서 복도 바닥으로 떨어졌다. 같은 순간 뒤를 어지럽게 달려오던 부하 다섯 명은 제각기 복도에 자빠졌는데 소리가 요란했다. 구채정은 복도 바닥에 얼굴을 부딪치면서 절명하는 바람에 도대체 무슨 영문인지 생각할 여유도 없었다. 그만큼 종배보다 공력이 떨어졌기 때문이지만 죽기 전에 생각하면 무엇하겠는가?

"어떻게 된 일이야?"

마침내 모영이 지붕 위에서 몸을 일으켰다. 박쥐 한 마리가 빠르게 옆을 스치고 지났으므로 모영은 이맛살을 찌푸렸다. 박쥐는 기(氣)를 피하는 본능이 있다. 그래서 좀처럼 사람 가깝게 접근하지 않는 것이다. 특히 내공(內功)이 충만한 고수들 근처에는 가지 않는다.

"이봐, 상곡이 있느냐?"

아래쪽에서 대기한 부하를 부른 모영이 심호흡을 했다. 심상치가 않은 것이다. 앞쪽 방안에서 소음이 울리고 나서 금방 조용해졌다. 그러면 2진이 연락이라도 해줘야 할 텐데 그쪽도 조용한 것이다.

"상곡이……."

다시 아래쪽 부하를 불렀던 모영의 얼굴이 굳어졌다. 그러고 보니 지붕 아래 상곡의 기척도 없다. 그 순간 모영의 비대한 몸이 허공으로 떠올랐다. 깊은 밤이다. 어둠 속으로 떠오른 모영의 몸은 마치 대기에 흡수된 듯 보이지 않았다.

웅조가 반대편 여관 지붕 위에 엎드려 모영을 보았다. 모영의 몸은 부풀어 오른 헝겊 덩어리 같다. 천천히 마당 위로 떨어졌는데 전혀 무게가 느껴지지 않았다. 모영이 마당에 발을 디뎠을 때 웅조가 몸을 일으켰다. 이제 도림의 한을 풀 때가 되었다. 몸을 날린 웅조가 마당 위로 떨어져 내릴 때 이미 모영은 두 손을 편 채 기다리고 있었다. 모영의 뒤쪽에는 시체가 된 심복 상곡과 부하 넷의 몸이 흩어져 있다.

"이놈, 왔느냐?"

모영이 두 손을 폈다가 다시 오므리는 시늉을 했는데 그 순간 손가락 사이에 끼워졌던 수백 개의 바늘이 날았다. 독침이다. 한 개라도 피부에 상처를 내면 치명상이 된다.

"더러운 개새끼."

웅조가 치켜들었던 장검을 좌우로 한 차례씩 후려쳤는데 갑자기 광풍이 몰아쳤다. 검풍(劍風)이다. 전혀 기교를 섞지 않은 칼바람이었지만 엄청난 위력이다.

"윽."

독바늘이 사방으로 흩어졌고 오히려 이쪽으로도 날아오는 바람에 모영이 몸을 비틀어 피했다. 단 두 번의 검풍에 밀린 셈인데 모영은 그것이 헛칼질인 줄 알았다. 모영의 얼굴에 쓴웃음이 번져졌다.

"병신 같은 점창파 팔불출이 놈, 그렇다면."

어깨를 부풀린 모영이 허리에 찬 검을 쑤욱 빼 들었는데 바로 혼마검(混魔劍)이다. 10여 년 전 마도(魔道)의 도주 관항이 아끼던 애검으로 가장 많은 피를 묻혔다는 검이다. 모영이 칼을 치켜들고 다가왔는데 정공법으로 맞겨루자는 자세다.

"에이."

짧은 기합은 모영한테서 터졌다. 칼날이 날아 웅조의 허리를 베었고 그 반동을 이용해서 모영의 몸이 허공으로 솟아올랐으며 이번에는 옷자락 속에 담았던 독분이 흩어졌다. 사방 스무 자 반경 안의 모든 생물이 즉사할만한 양이다. 그때 웅조가 와락 달려들었으므로 모영은 허공에 뜬 채로 빙긋 웃었다. 모영이 칼날은 피했지만 독분은 다 마신 것이다.

"이놈,"

어깨를 부풀린 모영이 옆쪽 마구간 담장을 차고 반대편으로 다시 몸을 띄우면서 소리쳤다.

"이제 점창파는 전멸이다."

그때 웅조가 몸을 웅크리더니 한 걸음 뒤로 물러났으므로 모영의 두 눈이 치켜떠 졌다. 웅조가 독분을 마신 것이다. 정공법으로 쳤지만 그것은 허세였을 뿐이다. 그 순간이다. 웅크렸던 몸을 편 웅조가 벽력 같은 기합을 뱉었다. 여관이 들썩이도록 큰 기합이다.

"으앗!"

그때 모영은 반대편 여관 벽을 딛고 내려앉는 중이었는데 옆쪽으로 번쩍이는 검광을 보았다. 이것이 웬일인가? 웅조와의 거리는 10보 정도나 된다. 그런데 왠 검광이란 말인가? 다음 순간 모영은 허리에 선뜩한 느낌을 받고는 반사적으로 몸을 비틀었다.

"앗!"

모영의 외침이 터졌다. 칼에 베였다. 웅조가 후려친 검날이 10여 보나 떨어진 내 허리를 베었다. 그 순간 모영은 입을 딱 벌렸다. 어느덧 웅조가 옆에 서 있는 것이다.

"이런."

베어진 허리에서 창자가 쏟아져 나왔으므로 갑자기 내장이 허전해진 모영이 얼굴을 일그러뜨리며 웃었다.

"이놈, 환영법을 쓰는구나."

손에 쥐고 있던 혼마검이 땅바닥으로 떨어졌다. 그러나 모영의 얼굴은 웃는다.

"환영법은 처음 보았다."

"이놈, 정공법의 내 몸이 빨랐기 때문이다. 무식한 놈 같으니."

그때 칼을 들어 올렸던 웅조가 칼끝을 내렸다. 목숨을 끊으려다가 만 것이다.

"이놈, 왜 목을 치지 않느냐?"

이제는 웃음기가 가신 모영이 눈을 부릅떴다.

"어서 베어라."

"아니, 넌 그대로 서 있도록 해라."

웅조가 땅바닥에 떨어진 혼마검을 집어 들고 검날을 보았다.

"이놈 어서 죽여라."

초조해진 모영이 말했을 때 여관 이곳저곳의 불이 켜지더니 비명 소리가 울렸다. 시체들이 발견된 것이다. 이제 곧 사람들이 마당으로도 몰려올 것이었다. 그때 웅조가 한 걸음 물러서서 모영을 보았다.

"이놈, 광견, 네 모습을 보아라."

모영의 몸은 마당 복판에 서 있었지만 배가 옆구리까지 비스듬히 갈려 내장이 다 쏟아져 나왔다. 거대한 내장이 발밑에 쌓여있는 것이다. 그래서 모영은 기력이 다 빠져 손가락 하나를 들어 올릴 수도 없다. 오직 말은 할 수 있을 뿐이다.

"널 구경거리로 남기고 간다."

다시 한걸음 물러서며 웅조가 말했을 때 모영이 마지막으로 악을 썼다.

"자비를 베풀어라! 날 웃음거리로 남겨 두지 말아라!"

그러나 말이 끝나기도 전에 웅조의 모습은 사라졌다.

몸을 날린 웅조가 지붕 두 개를 넘었을 때 귓속으로 목소리가 파고들었다.

"사제, 그동안 무공이 늘었구나."

서청의 목소리다. 쓴웃음을 지은 웅조가 다시 지붕 두 개를 건넜을 때 목소리가 이어졌다.

"두 번째 모영이 뿌린 극독은 네가 피할 수 없었다. 어찌 한 거냐?"

"내공이지."

뱉듯이 말한 웅조가 주위를 둘러보았지만 서청은 보이지 않았다.

"내공? 당치 않아. 네 환영술 같은 외공은 진보했지만 그 극독을 피할 만큼은 되지 않았어."

목소리에 웃음기가 띠었다.

"여관방 안과 복도에서 10명이 넘는 모영의 수하가 몰사당했다. 유옥구가 도운 거냐?"

"내가 아냐, 사매."

불쑥 어디선가 목소리가 울렸으므로 서청이 숨을 죽였다. 바람처럼 날던 경공술이 뚝 속력을 늦추더니 민가 마당으로 떨어졌다. 마침 닭장 앞이어서 자다가 놀란 닭들이 푸드덕거렸다.

"나는 사매가 도와준 줄 알았는데, 아닌가?"

목소리가 가까운 데서 멈추자 서청이 어금니를 물었다.

"가까이 오지 마, 사형."

"그래도 사형이라고 부르는군."

유옥구다. 유옥구가 둘을 따라 달리고 있었던 것이다. 그때 몸을 날린 서청이 민가의 지붕 위에 서서 사방을 둘러보았다. 별도 보이지 않는 어둠 속에 검은 옷자락을 펄럭이며 서청이 서 있다. 그때 유옥구의 목소리가 들렸다.

"색향이 풍기는구나."

바람이 불기 때문이다. 서청의 눈빛이 강해졌다.

"날 지금 보는 거야?"

"30년이 지났는데도 어찌 그런 얼굴이 될 수 있단 말이냐?"

유옥구의 목소리는 경탄이 섞여져 있다.

"내가 널 찾아서 장문인 직도 버리고 강소성까지 간 것을 아느냐?"

"내 색향이 그리워서?"

"네가 30년 만에 색향을 뿌리면서 나타났지 않느냐?"

유옥구의 목소리에 노기가 섞여졌다.

"그럼 넌 오장산 절벽에서 뛰어내린 것이 아니란 말이냐?"

"뛰어내렸어."

옷자락을 날리면서 서청이 소리쳤다. 그러나 독음이어서 일반인들은 듣지 못한다.

"뛰어내렸지만 살았다구!"

"네 시체로 남겨진 뼈는 누구 것이냐?"

"다른 여자야!"

그때 바람결에 웃음소리가 들렸다. 제3인(人)이다.

"앗핫핫핫"

이 웃음은 유옥구, 서청, 웅조 셋한테 다 들렸다. 셋은 웅조를 가운데 두고 좌우로 떨어진 상태였기 때문에 제각기 사방을 둘러보았다. 이곳은 소읍(小邑)의 변두리, 이제 앞쪽은 제법 큰 강줄기가 흐르고 있다. 습기를 품은 바람이 서쪽에서 불어왔다. 흐린 날씨여서 별도 보이지 않는 짙은 어둠이 대기에 덮여 있다. 그때 사내의 목소리가 울렸다.

"서청, 그대는 몇 살인가?"

서청은 대답하지 않았고 사내의 목소리가 이어졌다.

"지금 이야기하는 것을 보면 사제인 웅조보다 연상이며 54세인 유옥구보다 연하인 것 같은데 맞는가?"

"그대는 누구냐?"

서청이 날카로운 목소리로 묻자 대답은 웅조가 했다.

"몽골제국의 어사총감 김산 각하시오."

"무엇이?"

유옥구가 목소리를 높였다.

"사제, 너는 어떻게 잘 아느냐?"

"당연하지 않나? 그대도 도림이 내 수하가 되었다는 것을 알 텐데."

이번에도 대답을 사내가 했다. 김산이다.

"유옥구, 그대가 이곳 태호부에 온 것도 그 죄책감 때문이렷다. 아닌가?"

"듣기 싫다!"

유옥구가 주위를 둘러보며 소리쳤다.

"난 아직 몽골제국에 승복하지 않았다!"

"닥쳐라!"

김산의 외침이 울렸다. 독음이었으나 울림이 커서 대기가 진동을 했다. 잠에 빠져있던 지붕 밑 민초들은 흐린 날씨에 먼 곳에서 뇌성이 치는 줄로 알았을 것이다. 유옥구가 숨을 삼켰고 서청은 몸을 굳혔다. 처음 겪는 내공이다. 제국의 총독이었으며 때로는 집행관, 지금은 어사총감이 되어있는 고려인 김산의 무공이 실로 기괴하다는 것은 들었다. 온갖 독에 면역이 되어서 오히려 몸 전체가 독물(毒物)이 되어있는 존재이며 변화무쌍한 무공의 도살자, 피도 눈물도 없는 냉혈한이며 전술의 달인, 그 외의 별명도 끝이 없다. 서쪽 지방에서는 색마라는 소문도 떠돈다. 그때 김산이 말했다.

"서청, 도망치지 마라."

놀란 웅조와 유옥구가 숨을 죽였을 때 김산의 말이 이어졌다.

"내가 너를 잡지 못할 것 같으냐?"

서청은 대답하지 않았고 유옥구가 말했다.

"어사총감, 무슨 일이오?"

이제 유옥구는 경어를 쓴다. 상대는 연소했지만 제국의 고위관료다. 적국의 관리라고 해도 반말을 할 수는 없는 것이다. 그때 김산이 말했다.

"색향을 뿌리며 도망을 치는군."

"어, 어디로 말입니까?"

웅조가 묻자 김산의 목소리에 웃음기가 띠어졌다.

"서청이 나에게 점창파 장문인과 이야기할 시간을 주려는 것 같군."

잠시 후에 강가의 바위 위에 셋이 벌려 앉았다. 옆쪽은 강물이 흐르고 있어서 짙은 물 냄새가 맡아졌다. 건너편이 산기슭이라 강의 수심이 깊다. 유옥구는 다섯 보쯤 앞쪽 바위에 앉은 사내에게서 풍겨오는 기력(氣

力)을 느끼고 있다. 마치 강한 바람이 밀려오는 것 같다. 그때 김산이 입을 열었다.

"유 장문인, 그대는 서청의 연인이었는가?"

"닥치시오!"

난데없는 질문에 유옥구가 어깨를 부풀리며 화를 냈다.

"나는 서청의 극독을 마셨다가 겨우 목숨을 건진 사람이오!"

"그래서 원로들은 독살한 원수를 갚으려고 서청을 찾았는가?"

"그렇소."

그때 김산의 시선이 웅조에게로 옮겨졌다.

"웅조, 너는 서청의 얼굴을 보았느냐?"

"오늘 밤에 보려고 했는데 방에 오지 않았습니다."

이제는 김산이 둘을 번갈아 보았다.

"그렇다면 목소리만 들었단 말인가?"

"그렇소."

유옥구가 외면한 채 말을 이었다.

"하지만 서청이 아니면 알 수가 없는 비밀도 모두 알고 있소. 서청이 분명하오."

"하하하."

짧게 웃은 김산이 강 건너편을 응시했다. 강폭은 150자(45m) 정도쯤 되었는데 깊어서 물 흐르는 소리는 들리지 않는다. 오히려 건너편 산속의 산새 울음소리가 들렸다.

"천하가 전쟁에 휩싸였는데 이곳 강가에서는 30년 전 여인의 색향에 취해있도다."

노래처럼 말한 김산이 지그시 유옥구를 보았다.

"유 장문인, 부끄럽지 않은가?"

"닥치시오!"

어깨를 부풀리며 유옥구가 김산을 응시했다.

"천하는 내 손바닥 안에 있소. 땅만 보는 것이 천하인가?"

"손바닥이 아니라 생식기겠지. 그대 다리 사이에 달린 것 말이네."

"이런 건방진."

유옥구가 눈을 부릅떴을 때 김산이 머리를 저었다.

"장문인, 그대는 나와 한 합도 겨루기 전에 시체가 되리라는 것을 잘 알고 있을 것이다."

유옥구는 어금니만 물었고 김산의 말이 이어졌다.

"무공의 연륜은 그대가 두 배가 되겠지만 내 무공은 죽음 속에서 뻗어나온 병균이 자란 것이야. 그대는 결코 나를 죽이지 못해."

김산의 눈이 번들거리기 시작했으므로 웅조는 숨을 죽였다. 여관 방안과 복도의 무리를 몰사시킨 것은 김산이다. 웅조를 반대편 지붕 위로 끌어 숨겨 준 것도 김산인 것이다. 그렇다. 김산은 도살자였다. 이렇게 눈 한 번 깜박이지 않고 무자비하게 죽이는 인간은 처음 보았다. 마구간 앞의 넷도 지붕 위에 모영이 있는데도 어둠 속을 날아 쳐 죽였다. 독을 쓴 것도 아니다. 방에서 소음이 울리는 것과 맞춰 주먹으로 머리를 부숴 죽였다. 그것도 넷을 한 호흡에, 그때 김산이 말을 이었다.

"그대와 서청 둘은 음모를 꾸미고 원로들을 같이 죽인 것 같다."

웅조가 숨을 들이켰을 때 김산의 말이 이어졌다.

"그것을 안 서청의 부친을 유옥구가 죽인 것 같고, 그렇지 않은가?"

"닥쳐라!"

유옥구가 소리쳤을 때 김산이 쓴웃음을 지었다.

"소림, 무당, 화산파, 장로들이 말하는 소문도 들었어. 서청의 부친 서황이 속이 상해서 식음을 끊고 죽을 인물이 아니라고 하더군."

"……."

"그것을 안 서청이 떠나갔고 이번에 서청이 남쪽에서 출몰한다는 소문을 듣고 찾아온 것 아닌가?"

"제법 그럴듯하군."

유옥구가 혼잣말처럼 말했을 때 김산이 자리에서 일어섰다.

"지난 일이다. 나와 함께 천인회를 소탕하고 나서 과거를 정리해도 된다."

"각하."

웅조가 나섰으므로 김산이 시선을 들었다.

"뭐냐?"

"각하는 어찌 그리 잘 아십니까?"

숨을 고른 웅조가 말을 이었다.

"30년 전에 각하는 태어나시지도 않았습니다. 그렇지 않습니까?"

"서청의 목청이 맑다. 나이 들면 소리는 그대로일 수는 있어도 소리의 여운이 적어진다."

김산이 둘을 번갈아 보았다.

"젊은 목청이라는 말이다. 서청은 너희들의 사매가 아니다. 20대의 가짜다."

둘은 이제 숨도 죽였고 김산의 말이 이어졌다.

"그리고 인간이 아닌 것 같다."

"예엣!"

웅조가 놀란 외침을 뱉었다. 유옥구는 눈도 껌벅이지 못하고 시선만 준다. 그때 김산이 얼굴을 일그러뜨리며 웃었다.

"요괴다. 요괴가 지금 저 건너편 숲에서 우리 이야기를 듣고 있다."

김산이 손을 들어 강 건너편 산을 가리켰다.

150자나 되는 강폭을 뛰어 건널 수는 없는 노릇이다. 그렇다고 강변에 나룻배는커녕 고기잡이 배도 매여있지 않다. 이곳은 강폭이 좁은 편이고 아래 위쪽은 더 넓다. 앞쪽 산은 가파른데다 강가에 혹처럼 불쑥 솟아서 태곳적부터 인간이 접근하지 않았다. 그래서 빈틈없이 거목이 자랐다가 쓰러져 고목이 되었으며 짐승들은 수천 년간을 번식해왔다. 그런 산이 셋의 앞에 가로막고 있는 것이다. 그리고 그 산에 서청이 있다. 이제 셋은 산을 바라보며 강가에 서 있다. 김산을 중심으로 좌우에 웅조와 유옥구가 벌려선 것이다. 김산이 강가에 다가선 바람에 유옥구와 웅조가 홀린 듯이 이끌려와 선 셈이 되었다. 깊은 밤, 자시(12시)는 진즉 넘었고 시간을 알 수가 없다. 그때 웅조가 김산을 보았다.

"각하, 정녕 서청, 아니 그 여자가 저곳에 있습니까?"

"그렇다."

앞쪽 검은 덩어리로만 드러나 있는 산을 응시한 채 김산이 대답했다.

"지금 네 말도 듣고 있다."

"그것은 어찌 아십니까?"

"너는 비파 소리를 듣지 못하느냐?"

김산이 묻는 순간 우측의 유옥구가 숨을 들이켰다. 이번에는 유옥구가 김산을 보았다. 두 눈이 번들거리고 있다.

"각하께선 들으시오?"

"그렇다."

"저는 왜 못 듣습니까?"

"이젠 널 끌어들일 필요가 없기 때문이지."

"끌어들이다니요?"

"이미 너와 웅조는 손아귀에 들어왔다고 생각한 것이야."

"그럼 각하는 어떠시오?"

"나에게 혼란을 일으키려는 요괴의 수작이다."

김산의 목소리에 웃음기가 섞여졌다.

"오늘 밤에 다 끝낼 것 같다."

"어떻게 말입니까?"

웅조가 묻자 김산이 산을 눈으로 가리키며 말했다.

"요괴의 정체가 드러나겠지. 그러면 다 끝난다."

채화진이 다가서자 유담과 방차옥, 장기평과 포척 등 10대문파의 장로가 제각기 눈인사를 했다. 깊은 밤, 태호부 외곽의 대야천에는 1백여 명의 인원이 모였는데 모두 소리를 죽이고는 있었지만 기운이 뻗쳐 살벌했다. 어사총감 김산의 명에 의하여 10대문파의 무림군이 첫 출동을 하는 것이다.

"다 준비가 되었소."

장로들을 대표한 소림사 호원 유담이 채화진에게 말했다. 지금은 채화진이 어사총감의 대리인이다.

"곽천은 아직도 청곡사에 있소."

천인회의 안휘성 분조장 곽천이 수하들을 인솔하고 어젯밤에 본거지를 또 옮긴 것이다. 이미 제국 측에서 고수들을 파견한 걸 아는 터라 곽천의 움직임도 기민했다. 채화진이 머리를 끄덕이며 말했다.

"호원께서 공격을 맡아 주시지요. 저는 뒤를 맡겠습니다."

"맡겨 주시니 기운이 납니다."

유담이 활짝 웃었다. 제국 측에서 주도를 하고 10대문파는 보조역을 맡길 줄 예상하고 있었던 것이다. 채화진은 삼관필, 비호수를 좌우에 거느렸는데 무공이 빼어난 어사대가 1백여 명이나 된다. 어사대는 무림인 출신에서 뽑힌 제국군 장교들인 것이다. 충성심과 명예욕이 강해서 10대문파를 오합지졸로 본다. 채화진이 둘러선 무림 장로들에게 말했다.

"이것으로 10대문파의 명성을 올려 제국의 근간으로 만들어 드리겠다는 각하의 말씀입니다."

이렇게까지 말해주는데 감동하지 않는다면 문파 무림인이 아니다. 모산파의 포척까지 커다랗게 머리를 끄덕였다.

"각하께서 말씀은 잘하시는군. 감동했다고 전해주시오."

잠시 후에 무림군이 움직였다. 전쟁이다.

영웅·전설(英雄傳說) 1

초판1쇄 발행 | 2015년 2월 23일
초판1쇄 발행 | 2015년 2월 28일

지은이 | 이원호
펴낸이 | 박연
펴낸곳 | 한결미디어

등록일자 | 2006년 7월 24일
등록번호 | 제313-2006-000152호
주소 | 서울시 마포구 모래내로 83 한올빌딩 6층
전화번호 | 02·704·3331
팩스번호 | 02·704·3330

ISBN 978-89-93151-60-2 04810
ISBN 978-89-93151-59-6 (세트)